KB063337

POSTECH
SF AWARD

2021_2022
포스텍SF어워드 수상작품집

아작

차례

서문

소설 너머, 과학도의 SF

'포스텍 SF 어워드' 수상작품집 발간에 부쳐

'포스텍 SF 어워드'는 이공계 대학(원)생을 대상으로 한 SF 창작 공모전입니다. 포스텍은 과학기술 분야의 전문성과 인문학적 소양을 두루 갖춘 이공계 분야의 재학생 중에서도 문학적 역량을 지닌 숨은 인재를 발굴하기 위해 2020년에 이 문학상을 처음 제정하였습니다. 지금까지 두 해에 걸쳐 공모전을 치른 결과 '단편소설'과 '미니픽션' 등 두 분야에서 총 여덟 명의 신인 작가를 배출하였으며, 이들의 수상작과 그 외 추천작을 모아 첫 작품집을 출간하게 되었습니다.

사실, '포스텍 SF 어워드'가 "이공계 대학(원)생만을 대상으로 하기로" 한 것은 쉬운 결정이 아니었습니다. 주위에서도 문학상의 경쟁력을 보다 높이기 위해 응모 자격을 전공 제한 없이 넓히는 것이 좋겠다는 우려 섞인 조언을 해주었습니다.

이미 많은 작가 지망생들이 유사한 성격의 여러 문학 공모전을 통해 등단하고 있는데, 포스텍이 제정하는 SF 문학상은 기존의 것들과 어떤 차별화된 의미를 갖고 어떤 새로운 역할을 해낼 수 있을까? 이런 질문을 스스로 제기하면서 '포스텍 SF 어워드'의 정체성에 대해 깊이 고민해야 했습니다.

다행히도, 우려했던 바와 달리 제1회 공모전에 예상을 훌쩍 뛰어넘는 많은 지원자가 총 200편 가까운 작품을 응모했고, 제2회 공모전에서도 소재의 다양성과 아이디어의 창의성, 작품의 완성도 면에서 SF로서의 장점을 두루 갖춘 작품들이 많이 출품되어 향후 '포스텍 SF 어워드'에 대한 기대를 한껏 높일 수 있었습니다. 특히 한 심사위원은, "응모 자격을 '이공계 대학(원)생'으로 한정한 것은 응모자에 대한 제약이라기보다 작품에 구체성을 부여하는 장치가 될 수 있으며, 그만큼 개성 있는 출품작들이 많아질 것"이라는 의견을 제시하여 '포스텍 SF 어워드'의 방향성에 대한 주최 측의 결정에 힘을 실어주기도 하였습니다.

'포스텍 SF 어워드'의 생각은 이렇습니다. 한국 사회의 왜곡된 교육구조 내에서 대부분의 이공계생들은 지금까지 문학작품 한번 제대로 감상해본 적이 없었던 탓에, 이들이 문학 공모전에 대해 느끼는 심리적, 현실적 진입 장벽은 인문사회계열 학생들보다 상대적으로 더 높을 수밖에 없습니다. 따라서 머지않아 문/이과 구별 없이 균형 잡힌 교육 여건이 갖춰질 때까지라도 이공계생들에게 좀 더 많은 공모전의 기회를 부여하는 것은 필요하고 중요합니다.

한국이 SF의 불모지 같았던 때가 불과 몇 년 전이었는데, 이제는 SF가 문단의 중심에서 한국문학을 이끌어가는 장르가 되었습니다. 흔히, 독자들에게 감동을 주는 SF는 작가의 과학적 상상력과 문학적 감수성의 조화를 통해 완성된다고 합니다. 지금도 어디선가 SF 창작에 대한 꿈을 키우고 있을 수많은 과학도들에게 그래서 당부하고 싶은 것이 있습니다. 자신이 가진 과학적 호기심과 사고력을 꾸준히 키워가는 한편, 인문학적 소양을 쌓기 위한 노력도 소홀히 하지 않길 바랍니다. 아마도 그것은, 인간의 취약성과 세계의 불확실성에 대한 겸허한 이해 그리고 과거와 현재에 대한 성찰을 통해 미래를 내다보는 힘을 키우는 작업이 될 것입니다. '포스텍 SF 어워드'도 이공계 재학생들이 SF 창작을 통해 과학기술의 가능성에 대해 늘 질문하고 인문학적 감수성을 함께 키우면서 스스로 성장해나갈 수 있도록, 그리고 과학기술 분야의 더 많은 SF 작가 지망생들이 자신의 꿈을 이룰 수 있도록 노력하겠습니다.

'포스텍 SF 어워드'를 제정하여 지금까지 오는 데는 포스텍 인문사회학부의 송호근 교수님의 전폭적인 지원이 매우 큰 힘이 되었습니다. 이 자리를 빌려 교수님의 그간의 노고와 격려에 깊이 감사드립니다. 또한 출판계의 상황이 녹록지 않음에도 불구하고 '포스텍 SF 어워드'를 든든하게 후원해주시고 기꺼이 수상작품집을 출간해주신 아작에도 진심 어린 감사의 마음을 전합니다.

'포스텍 SF 어워드'의 수상자들은 이제껏 보여준 가능성보다 아직 보여주지 못한 잠재력이 훨씬 더 큰 작가들입니다. 이들이 SF를 향한 자신의 열정을 키워나갈 수 있도록 기성 작가분들께서 이들을 따뜻한 시선으로 지켜봐주시고, 이들에게 애정 어린 조언과 격려를 해주시길 감히 부탁드립니다. "오늘의 SF가 내일의 과학"이라고 하듯이, '포스텍 SF 어워드' 역시 "한국 SF의 미래"로 꾸준히 성장해 나가기 위해 최선을 다하겠습니다.

2022년 8월

김민정, 포스텍 '소통과 공론 연구소' 소장

인면화

내가 딸의 머리통과 대화하게 된 연유는 이렇다. 딸은 뇌사 상태에 빠졌다. 여기서 나는 둘 중에 하나를 선택해야 했다. 딸을 그대로 땅에 묻든가, 딸의 머리를 다시 만들든가. 나는 후자를 선택했다. 유리관 속에 무색무취의 물이 담겼다. 아주 작은 씨앗을 시작으로 세포 하나하나가 복제되었다. 여기저기 흩어진 딸의 영혼을 뜨개질 하듯 다시 엮어내는 과정이었다. 첫 번째 경추 바로 위까지 만들어졌을 때, 나는 딸의 얼굴을 다시 볼 수 있었다. 핏기 없이 눈을 감고 있는 머리통이 오싹하게 느껴졌다. 가만히 머리통을 보고 있는 나에게 연구원이 말했다. 이제 누워 있는 따님 분의 머리를 제거하고 이 머리를 잇게 됩니다. 내가 물었다. 그런데 이 머리통이 정말 제 딸인지 어떻게 알죠?

복제된 머리통은 원본과 기하학적으로 일치했다. 오뚝한 콧망울과 속눈썹의 개수부터, 뇌와 머리카락을 이루는 세포의 방향까지. 그렇다고 해서 섣불리 딸의 목을 떨구었다가 깨어난 인간이 내 딸이 아니라면 어떻게 해야 한단 말인가. 마지막 수술을 하기 전에 거쳐야 하는 단계가 있었다. 머리가 잘 복제되어 딸의 기억과 성격을 결함 없이 옮겼는지 확인해야 했다.

복제된 머리는 청각과 지적 능력이 살아 있는 상태였다. 우리는 머리통에 다음과 같이 지시했다. '예'라고 대답하고 싶을 때는 손을 움직이는 상상을, '아니요'라고 대답할 때는 발을 움직이는 상상을 해라. 우리는 예, 아니요로 대답할 수 있는 간단한 질문을 한 뒤, 이미징 기계를 사용해 머리통을 스캔했다. 뇌의 어떤 부위가 활성화 되었는지를 확인하여 머리통의 대답을 얻어낼 수 있었다. 대뇌 피질의 63번 부위가 빨갛게 빛나면 머리통이 손을 움직이는 상상을 한 것이고, 답은 '예'였다.

예, 아니요로 대답할 수 있는 질문을 통해 이 머리통이 내 딸임을 증명해내야 했다. 대답을 해석하는 시간이 오래 걸려 무한정 질문할 수도 없었다. 처음에 어떤 것을 물어볼지 고민하다가 딸의 신원에 대한 질문을 했다. 너는 외동딸이니. 예. 너는 회사원이니. 예. 네 생일은 6월 7일이니. 아니요. 세 개의 질문을 하는 데 벌써 반나절이 지나갔다. 연구원이 답변을 해석해줄 때마다 내 손에는 식은땀이 흘렀다. 나는 답이 맞기를 간절히 바라면서 동시에 틀리기를 바랐다. 딸애의 목을 자르기 전에 이 머리통의 정체를 빨리 밝혀야 했다. 어차피 이 머리통이 내 딸이 아니라면 지금 아는 것이 나았다.

시답잖은 호구조사로 일주일을 허비하고 말았다. 이 머리통이 딸의 주민번호를 외울 수 있다고 해서 증명되는 것은 아무것도 없었다. 보다 본질적인 질문이 필요했다. 대답을 듣자마자 당장 저 물 속으로 뛰어들어 머리통을 꼭 껴안을 수 있는 마법 같은 질문이 있으리라 믿었다.

딸은 기나긴 재판을 미처 끝마치지 못한 채 뇌사 상태가 되었다. 그 애는 재판 과정을 낱낱이 적은 일기장을 남겼는데, 나는 그것을 아직 읽지 못했다. 그 일기장을 들고 다시 머리통 앞에 앉았다. 오늘 치 질문을 시작했다. 너는 엄마가 이 일기장을 읽기를 바랐니. 아니요. 대답을 무시하고 첫 장을 넘겼다. '사람을 땅에 묻는 것은 씨앗을 심는 것과 같다', 네 일기는 이렇게 시작하니. 예. 딸은 무덤 위에 자라는 식물은 그 시신이 힘겹게 피워낸 것이라고 했다. 식물의 잎을 만지고 향기를 맡으며 그 사람과 교감할 수 있다고도 썼다. 퍽 낭만적이고 아이 같은 상상을 했다. 나는 일부러 네가 들을 수 있도록 중얼거렸다. 시체는 묻히면 썩는 거야. 그래서 너를 썩히지 않도록 이 짓거리를 하고 있는 거야. 머리통이 미간을 살짝 찌푸렸는데, 그것이 상처 받은 것처럼 보였다. 나는 일부러 눈을 똑바로 뜨고 그것을 바라보았다.

일기장의 중반 즈음에 접어들었을 때 딸의 글씨체가 바뀌었다. 내가 딸과 함께 어떤 뉴스를 본 날의 이야기가 쓰여 있었다. 나도 기억하지 못하는 내 목소리가 일기장에서 흘러나왔다. 내가 저지른 놈이나 당한 놈이나 똑같다고 말했니. 예. 목적이 있어서 다가갔다고 말했니. 예. 너는 처신을 잘하라고 말했니. 예. 연필을 너무 꾹꾹 눌러써서 뒷장을 손으로 만지기만 해도 내용을 알 수 있었다. 울룩불룩하게 솟아오른 종이와 새빨간 점이 피어나는 뇌 사진. 내가 너를 벼랑에서 밀어버렸을까 봐 두려워졌다. 해가 뉘엿뉘엿 저물었다. 연구원은 마지막 질문 하나만 더 하고 오늘은 마무리하는 것이 좋겠다고 말했다. 솟아오른 종이가 손끝에 턱턱 걸렸기 때문에 나는 절대 하지 않기로 결심했던 질문을 던지고 말았다.

"너는 엄마를 사랑하니."

한참 시간이 흐른 후에 쓰읍, 연구원이 잇새로 공기를 빨아들였다. 아직 기계의 정밀도가 낮아서 이럴 수도 있어요. 대뇌 피질의 63번과 17번이 빨갛게 점멸했다. 예와 아니요를 오가는 것인지, 예와 아니요가 동시에 켜진 것인지 구분이 되지 않았다. 나는 이것이 너의 대답인 것을 알았다.

그 날은 그대로 집에 갈 수가 없어 너의 머리가 들어 있는 유리관 앞에서 하룻밤을 보냈다. 얇고 질이 낮은 담요에 감싸여 선잠을 잤다. 오랫동안 눈만 감고 있었는데 어느새 창문에 김이 서리는 것처럼 꿈을 꾸었다. 꿈에서 네가 재판을 받고 있었다. 나는 네가 재판을 받는 모습을 모른다. 그러니까 이 꿈은 모두 너의 일기장을 기반으로 한 나의 상상이다.

너는 조명이 비추는 무대 한가운데에 앉아 있다. 그곳에 있는 모든 사람들은 다 너를 주시하고 있다. 너는 다시 예와 아니요로 대답해야 하는 질문을 받는다. '사실은 둘이 연인관계이지 않습니까?' 아니요. 질문과 대답 사이에 빈 시간이 거의 없었다. 너는 그 질문을 수십 번은 들어보았던 것이다. '당신이 보낸 이모티콘은 호감을 표시하고 있지 않습니까?' 아니요, 아니요. 이모티콘은 손을 번쩍 들고 'YES!'라고 외쳤다. 생각 없이 헤벌쭉한 그 이모티콘은 이제 영원히 너를 비웃는다. '당신은 거센 반항을 하지 않았으므로 동의한 것이 아닙니까?' 아니요, 아니요, 아니요. 그 자리에 있는 어떤 사람도 너의 대답을 진지하게 듣고 있지 않았다. 너를 뚫어져라 쳐다보는 시선이 강해진다. 그 시선이 심장을 움켜쥐어 어깨가 말려들어갔다. 나는 끙끙 앓다가 겨우 실눈을 떴다. 머리통이 선득하게 나를 바라보고 있었다.

얼굴 전체에 경련이 일어난 듯, 너의 눈가 주름이 꿈틀거렸고 입꼬리도 씰룩대었다. 그러나 눈동자만은 흔들림 없이 나를 보고 있었다. 너는 왜 지금 눈을 떴을까. 처음 눈을 마주쳤을 때 느낀 서늘함은 이제 온데간데없었다. 네가 말하고자 하는 바를 알기 위해 감전된 듯 이리저리 튀는 입술을 바라보았다. 아무도 듣지 않는 네 목소리를 듣기 위해 온 신경을 곤두세웠다. 그러나 나는 끝내 네 입술을 읽지 못했다.

연구원에게 간밤에 있었던 일을 이야기했다. 아, 신경 쓰실 것 없어요. 연구원이 말했다. 보이진 않겠지만 통 속에서 여러 이온이 움직이면서 전기 신호가 발생하고 있어요. 이 신호 때문에 근육이 튈 수 있어요. 눈을 뜰 수 있고요. 말하는 것처럼 입을 움직일 수도 있지요. 아무 의미 없는 떨림입니다. 갑자기 너도 연구원이 하는 말을 모두 듣고 있을까 봐 걱정이 되었다. 나는 유리관 속에 손을 넣어 너의 귀를 막아주고 싶었다.

그보다 더 큰 문제가 있습니다. 연구원이 운을 떼었다.

연구원은 머리통의 생리적 활동을 관찰한 결과, 이유 없이 편도체가 계속 활성화되었다고 말했다. 편도체가 이 이상으로 과하게 활성화되면 병리적인 수준의 공격성이 나타날 수 있다고 했다. 원인은 정확하게 알 수 없지만 복제 도중에 편도체를 억제하는 전두엽에 문제가 발생했을 수도 있다는 것이다.

최종 수술 전에 확실하게 짚고 넘어가야 할 것 같습니다.

이제부터 나는 예와 아니요로 대답할 수 있는 질문을 통해 너의 공격성을 판단해야 했다. 결함이 인정되면 머리통은 처분될 것이다. 수술 전에 이 사실을 알아서 기뻐해야 할지 슬퍼해야 할지 알 수 없었다.

다시 유리관 앞에 앉았다. 원래 하려고 했던 질문들은 모두 덮어두고 네 화를 이끌어낼 수 있는 물음을 던졌다. 내가 뉴스를 본 그 날, 너는 엄마에게 화가 났니. 예. 엄마를 때리고 싶었니. 예. 다음 질문을 하기 전에 숨을 한 번 크게 쉬었다. 엄마를 죽이고 싶었니. 아니요. 뇌 사진에는 빨간 꽃이 바뻐게 피었다 졌다. 이제 우리는 63번과 17번 부위 외에 다른 부분들에도 집중하기 시작했다. 특히 편도체가 얼마나 크게 반응하는지, 전두엽은 편도체의 활성을 낮추고 있는지를 살폈다. 아직까지는 정상 범주 내의 활동만 관찰되었다. 연구원은 화를 더 돋울 수 있는 질문을 하라고 나를 재촉했다. 나는 그것이 어떤 질문인지 알았지만, 그 재판을 여기서 다시 열고 싶지는 않았다. 오늘은 여기서 그만하고 싶어요. 내가 거부하자 연구원이 말했다. 복제의 결함을 제대로 밝히지 못하면 따님의 몸을 다른 머리통이 차지하게 될 수도 있습니다. 수술이 끝난 후에 전혀 다른 사람이 깨어날 수도 있다는 말입니다. 나는 그 어느 때보다도 너와 목소리로 대화하고 싶어졌다.

다시 질문이 시작되었다. 꿈에서 본 것처럼 너에게 밝고 아린 조명이 내려왔다. 사실 둘은 연인관계였니. 아니요. 뇌 사진에 붉은 반점이 올라와 열이 번지는 것처럼 보였다. 네가 보낸 이모티콘은 호감의 뜻이었니. 아니요. 더 넓은 대뇌피질이 파도가 밀려오듯 빨갛게 물들었다.

"거세게 반항하지 않았으니 동의한 것이나 마찬가지잖니."

붉은 형광빛이 눈을 아프게 찔렀다. 사이렌의 비명소리가 들리는 것 같았다. 독처럼 반짝이는 편도체와 쥐 죽은 듯이 잠든 전두엽을 보면서 나는 이 머리통을 처분할 수밖에 없음을 알았다. 그리고 동시에 네가 내 딸인 것을 알았다.

나는 네 머리통을 땅에 심는 상상을 했다. 너는 위로 자라는 대신 뿌리를 깊게 내리기 시작한다. 붉고 검은 흙을 단단하게 쥐어 너는 움직이지 않는다. 누군가 너의 머리를 잡고 뽑아내려 해도 역부족이다. 몇 번의 시도가 실패하자 아무도 너를 뽑아가려 하지 않는다. 너는 그제야 코와 입으로 숨을 쉰다. 땅과 머리의 경계가 점차 지워진다. 너른 땅과 온 지구가 너의 몸이 된다. 너는 천천히 눈을 뜨고 그 순간 영원히 살아 있는 존재가 된다.

이화여자대학교 뇌인지과학과에 재학 중이다. 수업 시간에 했던 공상을 소재로 SF 소설을 쓰게 되었다. 앞으로도 슬픔을 딛고 일어나는 이야기를 하고 싶다.

제1회
단편소설
당선작

어떤 사람의 연속성

이하진

너도 알다시피, 나는 예전부터 지우개를 잘 주웠어. 그러니까, 책상에서 떨어진 지우개는 항상 이상하게 찾기 어려웠잖아. 나는 그런 걸 잘 찾아냈어. 남들 모르게 주워서 빼꼼 내밀곤 했지. 대놓고 주울 수는 없었거든. 지우개는 제4공간축으로 빠지곤 했으니까.

그러니까, 사람들이 4차원이라고 부르는 거 말이야. 나는 이 세상에 겹친 상위차원을 볼 수 있었어. SF를 좋아하던 나는 내 나름대로 그 차원에 제4공간축이라는 이름을 붙였지. 여전히 꽤 멋있는 이름이라고 생각해.

SF는 왜 좋아했냐고? 그야 나 같은 황당한 능력을 가진 사람들이 아무렇지도 않게 활약하잖아. 이상하게 받아들여지지도 않고. 그러면서도 비현실적인 도구로 현실의 이야기를 하는 게 좋았어. 그들은 자신의 황당한 능력으로 세상을 멋지게 누비며 세상의 모순을 지적했거든. 나는 그런 작품 중에서도 해피엔딩으로 끝나는 것들이 좋았어. 내가 닿을 수 없어 보이는 영역이었으니까. 그때 나는 딱히 대단한 일을 할 수 있을 것 같지도 않았고, 나날이 버텨내는 게 고작이었으니까.

물론 그건 너도 그랬고. 그래서 나는 지금 편지를 쓰고 있는 거야. 너에게 닿을 수 있을지는 모르겠지만.

*

유민을 처음 만난 건 중학교 1학년 때였다.

갓 중학교에 입학해 새로운 환경에 적응하는 것은 누군가에겐 참으로 버거운 일이다. 특히 내가 그랬다. 수업시간마다 칠판에 집중하는 시간보단 쉬는 시간에 누구에게 어떤 얘기를 꺼내야 할지 고심하는 시간이 더 길었다. 그 나이대 아이들에게 교우관계란 전부와도 같으니까. 지금 보면 웃어넘길 일이지만 그 시절의 정서를 생각해보면 편히 웃을 수 없었다. 초등학교에서의 일을 반복하고 싶진 않았다.

모두가 자신의 자리에서 평범함을 다하는 학급에서도 유난히 이목을 잡아끄는 애들은 으레 있기 마련이었다. 큰 노력을 하지 않아도, 가만히 있어도 먼저 친구들이 다가오는 아이들. 일상은 평온하고, 궂은일이라곤 겪지 않은 것처럼, 자신감 넘치는 태도가 또렷이 스스로의 존재를 증명하는 아이들. 거기에 공부도 잘하면서 좋은 성격까지. 유민은 그런 애들 중 한 명이었다. 반 친구 모두에게 아무 경계심 없이 살갑게 인사를 건네면서 임시 반장부터 정규 반장의 자리까지 어렵지 않게 따내는 그런.

그때만 해도 유민과 내가 이렇게까지 각별해질 거라곤 상상할 수 없었다. 그 애는 늘 빛났고, 나는 지우개를 줍는 능력을 빼면 초라했으니까. 다만 대부분의 이야기가 볼품없는 주인공이 숨겨진 능력을 발휘하며 시작되듯, 뻔하지만 재밌게도 우리의 이야기 역시 그렇게 시작되었다.

어느 날의 과학 수업이 끝난 직후였다. 체육 수업을 앞두고 모두가 체육복을 입으려 소란스럽게 분주해지는 시간이었다. 종이 치는 소리와 동시에 교과서에서 손을 떼고 자리에서 일어난 다른 아이들과는 다르게 유민은 종종 교과서와 펜을 오래도록 붙잡고 있다가 무언가 깨달은 듯 맑은 표정으로 뒤늦게 일어나곤 했다. 그날도 그랬다. 다른 점이 있었다면 유민이 교과서에 급히 필기하다 실수를 했는지 지우개를 잡으려고 했다는 것이고, 생각하던 문제가 어려웠는지 시선을 교과서에 고정한 채 손을 뻗다 지우개를 책상 밑으로 떨어뜨리고 말았다는 점이었다.

유민은 뒤늦게 고개를 두리번거렸지만 지우개를 찾을 수는 없었다. 유민의 지우개는 제4공간축에 떨어졌으니까. 초등학교 시절의 일이 떠오른 나는 지우개를 곧장 주워줄 용기가 나지 않았다. 남들 앞에서 제4공간축에 접하는 일은 다시 하고 싶지 않았다. 혹시 모르니까. 꽤 별로였으니까.

그럼에도 새 학기라는 시기에 대인관계를 향한 간절함은 어쩔 수 없었던 걸까. 1분이 채 지나기도 전에 내 머릿속은 '얘한테만, 얘한테 딱 한 번만, 마지막으로.' 하는 충동에 사로잡히고 말았다. 유민의 다정함을 합리화의 근거로 제시하며 나는 속으로 몇 번이나 마지막이라고 되뇌었다.

나는 결국 어수선한 아이들의 눈치를 살피다 잽싸게 제4공간축에 떨어진 지우개를 주워 유민에게 건네주었다. 눈인사만 가볍게 하고 소심하게 제자리로 돌아가려던 찰나, 유민이 내 옷깃을 붙잡았다. 내 집중을 끌기엔 충분했지만 그렇다고 마냥 우악스럽진 않은 손길이었다. 지우개를 보더니 눈이 휘둥그레진 유민은 나를 붙잡고 말문이 막힌 듯 짧은 시간 동안 얼어 있더니 말을 꺼냈다. 놀랐지만 작게 속삭이는 목소리로. 이제야 말하지만, 나는 그 사소한 조심스러움이 정말로 고마웠다.

"그거 어떻게 한 거야? 네 손이 잠깐 사라지더니 지우개를 들고 나타났잖아."

나는 초등학교 2학년 이후로 지우개를 '이상하게' 줍는 비밀을 남들에게 말하지 않겠노라 다짐했다. 정말 그랬는데, 유민의 그 순수함이, 살포시 옷깃을 잡는 다정함이, 호기롭게 반짝이면서도 이면이 묻어나지 않는 눈빛이, 특히 이런 비밀을 작은 목소리로 조심스럽게 물어보는 태도가 나를 제4공간축에 대해 말하게 했다.

실제로도 유민은 편견이 없는 아이였고, 내 비밀에 대해 어떤 특별함을 부여하지 않았다. 평범하게 다양한 무언가의 하나로 여기며 대수롭지 않게 생각했다. "그럴 수도 있지. 그게 뭐?" 그렇게 대하는 사람은 처음이었다. 유민은 제4공간축에 흥미를 보이면서도 이를 가장한 무례를 저지르지도 않았다. 내게 있어선 그 평범한 배려가 드물고 소중한 것이었으므로 우리는 점점 더 많은 것들을 나눌 수 있었다. 서로의 더 깊은 것들을 아껴줄 수 있었다.

*

제4공간축에 떨어진 지우개를 남들 앞에서 줍지 않게 된 건 초등학생 시절부터였어. 나는 누구나 그곳을 볼 수 있는 줄 알았거든. 그래서 아무도 신경 쓰지 않을 줄 알았는데, 아니었다는 걸 뼈저리게 알게 된 날이었지. 2학년 새 학기가 시작되는 봄이었어. 수학 수업을 듣고 있었는데 짝꿍이 지우개를 거칠게 쓰다가 모자란 손힘 때문에 놓치고 말았지. 책상을 데구루루 구르던 지우개는 바닥으로 떨어졌고, 콩 하는 소리가 들렸지만 짝꿍은 소리가 들린 쪽으로 고개를 돌려도 지우개를 찾지 못했어. 괜히 나도 걔를 따라서 지우개를 찾기로 했지.

나는 어렵지 않게 짝꿍이 흘린 지우개를 발견할 수 있었지만 어쩐지 이상했어. 분명 같은 공간에 있는데 다른 세상에 있는 것처럼 보였거든. 형용할 수 없는 위화감이 느껴졌지. 근데 고작 아홉 살짜리 꼬마애가 그런 걸 대수롭게 여겼겠어? 나는 의자를 살짝 뒤로 빼고 몸을 숙여 제4공간축을 향해 떨어진 지우개를 향해 손을 뻗었어. 책상다리 근처라 어렵지 않게 닿을 수 있었지.

그런데, 그런데 말이야. 그때 짝꿍이 별안간 소리를 지르는 거야. 수업이 한창인 가운데 선생님을 비롯한 반 전체의 시선이 우리 쪽으로 쏠렸지. 나는 어리둥절한 상태로 지우개를 줍고 다시 바른 자세로 고쳐 앉았어. 짝꿍에게 건넬 때를 놓친 지우개를 꾹 쥔 채로. 시선이 쏠리자 짝꿍이 겁먹은 듯한 표정으로 울먹이며 말했지.

얘 손 잘렸어요.

그러니까, 제4공간축을 못 보는 아이들은 그 공간축으로 향하는 내 움직임이 연속적으로 보이지 않았던 거야. 나중에 알았는데, 어느 물리학자가 말하길 상위차원에 걸친 존재는 우리 시공간에서 불연속적으로 보인대. 4차원을 보지 못하니까 3차원에 남은 내 몸뚱이만 보곤 잘렸다고 말했던 거지. 그렇지만 짝꿍이 잘렸다고 말하는 내 손은 이제 3차원의 공간에 멀쩡히 존재하고 있었어. 짝꿍에게 줄 지우개를 꾹 쥔 채로. 정말이라고 떼쓰는 짝꿍을 달래기 위해 수업은 중단될 수밖에 없었고, 쉬는 시간에는 짝꿍을 필두로 한 어떤 그룹이 형성되었어. 그리고 그 그룹의 관심은 빠르게 내게로 향했지. 좋지 못한 형태로 말이야.

걔네는 '괴물'이라며 나를 특별화하기 시작했어. 학기 초에 선생님께서 우리 반에는 어떤 증후군을 가진 친구가 있으니 '정상적으로 지낼 수 있도록 특별히' 배려해달라는 지도를 한 이후로, 미숙했던 아이들에게 증후군의 뜻은 그러한 '특별함'이 되었어. '특별'이 '정상'의 반의어가 된 거지. 나를 향한 특별함 역시 내게 붙여진 '4차원 증후군'이란 이름으로 잘 알 수 있었고. 이런 걸 보면 사람들에게 질병이나 장애의 이름은 참 가벼운가 봐. 예전에는 '확찐자' 같은 단어도 돌아다녔잖아?

어쨌든, 너도 알다시피 혐오와 기피는 꼬리표를 붙이는 것부터 시작돼. 자신들이 생각하는 '정상'과는 다른 것이라 분류하면서. 그런 이유야. 이건 처음 듣지? 별로 생각하고 싶지 않았거든. 그땐 어떻게 무시하고 넘어가긴 했는데, 그 뒤로 지우개를 남들 앞에서 줍고 싶진 않았어. 그래서 중학교도 초등학교랑은 멀리 떨어진 곳으로 왔던 거야. 맨날 집이 멀다며 푸념하곤 했는데.

그날도 그냥 무시하려고 했어. 주워주더라도 숨기려고 했지. 그랬는데… 너는 뭔가 달랐어. 놀라는 표정으로 어떻게 주웠느냐며 빛내는 눈빛이 불쾌하지 않았어.

*

유민은 과학을 좋아했다. 특히 물리를 좋아했다. 제아무리 이과라도 또래의 취향으로선 드문 것이었다. 그 또래란 나 역시도 포함하는 것이라, 내 취향은 화학이나 생명과학에 더 가까웠다.

"그게 어떻게 재밌어? 물리는 맨날 계산만 하잖아."

"그러니까 재밌는 거지. 세상이 법칙으로 딱딱 맞아떨어진다는 게 재밌잖아. 수의 체계도 사람들이 세운 건데, 자연을 설명할 수 있다는 게 신기하지 않아?"

"별로. 나는 고작 100개도 안 되는 원소가 세상을 이루는 전부라는 게 더 재밌어."

우리는 '제4공간축'이라는 작은 과학의 관심사만을 공유했다. 나는 차원이니 숫자니 하는 것에 넌더리가 나서 무의식적으로 물리를 싫어했지만, 유민이 제4공간축에 대한 가벼운 가설들을 던질 때면 주의를 기울이곤 했다.

"혹시 모르지. 만약 무언가의 시간이 멈춘 것처럼 보인다면, 상위차원에서는 아닐지도?"

어차피 중학생이 알 수 있는 과학 상식으로는 그 엄밀함에 분명한 한계가 있었지만 아무래도 좋았다. 우리가 같은 관심사로 맥락이 같은 대화를 나눌 수 있다는 점이 좋았다. 공부니 성적이니 하는 것보다는 그런 게 훨씬 나았다. 아마 유민이 차원물리학에 관심을 가진 것도 그쯤이었을 것이다.

유민은 일찍이 과학고등학교나 영재학교의 입시를 홀로 준비했다. 하지만 도시와는 거리가 있는 구석의 동네여서 그랬던 걸까, 아무리 학교의 모든 선생님들이 입이 닳도록 칭찬한들 학원 문턱을 밟아보지도 못해 그랬던 걸까. 유민은 중학교 3학년의 가을에 면접조차 보지 못한 채 인생 첫 실패라고 불릴 만한 것을 경험했다. 내가 본 사람 중 가장 과학에 열정적이었던 사람이었는데. 그런 학교는 누가 가는 건지 문득 궁금해졌다.

"괜찮아. 이참에 너랑 같은 고등학교 가버리지, 뭐."

그렇게 말하는 유민은 정말 나와 같은 고등학교에 진학했고, 함께 자연계열을 선택하면서 자연스레 3년을 더 동고동락하게 되었다. 대입을 준비할 때가 되자 자그마치 6년 지기가 되었다. 유민은 차원물리학에 깊은 흥미를 가지고 끝내 물리학과에 진학했고, 나는 재수를 고민하다가 대학 진학을 포기했다. 가지 않는다고 큰일이 날 것 같지도 않았다. 처음 결정을 내렸을 때 부모님은 반대하셨지만, 시간이 지나자 만류하지는 않았다. 대신 취직할 자리를 알아보았다. 틈틈이 공부하며 따둔 엑셀 자격증 따위가 도움이 되었고, 혹시 몰라 따둔 공인 어학 성적이 의외로 잘 먹혔다. 운 좋게도 머잖아 작은 학원의 사무보조로 일할 수 있었다.

그렇게 학창시절의 생기는 온데간데없이 일상이 반복될 때도 가끔 연락하며 우리 사이는 유지될 수 있었다. 우리는 꽤 다른 길을 선택했음에도 계속해서 연을 이어나갔고, 유민은 이따금 전공 공부가 너무 어렵다며 방학마다 나를 보러 놀러 오곤 했다. 그렇게 몇 번의 사계가 지났을까, 유민은 차원물리학을 연구하기 위해 대학원에 진학하게 되었다. 그게 나 때문이란 걸 어렴풋이 알 수 있었기에, '재난'이 일어나고 나선 유민을 말리지 못한 것을 후회했다.

*

너는 그런 우수한 학생이었으니까 유학을 갈 줄 알았어. 세계 유수의 대학이 너를 원했다고 말했잖아. 그렇지만 너는 국내의 대학원에 진학했어. 내 앞에서 더없이 서럽게 울고 난 날로부터 3개월쯤 뒤에 말이야. 너는 차원물리학 연구단이 있는 곳으로 향했지. 국내 유일의 차원실험연구소로. 가깝다면 가까운 곳이었지만 하루이틀의 시간과 체력을 내지 않고선 쉽게 갈 엄두를 못 낼 거리였어. 그땐 언젠가 놀러 갈게, 하고 말했지만 거짓말에 가까웠어. 아무렇지도 않은 척 흔한 인사로 너를 배웅했지만 그러지 말 걸 그랬지.

그런 일이 발생할 줄 누가 알았을까? 네가 자리 잡은 그곳의 시간이 통째로 얼어붙는 일이 발생할 줄 알았다면, 차라리 너를 붙잡을 걸 그랬나 봐. 시간은 왜 일방적인 걸까? 돌이킬 수 없는 걸까? 그러면서도 연속되는 시간이 고통을 늘어지게 만들어.

차라리 불연속적이었다면 좋았을 텐데. 하루하루를 끊임없이 느끼지 않아도 됐을 텐데. 1분 1초마다 먹먹함을 한 톨씩 세어가는 경험도 안 했을 텐데. 후회해도 무엇 하나 바뀌지 않는다고 생각하면서도 후회를 이렇게 써 내려가는 일은 하지 않았을 텐데.

닫힌 시간에 격리된 너를 이렇게 그리워하지도 않았을 텐데.

*

시간이 얼어붙어 배제된 공간을 본 적이 있는가?

그곳은 고요했다고들 말한다. 세상의 모든 것들이 시간에 종속된 존재였음을 적나라하게 증명했다고들 말한다. 재난은 자신에게 향하는 모든 것의 시간을 빼앗아갔다. 삶의 형태 자체를 강탈했다. 그곳엔 삶이 존재하지 않았다.

시간은 삶의 증명이었다. 사람을 만나고, 소통하고, 대화하며, 감정을 나누고, 함께 일하고, 여가를 누리고, 여유를 느끼며, 숨을 들이마시고, 내쉬고, 계절이 바뀌고, 꽃이 지고 피며, 세상과 사람이 이어지는 모든 순간은 시간과 함께였다. 즉 시간이 삶을 보장했으므로 그렇지 못한 존재들은 죽은 것과도 같았다. 재난은 살아 있는 것이 살아 있지 않는 듯, 존재하는 것이 존재하지 않는 듯 만들었으며 그들의 모든 것들을 불연속의 공간으로 격리했다. 마땅히 흘러야 할 것이 흐르지 않는 것들의 모습은 존재라는 개념과 유리되어 있었다.

유민은 그곳에 있었다. 얼어붙은 시간에 격리된 채로. 유민의 삶은 그날 아침의 마지막 연락으로부터 더는 이어지지 않았으며 이어질 수도 없었다. 시간이 좀먹힌 그곳의 어딘가에 하필 차원실험연구소가 있었을 뿐이었고, 유민이 있었던 곳이 하필 그곳이었을 뿐이었다. 단순한 우연으로 치부하기엔 지독하게 잔인했다. 재난의 규모로 추측한 바로는 산 것도 죽은 것도 아닌 채로 재난에 갇힌 이들이 수천 명이었다. 유민도 그 사이에 있는 게 분명했지만 그런 공간적인 성질이 아닌 다른 상태에 대해 어떻다고 말할 수가 없었다. 무사하느니 어떠니 하는 것도 결국 시간이 흘러야 알 수 있는 것이었다. 상태의 변화는 시간의 변화와 함께했으니까.

발생 초기에 재난의 경계를 지나던 사람들이 그림처럼 얼어붙는 모습이 인터넷에 퍼졌다. 이윽고 빗물이 재난의 천장에서 멈춰 섰고, 새들은 덫에 걸리듯 시공간의 틈새에 박제되었다. 아무것도 재난 속에서 시간을 허용 받을 수 없었다. 모든 것이 평등하게 시간을 빼앗기고 고요하게 정지하는 곳이 재난이었다. 재난은 그렇게 모두를 압박했다. 정적이고 확실한 두려움으로. 시간이 멈춘 재난 앞에선 시간을 가진 이들도 그를 빼앗긴 듯 정지해 있을 수밖에 없었으니까. 그 재난이 품은 것은 찰나였으나, 지고의 수준에 이른 듯한 두려움은 영원한 불가침을 선고하는 것만 같았으니까.

지금에 이르러선 아무도 그곳에 가지 않으려고 한다.

*

그 후로 난 줄곧 우울했어. 내가 상위차원을 보지 못했다면, 그날 지우개를 주워주지 않았다면, 제4공간축을 볼 수 있다고 솔직하게 얘기하지 않았다면 네가 나와 친해질 일은 없었을 텐데. 네가 차원물리학에 관심을 가지고 그런 걸 연구하려 들지도 않았을 텐데. 그곳으로 향하지도 않았을 텐데. 재난에 휘말리지도 않았을 텐데. 모든 게 내 탓 같았어. 그럴 수밖에 없었어. 그런 것밖에 생각나지 않았고 다른 걸 알 수도 없었거든. 그리고 제4공간축이라는 겹친 차원을 원망했어. 그게 나한테만 보인다는 사실을 원망했어. 겹친 차원을 보는 나를 원망했어.

우울했지.

가슴 깊은 곳에서부터 답답한 먹이 피어올라서 발끝까지 깊고 탁한 검은빛으로 먹히는 느낌이었어. 살아남으려고 발악해봐도, 고여버린 웅덩이에 축축이 잠긴 나뭇잎을 얕은 일렁임에 살짝 떠미는 정도밖엔 안 되는 것 같았어. 휩쓸리는 듯 잠깐 움직여 뜨다가도, 힘이 부족해 다시 가라앉는 모습처럼. 그리고 알게 됐어. 바깥에서는 웅덩이의 깊이가 대단하지 않아 보일지라도, 나뭇잎의 입장에서는 제 몸집에 비하면 어마하게 깊다는 것을….

*

재난에 먹힌 곳이 통제구역으로 지정되는 것은 한순간이었지만 행정적 통제에 그쳤다. 소중한 사람이 그곳에 있는 극히 일부의 사람들을 제외하면 아무도 그곳으로 가길 원하지 않았으니까. 그들 역시 간다고 한들 재난 앞에서 무얼 할 수도 없었으니까. 모두 재난의 경계에서 압도적인 두려움에 의지를 잃었으니까. 덕분인지 재난의 통제는 강제성을 동원하지 않고도 수월하게 이뤄진 모양이었다.

정부는 재난 지역으로 향하는 모든 대중교통에 이용 자제 권고를 행정 명령으로 내렸다. 전례 없는 사태에 그 누구도 의지가 없었으므로 권고에 그쳤다. 모든 육로가 차단되지도 않았다. 인근의 주민들이 빠져나가기 위해선 완전히 막아버릴 수도 없었으니까.

통제 범위를 넓힐지에 대한 언쟁이 분분했다. 아예 봉쇄해야 한다는 의견도 있었다. 그 과정에서 무시되는 것은 재난의 도처에 살고 있다는 이유로 함께 통제 권고를 받은 이들의 존재였다. 여유가 되는 이들은 떠났지만, 어쩔 수 없이 남아 있는 쪽이 과반이었다. 그들은 시간을 빼앗긴 사람들과 같은 무리로 취급되며 사회적으로 함께 격리되고 고립되었다. 몰상식한 몇몇은 그곳에 남은 멀쩡한 사람들도 '재난민'이라며 싹 다 재난이 일어난 장소로 밀어 넣어야 한다는, 불쾌하고 저급한 발언을 소리 높여 말하기도 했다.

비슷한 발언이 지지를 얻는 세태에 진절머리가 났다. 혐오의 시작은 꼬리표가 붙어 분류되는 것이었으므로, 재난민이라는 꼬리표가 보이기 시작한 이상 재난이 시작된 지역에 대한 혐오는 자정작용을 잃어버리게 되었다. 언젠가 사태가 끝나더라도 기억에 남아 '아, 거기.' 하며 멈칫하는 사람들이 생겨나겠지. 재난이 서울을 덮쳤어도 같은 꼴이 났을까? 아마 아닐 것이다.

재난에 의해 시간이 멈춘 도시의 모든 기능이 정지했다. 자립 가능한 도시 기능의 대부분에 자동화가 이루어졌다 한들 시간이 흐르지 않는다면 무용지물이었다. 빛조차 정지하는 곳이었으므로 통신 마비를 시작으로 기본적인 전자상거래, 송전, 수력발전 등 여러 자원의 순환이 차례로 막혔다. 재난이 덮친 공간 자체의 시간이 마비됨에 따라 주변의 기상현상에도 이상이 생겼다. 흐름으로부터 가로막힌 공간이 보이지 않는 형태로 대기의 불안정을 초래해 도시와 그 주변에는 국지성 소나기가 다발적으로 내렸다. 다만 재난의 중심지에는 비가 내리지 않았다. 시간이라는 우산을 쓰고 가로막힌 공간에 빗물은 침투하지 못하고 그저 경계면에서 돔의 형상을 이루며 정지할 뿐이었다. 세상의 관심이 재난으로부터 얼마나 멀어지든 간에, 태양의 자취에 개나리가 스미기 시작할 때조차 그곳은 늦겨울의 초연한 모습으로 붙잡혀 있었다.

*

"너만 왜 거기에 있어. 내일로 같이 가자고 했잖아."

나는 희미하게 떠오른 생각을 뜰채로 뜨듯 낮은 음성으로 내뱉었다. 낮잠에서 깬 지 얼마 지나지 않은 시간이었다. 침대에서 옅은 수면감에 부유하며, 깬 건지 자는 건지 모를 중간의 상태였다. 하릴없이 내리기만 하는 빗물이 만물에 부딪혀 불규칙하고도 탁한 화음을 만들어냈다. 작은 소리가 얇은 콘크리트 벽을 뚫고 울리며 툭, 툭 하고 고막을 건드렸다. 제4공간축으로 지우개가 떨어지는 것처럼. 툭. 툭. 투둑. 벽을 타고 낮게 울리는 소리는 점차 둔해지더니 머지않아 진동의 형태로 변화했다. 진원은 휴대폰이었다.

별안간 울리는 진동에 정신이 들자마자 요란한 경고음이 귀를 찢을 기세로 방을 울렸다. 구름 사이로 비스듬한 빛이 창문으로 겨우 들어와 비치는 어슴푸레한 자취방에서 나는 신경질적으로 손을 뻗었다. 몇 차례 더듬거리고 나서야 휴대폰을 짚을 수 있었다. 손에 잡히는 감각만으로 앞뒷면을 더듬어 지문인식으로 잠금을 해제하고 눈앞으로 화면을 끌어왔다. 긴급 재난 문자가 창백한 화면을 빛내고 있었다.

[중대본] 13시부터 지역 전체로
긴급 재난 지역 확대 및 접근 금지 권고.
정부 통제에 따라주시길 바랍니다.

한동안 재난에 대한 이야기만 이어지고 있었기 때문인지, 재난이 덮친 곳은 그곳뿐이기 때문인지 그날 이후로 이어지는 안내 문자는 종종 지역의 이름이 빠진 채였다. 시간이 정지하는 재난 같은 게 이전에 있었을 리가 없겠지. 때문에 '재난'이 가리키는 것이 무엇인지는 명확하게 자명했고 타당했다. 동시에 재난은 그 지역의 이름이 되고 말았으니까.

비슷한 내용의 재난 문자 여러 통을 훑은 후 팔에 힘을 뺀 채 휴대폰을 거칠게 내려놓았다. 그 바람에 책상에서 정리되지 못하고 튀어나온 펜이 떨어진 듯 플라스틱 막대가 맑고 개운하게 바닥을 구르는 소리가 들렸다. 맞다, 낮에 편지를 쓰다가 그만뒀지.

피곤함과 귀찮음에 신음하며 몸을 일으켰다. 잡동사니 없이 먼지만 쌓인 바닥이라 쉽게 찾을 줄 알았건만, 바닥에 떨어지는 물체는 늘 기묘한 동선을 만들곤 했다. 그리고 종종 기묘한 각도로 서 있기 마련이었다.

제4공간축으로 손을 뻗으니 쓸데없는 초등학생 시절의 기억이 떠올랐다. 내 손이 잘렸다며 비명을 질렀던 그 친구는 뭐 하고 있으려나. 살면서 그렇게 큰 호들갑은 못 봤는데. 제4공간축을 볼 수 없는 사람들은 어떻게 살고 있으려나. 4차원에선 유려한 연속의 선을 그리는 이 세상을 불연속적으로 관측한다면 어떤 느낌일까. 어차피 세상은 3차원에서도 꽤 완벽히 작동하고 있지만 말이다. 그들에게는 상위차원을 이용하는 행위가 시공간에 불연속을 초래하는 것으로 보이겠지. 내게는 그게 더없이 연속적인 일인데도. 마치 내가 지우개를 주울 때마다 손이 잘려 보였던 것처럼. 무언가가 갑자기 사라지고, 시간 차를 두고 나타날 수 있겠지. 상위의 시간축을 이용한다면 과거, 현재, 미래의 구분이 의미 없어지고 시간의 일방성은 깨지겠지. 차원에 대해 생각할 때면 대부분의 내용이 유민과 나눴던 대화와 맥락을 같이 했다.

그리고 이런 것들은 관심 없다면 굳이 찾아보지도 않을 것들에 불과하니, 다른 사람들은 별 불편함도 없이 살아갈 것이다. 불편함은 결국 앎으로부터 시작되니까.

그러니 이 모든 생각은 끝내 부질없겠지, 다수의 '보통' 사람들에게는.

어느덧 펜과 그것을 쥐고 있는 내 손은 3차원 공간에 존재하고 있었다. 3차원 공간에서 1차원의 시간을 가지고 흐르는 채로. 상위차원의 개입으로써 발생하는, 다른 사람들이 '불연속'이라 부르는 것이라곤 하나 없이.

생각이 깊어지니 언젠가 유민이 차원에 대한 이야기를 해줬던 게 떠올랐다. 내용을 기억할 수는 없었지만 어쩐지 유민의 모습과 목소리가 눈앞에 선연해 영 서글퍼졌다. 그저 다시 보고 싶었다. 내가 재난의 코앞까지 다가가서 유민처럼 멈춘다 해도, 결과적으로 함께라면 괜찮을 것도 같았다. 어느새 시큰해진 콧잔등을 문지르며 손에 쥔 펜을 바라보았다. 유민에게 하고 싶은 말이 너무 많았다. 당장 전하지 못한다면 문자로라도 남기자는 생각이 들었다. 쓰다가 그만두고 지금 손에 쥔 펜마저 대충 던져두게 했던 편지를 이어서 쓰자는 충동을 느꼈다.

나는 수면(睡眠)의 수면(水綿)을 짚고 일어나 책상 앞에 자세를 고쳐 앉았다.

✳

그때 기억나? 고3 때 말이야. 수능 이틀 전에 내가 엄청 울면서 너한테 전화했던 날. 너는 전화를 받자마자 소스라치게 놀랐어. 곧 스피커 너머에서 도어록이 열리는 소리가 들렸고, 이내 버스카드를 찍는 소리, 다음 정류장을 알리는 소리, 하차하는 문이 열리는 소리, 급하게 뛰는 소리가 이어졌지. 그리고 네가 나를 불렀잖아. 스피커 너머에서, 휴대폰 너머에서. 같은 공간에서 직접 와 닿는 그 소리로.

너는 그저 내일만 같이 가자고, 같이 보자고 했지. 내일이 오면 또 내일. 또다시 내일이 오면 다시 내일을. 하루에 한 걸음씩 나아가면서 내일로 가자고 했어. 내일이 모이다 보면 언젠가 현재를 살게 될 거고, 그토록 바라던 내일들은 어제 같은 과거가 될 거라고. 조금의 시간만 바라보자고. 결국 시간이 흐르면 괜찮을 거라는 진부한 말이었지만 그게 뭐라고 내일을 바라게 되더라. 그저 하루였어. 하루만. 내일도 하루만. 내일만을 걷다 보면 언젠가는. 그렇게 내일이 이어지다 오늘을 깨닫게 되겠지 하며. 덕분에 나는 이제야 오늘을 살게 되었는데, 너는 과거에 갇혀 있네.

슬슬 편지를 쓰게 된 이유를 풀어야 할 것 같아. 사실은 오늘 낮에 너를 멈추게 한 재난에 대한 새로운 사실이 밝혀졌어. 그래서 네게 닿을지조차 불분명한 이 편지를 쓰게 된 거야.

네가 있던 연구소의 사고였다고 하더라. 차원실험연구소 있잖아. 그곳에서 재난이 시작됐대. 실험 챔버의 손상으로 재난이 번져나갔대. 그리고 도시를 집어삼켰대. 실수가 부른 거래. 시작점이라는 건 중요하지 않았어. 그 시작이 실수였다는 게 더 중요했거든. 재난이라 불릴 정도로 커다란 대형사고가 인재였던 거야.

사고 삼각형 모형을 알아? 한 번의 중대사고는 사소한 잘못 29건이 방치되고, 기록되지 않는 부주의한 행동 300건이 묵인될 때 발생한대. 모두가 아는 사실이잖아. 그렇게 커다란 인재는 사소한 실수 하나만으로 발생하지 않는다는 걸. 중요한 것들을 사소하게 여기는 안일함이 쌓이고 부풀어서 때가 맞는 실수에 맞물려 터지는 거야. 결과를 알면서도 눈 가리고 만든 폭탄 같은 거라고.

갑자기 수척하게 느껴질 정도로 가라앉아 있던 네 목소리가 기억났어. 분명 좋아하는 일을 하고 있을 텐데도 기대보다는 회의에 가깝던 네 감정이 떠올랐어. 줄곧 들어가지 않던 SNS에 들어가서 네 계정을 찾았어. 프로필 미리보기에 연구실 인원의 단체 사진이 보였지. 그리고 사진의 뒷배경은 어딘가의 열악함을 조용히 알리고 있었어. 징조였지. 스크롤을 내리니 새벽녘에 작성된 말들이 가득했어. 피곤하다는 말이 맥락의 주를 이뤘어. 행간을 몇 번이나 되짚고는 깨달았지.

너무 뒤늦게 알았더라. 그 재난 이전에도 너의 시간이 없었다는 걸. 너의 삶이 존재하지 않았다는 걸.

✴

아른거리는 생각에 집중했다. 문자도, 메일도 전부 훑었지만 부족했다. 쏟아지는 최근의 기사들은 뻔한 이야기들뿐이었다. 어딘가에 남아 있을, 내가 보지 못한 흔적을 쫓기 위해 정렬 기준을 과거 순으로 설정해 재검색했다. 차원실험연구소의 출범부터 모든 기사의 작성 시간과 미리보기에 스치는 짧은 내용을 훑었다. 몇십 개의 기사를 지나니 유민이 합류한 시기쯤에 도달했다. 그 시기의 것부터 시작해서 재난의 직전까지 작성된 모든 기사를 읽을 작정이었다. 인터뷰가 들어간 기사 몇 개에서 모르는 사람들의 이름을 얼마 지나쳤을 즈음, 한 기사에서 유민의 이름을 찾아볼 수 있었다. 관계자 몇 명이 차원실험연구소를 소개하는 형식의 인터뷰였다.

차원실험연구소는 여러 연구가 진행되는 곳으로 알고 있는데요. 각자 어떤 연구를 하고 계시나요?

— 제가 소속된 곳에서는 상위차원을 임의로 구현하는 연구를 하고 있어요. 우리 차원에서는 불연속적으로 보이는 게 상위차원에서는 연속적으로 보일 수 있거든요. 가령 2차원의 면밖에 인식할 수 없는 개미가 있다면, 그 개미는 높이의 개념을 이해하지 못하겠죠. 그 개미 앞에 있는 다른 물체를 '높이'를 이용해 들었다가 내려놓으면, 개미의 입장에서는 그 물체가 순간 사라졌다가 나타난 것처럼 보일 거예요. 불연속적으로 보이는 거죠. 그런 현상들을 연속적으로 관측하는 연구를 하고 있어요.

유민이 내게 차원에 대한 이야기를 해줬던 것이 어렴풋이 기억나기 시작했다. 이어지는 문장은 이미 유민에게서 들어 알고 있을 터라고 몇 개의 단어가 인식의 저변에 들어오며 속삭였다.

— 거대 챔버를 이용해서 그곳에 국소적인 상위차원을 구현하는 거죠. 최근에는 상위차원을 이용해 시간을 정지시키는 실험을 시도 중이에요.

사진에 찍힌 유민의 얼굴엔 예전의 순수함이 묻어났다. 나는 눈을 끔뻑 감은 채 고개를 떨궈 깊은숨을 내쉬었다. 어떤 사건의 과거는 너무나 천진해서 마주하기가 힘들었다. 그땐 이렇게 될 줄 몰랐을까. 정말로 몰랐을까. 챔버는 시간의 관성을 비좁은 공간에 묶어놓기에 너무나 노후한 상태였다. 이에 폭발했으며 소멸하지 못한 채 일대를 집어삼켰다. 그것이 재난의 정체였다. 나는 복잡한 감정을 꾹 눌러 참으며 다시 고개를 들어 기사를 읽어나갔다. 다른 이들의 답변은 뇌리를 스칠 뿐 내용이 들어오질 않았다.

다만 이상하게도, 기사를 읽어나갈수록, 유민의 답변을 들을수록 나는 기시감에 사로잡혔다. 우리가 예전부터 질리도록 생각했던 것들, 내가 보는 상위차원에 대한 것들을 유민이 말하고 있었다. 언젠가 내게 해주었던 말들, 단순히 추측으로만 생각했으나 사실로 밝혀진 것들이 열거되었다. 무수한 문장의 가닥 한 올 한 올이 과거의 기억을 꿰고 엮어냈다. 마지막 문장은 이내 시침질이 끝났음을 알리며 마저 기워야 할 천을 내게 건네는 것처럼 느껴졌다. 이미 형태는 잡혔지만 아직은 조잡해서 누군가가 손수 나서서 완성해야 하는 천을, 나는 받아들었다. 그 뜻을 바라봤다. 그리고 이해했다.

— 혹시 모르죠. 만약 무언가의 시간이 멈춘 것처럼 보인다면, 상위차원에서는 아닐지도.

뒤통수를 세게 맞은 듯 멍해졌다. 생각을 담당하는 곳의 시간이 멎은 느낌이었다. 심장이 빠르게 뛰며 감정이 고조되는 걸 느꼈다. 예전에 분명히 들었던, 완전히 똑같은 이야기.

완결 짓지 못한 편지와 지갑, 휴대폰을 급히 챙겨 들었다. 초봄의 쌀쌀한 날씨였지만 얇은 코트만 걸치고 밖으로 뛰어나갔다. 다소 충동적으로 보이겠지만 중요치 않았다. 그러곤 근처에 사는 이모에게 무작정 전화를 걸었다. 차 좀 빌릴 수 있을까요? 아, 어디 갈 거냐고요? 재난에요. 괜찮아요. 만나야 하는 사람이 있어요. 만날 수 있을 거예요.

✳

뒤늦게 너를 쫓았어. 너의 행적을 좇았어. 예전 일도 생각나더라. 우리가 제4공간축이라는 작은 관심사에 대해, 앎으로써 선입견에 구속되지 않았던, 지식이란 한계를 몰랐던 시절의 자유로써 펼쳐놓았던 수많은 이야기들이 스치더라. 중학생 때 있잖아. 우리 둘 다 뭣도 아니던 시절. 그래서 편했던 시절. 그때 말한 이야기들은 모두 잊고 살았다고 생각했어. 너도 잊었을 거라 생각했는데, 어떤 인터뷰 기사에서 네가 말하더라고. 분명히 들어본 적 있는 말이었어. 어딘가의 시간이 멈춘 것처럼 보인다면 상위차원에서는 아닐 수도 있다고.

너는 아직도 그날의 가설들을 증명하고 있었어. 기억하고 있었지. 나와 얘기한 제4공간축을. 나는 왜 다 잊었다고 생각했을까. 언제나 너는 기억하고 있었는데. 언제나 먼저 내게 연락하는 건 너였는데. 언제나 나를 찾아오는 건 너였는데. 그날 아침의 연락도 네가 먼저였는데.

*

실낱같을지라도 가능성이 존재한다면 고개를 돌려 바라보고 마는 것이 사람이다. 아무리 우리가 자기 좋을 대로 정보를 왜곡해서 알아듣는 존재라지만, 그것이 누군가를 희망으로 이끌 수 있다면 누구라도 걸음을 내디딜 수밖에 없지 않을까. 특히 그 누군가라는 범주에 자신보다도 소중한 사람이 포함된다면.

짧지 않은 실랑이 끝에 이모에게 차를 빌려 도로를 달렸다. 사실 키를 빼앗은 것에 더 가까웠지만 머뭇거리고 싶지 않았다. 내비게이션에 재난의 중심지를 입력하고, 국도를 빠져나와 고속도로로 향했다. 지나친 분기점의 수가 늘어날 때마다 내 방향의 도로는 점점 한산해져 갔다. 옳은 방향으로 향하고 있다는 지표였다. 재난으로. 그곳으로.

유민에게 보내는 편지, 할 말이 많아 아직 완결 짓지 못한 그 편지. 그것이 나침반 같았다. 그곳으로 향해야 한다며 길을 안내해주는 것 같았다. 편지를 전해줄 수 있다고 문득 느꼈다. 재난에 다가서면… 다가서서… 어떻게든 되겠지. 할 수 있을 거라고 스스로 다독였다. 일단은 그곳으로 향해야 했다. 이번엔 내가 먼저 찾아갈 차례였다. 더 늦기 전에.

줄곧 멀다고 생각했던 것은 심리적인 거리감에 불과했던 것 같았다. 진작에 찾아오지 못한 것을 후회할 정도로 재난지역에는 빠르게 도달할 수 있었다. 도로가 한산했기 때문인지 하나의 집념에 집중했기 때문인지는 모르겠지만, 오래 지나지 않아 내 눈앞에 빗물이 이룬 재난의 경계가 확실하게 펼쳐졌다.

시간이 얼어붙어 배제된 공간은 끔찍했다.

사람들이 재난의 경계에서 더욱 절망하며 돌아갔다는 이유를 알 것 같았다. 알 것 같은 정도가 아니었다. 아무것도 모르는 사람들이 이렇게나 뚜렷하게 멈춰 있는데 돌아가지 않을 수가 있을까. 그저 걸어가다가, 함께 뛰놀다가, 커피를 마시거나, 하늘을 보거나, 공을 차다가, 옷깃을 여미다가, 사진을 찍다가, 휴대폰을 줍다가. 아이고 노인이고 할 것 없이, 날아가는 새들마저. 그저 일상이랄 것들이 정지해 있었다. 사진 따위랑은 비교도 안 될 정도로. 잔인하도록 투명하고 여과없이. 앞에 서 있다 한들 아무것도 못 한다는 것만을 더 뼈저리게 알게 될 정도로.

거대한 절망을 품은 경계 앞에서 나는 위축될 수밖에 없었다. 그 두려움은 사람을 겸허하게 만들었다. 받아들이는 게 편할 거라고 경계 내부의 상으로 나를 설득했다.

그러나 역설적으로, 두려웠기에 마음을 다잡을 수 있었다. 나는 조수석에 두었던 편지를 다시 펼치고 펜을 들었다. 이곳에서 유민에게 보내는 편지는 완결될 것이다. 내 인생도 곧 완결될지 모르겠다. 그렇게 생각하니 남은 이야기를 모두 덜어낼 수 있었다. 동시에 편지를 전하고 싶었기에 나는 차의 시동을 끈 다음 편지를 들고 바깥으로 나왔다.

이젠 아쉬운 것도 없었다. 될 대로 되라지.

나는 눈을 질끈 감고 속으로 10초를 센 다음 재난을 향해 뜀박질했다.

✳

그리고 이것도 생각났어.

"만약 시간이 정지한 곳에 내가 관여하면 어떻게 될까?"

네가 대학을 졸업할 즈음, 내가 별생각 없이 내뱉었던 말이었을 거야. 가볍게 떠본 말이었지만 너는 진지하게 생각하고 답해줬지.

"때에 따라서는 시간이 다시 흐르지 않을까."

직후에 너는 덧붙였어. 그럴 경우의 가짓수가 너무 적을 거라고.

이게 참, 왜 지금 생각이 날까. 그 가짓수에 재난이 포함되는지는 네가 말해주지 않았는데. 망할.

✳

뺨에 서늘한 공기가 스치는 느낌이 들었다. 화들짝 놀라 눈을 뜨니 시간을 빼앗긴 절경이 눈앞에 있었다. 거리는 3월 초순의 경치를 그대로 간직하고 있었다. 개나리조차 피지 않은 채, 이상할 정도로 늦게 왔던 눈이 녹지도 않은 채로.

심장이 덜컹 내려앉는 것만 같았다. 나는 재난 속에 존재했지만 다른 이들은 그대로인 채였다. 나만이 시간을 가지고 있었다. 사방을 둘러보고 집중해도 제4공간축 같은 건 보이지 않았고, 제2시간축 같은 걸 인지하는 일도 없었다. 당연히 그들의 시간이 흐르는 일도 없었다. 완벽한 정적의 정지 도시. 그것이 재난이었다.

왜 나만. 어쩌다가. 허망한 심정에 다리가 풀려 주저앉았다. 손에 쥔 편지가 바닥에 닿아 구겨지는 느낌이 났다. 울 것 같았다. 편지 종이가 지면을 긁는 소리도, 내 버거운 숨소리조차도 들리지 않는다는 걸 뒤늦게 깨달으며 아연실색한 고개를 들었다. 단단히 박혀 제자리를 지키고 있는 잿빛 기둥을 따라 시선을 이었다. 끝에 달린 파란색 표지판은 무심하게 차원실험연구소를 가리키고 있었다.

아무 생각 없이 글자를 응시했다. 차원실험연구소. 두려움에 소리 없는 호흡을 가다듬으며 그 하얀색의 일곱 글자를 바라보았다. 일부러 주먹에 힘을 쥐었다. 온몸에 조금씩 힘을 주었다. 일단 일어나야겠다는 생각이 들었다. 한번 그래 보기로 했다. 여기까지 왔는데. 손을 뻗어서 바닥에 닿아도 생생한 것은 촉감뿐이었고, 발이 바닥을 딛어도 조용했다. 소리조차 내 움직임에 호응하지 않았고 그 무엇도 나를 응원하지 않는 느낌이었다. 무릎을 펴는 순간까지도 옷의 마찰음조차 침묵했다. 시간이 흐르던 공간과의 괴리감을 무시하며 중심을 다잡았다.

일단 걸어가보기로 했다. 딱 내일 하루만 살아보자고 했던 것처럼, 딱 한 걸음씩만 이어보았다. 계속해서. 일단 마주해

보기로 했다. 수많은 사람을 스쳤다. 나는 재난 속에서 시간을 가지고 움직이는 유일한 존재였지만 아무도 내게 눈길을 주지 않았다. 누군가 신경 쓰지도 않았고 이상하다고 여기지도 않았다. 기묘하게도 무관심으로부터 느끼는 감정은 어쩐지 해방감에 가까웠다. 나는 늘 이상한 사람이었는데. 제4공간축 탓에 이목을 끄는 사람이었는데. 나는 재난 속에서 '특별'하지 않았다. 더없이 자연스러웠다.

연구소는 어떤 모습일까? 유민은 정지한 그대로일까? 어떤 모습일까? 생각할수록 오싹한 느낌만이 남아서 계속 걷기만 했다. 어영부영 열린 연구소의 문을 통과하는 순간까지도 나는 허망함과 두려움만 품고 움직였다. 거리의 풍경이 기억나지 않을 정도로. 어디로 향하는지도 모른 채 연구소의 계단을 오르고 복도를 방황하듯 걸어갔다. 이어진 길을 따라갔다. 계속해서. 뚜렷한 목적을 지워가며. 실패의 가능성을 부정하며.

하얀 연구소 바닥이 계속해서 이어졌다. 앞에 보이는 갈림길에서 왼쪽으로 돌자고 생각했을 즈음, 저 멀리 바닥에 이질적인 점 하나가 보였다. 나는 그곳에 초점을 집중하며 다가갔다. 점은 점점 형태를 갖춰갔다. 몇 발자국 더 걸어가니 부피를 가진 물체임을 알아차릴 수 있었다.

지우개였다.

기묘한 각도로 서 있는.

나는 무의식적으로 무릎을 굽히고 손을 뻗었다. 재난의 한가운데, 지우개가 위치한 제4공간축이란 상위차원을 향해서.

조금의 희망을 품으며.

✴

이제 종이가 얼마 남지 않았네. 여분도 안 들고 나왔는데. 아까 내가 해피엔딩에 닿을 수 없을 것 같다고 얘기했지. 사실 누구보다도 닿길 바라고 있어. 닿을 수 없을 것 같으니까 그만큼 간절하게 바라는 거야. 이 편지조차도 그럴 것 같아서 닿기를 진심으로 바라고 있어. 네가 이걸 읽을 수 있었으면 좋겠어. 너를 만날 수 있었으면 좋겠어.

✴

지우개를 잡아채는 순간 분명한 청각적 자극이 느껴졌다. 이명이나 환청 따위가 아니었다. 아주 작은 소리였지만 일상의 소음에 가까웠다. 귀를 의심했지만 틀림없이 시간에 따라 진동하는 물리적 소음이었다. 그것이 무엇을 의미하는지 이해하기도 전에, 아주 짧은 시간 후에 재난의 돔을 이뤘던 빗방울이 한순간에 지면을 세차게 때리며 작은 소나기를 내렸다.

그리고 다채로운 소리가 점차 끼어들기 시작했다. 바람이 나뭇잎을 흔들고, 이름 모를 새가 지저귀고, 누군가가 지면에 구두 굽을 부딪치고, 다른 누군가가 환호나 의문의 비명을 지르거나, 컴퓨터가 오류를 알리는 알람을 울리거나, 책 더미가 넘어지거나, 카트가 밀쳐지며 덜컹거리는 와중에, 내가 일어나며 편지와 옷가지가 부스럭거리는 소리를 덧붙였다.

세상에 시간이 스미는 순간의 소리였다.

어안이 벙벙했다. 떨떠름한 느낌으로 지우개를 든 채 멍하니 서 있었다. 지금 무슨 일이 일어난 거지? 평범한 일상의 소음 속에서 손을 펼쳐 지우개를 바라 보았다. 어디서나 살 수 있는 평범한 지우개였다. 누군가 잃어버렸던 걸까. 덕분인 걸까. 감사해야 하나.

이윽고 복도에 몇 개의 발걸음이 울리기 시작했다. 그리고 하나가 다가오고 있었다. 지나가는 소리라 추측했지만 분명히 이쪽으로 향하고 있었다. 점점 커지고, 점점 빨라지는 리듬으로. 소리를 향해 고개를 돌렸다.

발걸음의 주인이 입을 떼며 조심스럽게 내 이름을 불렀다.

✶

나는 불연속을 만드는 사람이 아니었다. 평범하게 흐르는 눈물이 증명했다. 재난 속에서 느낀 해방감이 증명했다. 나는 언제나 타인이 관측한 불연속을 연속으로 잇는 사람이었다는 걸. 나는 언제나 연속적이고 자연스러웠다는 걸. 불연속의 이유는 내가 아니었다는 걸.

시간이 배어든 공간에 차츰 봄바람이 불어왔다. 이제 이곳에도 개나리가 피어나 그 꽃말을 전하겠지.

나는 네게 안긴 채 편지의 마지막을 다시 곱씹었다.

✳

그리고 말이야, 수능 이틀 전 그날에. 전화 시작하고 얼마 안 돼서 내가 잠깐 아무 말도 안 했던 적이 있었잖아. 사실 그때 네가 나를 만나러 오는 미래를 얼핏 보았던 것 같아. 그게 시간의 상위차원이라면, 그렇다면 정지한 시간에 연속성도 만들 수 있지 않을까. 그래서 도박을 해보려고 해. 재난에 닿아볼 거야. 네게 멈춘 시간을 이어볼 거야.

사랑하는 너에게,
개나리가 핀 미래에서.

2001년생. 경북대학교 물리학과에 재학 중이다. 14살 때 만든 이야기를 놓지 못하고 글쓰기를 계속하다 제1회 포스텍 SF 어워드에 당선되면서 작품활동을 시작했다. 이후 한국물리학회 SF 어워드에서 가작을 수상하기도 했다. 과학과 일상, 사회 사이의 틈을 포착하고 쓰는 사람이 되길 희망한다.

제2회
단편소설 가작

잇츠마인

당신은 머리를 울리는 날카로움에 눈을 뜬다.

'5분만 더' 같은 불평이나 눈꺼풀에 묻은 꿈을 털어내는 몽롱한 시간 따위는 없다. 청각과는 차원이 다른, 뇌를 통째로 식초에 담그는 듯한 감각 앞에 그런 것은 전혀 허용되지 않는다. 당신은 신경질적인 각성상태 속에서 피곤한 몸을 일으켜 침대를 벗어난다. 뜨거운 물로 샤워를 하고 사과 하나와 우유 한 잔으로 아침 식사를 대충 마무리한다. 외출복은 그렇게 신경 써서 입지 않는다. 어차피 곧 땀으로 더러워질 옷이기도 하고, 작업복을 덧입고 나면 보이지도 않을 테니까. 사실 작업복이 따로 없었더라도 출근 복장이 크게 달라지지는 않았을 것이다. 출근부터 퇴근까지의 과정 동안 그다지 잘 보일 사람도 없으니까. 어차피 누구도 서로를 보지 않을 테니까.

목 늘어난 티셔츠에 보풀투성이 운동복 바지를 챙겨 입고 당신은 집을 나선다. 슬슬 쌀쌀해지기 시작하는 아침 공기를 헤치며 거리로 나아가자 출근하기 싫어 죽겠다는 표정의 사람들이 곧 눈에 띈다. 지금 당신과 꼭 같은 표정들이다.

그렇게 비슷한 사람들 사이로, 이상한 사람들이 간혹 보인다. 흐린 날 아침부터 선글라스를 끼고 머리에 모자나 밴드를 착용하고 있는 그들은 쉽게 눈에 띈다. 마치 벽지 패턴에 튄 빨간 국물 같다. 하지만 그들이 정말로 눈에 띄는 건 복장이나 외모가 아니라 이질적인 행동 패턴 때문이다. 그들은 걷는다. 특별히 기이하게 걷지는 않는다. 물구나무를 서거나 두 발을 모아 뛰지도 않는다. 그들은 오히려 합리적인 방식으로 걷는다. 다만 그것이 지나치다. 지극히 합리적인 행동 패턴. 그것이 그들의 특이한 점이다.

그들은 몸통에 철심이라도 박아 넣은 것처럼 허리를 꼿꼿하게 세운 채 메트로놈처럼 정확한 주기로 걷는다. 고개는 위쪽 15도로 꺾인 채 고정되어 있다. 하지만 그들은 하늘을 바라보지 않는다. 눈동자는 검은 렌즈에 가려져 있지만 태도만으로도 알 수 있다. 그것은 인간이 하늘을 대하는 태도가 아니다. 그들의 경추가 이루는 각도는 하늘을 바라보는 각도가 아니라 그저 가장 건강한 각도일 뿐이다.

그들의 부자연스러움은 자연스럽게 시선을 모은다. 물론 당신의 시선도.

아무도, 아무것도 바라보지 않으면서 누구와도 부딪히지

않고 미끄러지듯 움직이는 그들을 곁눈질하며 당신은 유령을 연상한다.

물론 그것은 인상일 뿐, 자세히 볼수록 그들의 물리적 실체는 공고해진다. 그들은 반투명하지도 않다. 물건을 효율적으로 피할 뿐, 통과할 수는 없다. 두 다리 모두 멀쩡히 달린 몸에는 흐린 그림자도 잘 붙어 있다. 명실상부한 진짜배기 사람들이다. 하지만 그럼에도, 아무리 흘끔대며 바라봐도 당신이 받은 인상은 흐려지지 않는다. 당신은 그들에게서 이질감을, 불쾌함을, 그리고 약간의 공포를 느낀다. 그들을 보고 있으면 왠지 기분이 좋지 않다. 그렇다면 쳐다보지 않으면 그만일 텐데, 어째선지 당신의 눈길은 자꾸만 그들에게 향한다. 하지만 시커먼 구멍 같은 선글라스 너머로는 아무것도 보이지 않는다.

당신은 의식적으로 눈을 내리깐다. 왼편에서 당신과 나란히 걷는 한 유령의 발걸음을 무심히 바라보며, 문득 어린 시절 봤던 다큐멘터리를 떠올린다.

구체적인 건 하나도 기억나지 않지만 아마 고고학과 관련된 내용이었을 것이다. 반쯤 허물어진 인간의 두개골이 잔뜩 진열된 장면이 나왔던 걸로 봐서는 그렇다. 기억 속 해설자가 영어로 무어라고 말하는 동안 카메라는 선반을 천천히 훑는다. 선반의 단(段) 하나마다 가득한 공허한 눈구멍이 당신에게 눈을 맞추어 온다. 어린 당신은 그 화면이 무섭다. 죽음이 무엇인지 이해하지도 못하면서, 공포만은 생생히 느낀다. 하지만 화면을 꺼버리거나 고개를 돌리는 대신 어린 당신은 곁눈질로 그 두개골들을 자꾸 바라본다. 환대는 없다. 턱이 없는 그들은 마주 웃어주는 법을 모른다. 그런데도, 꿈에 나올까 무서워하면서도 당신의 시선은 죽은 이의 시커먼 눈구멍을 더듬는다.

눈이 마주쳤다.

당신은 깜짝 놀라서 고개를 홱 돌려버린다. 무심결에 걸음을 멈춘다. 깨진 백일몽 조각이 심장을 스쳐 맥이 빨라진다.

당신 왼편의 유령은 맨눈의 유령이었다. 당신은 그의 진자(振子) 같은 다리를 보다가, 곧추선 허리를 보다가, 이내 그의 머리로 시선을 움직였다. 하필 그때 그의 눈동자가 당신 쪽으로 굴렀다. 도르륵, 소리가 들렸다고 착각할 정도로 갑작스럽고 극단적인 움직임이었다.

그러니 당신이 놀라 자빠질 뻔한 것도 당연한 일이다. 하지만 유령은 아무 일도 없었다는 듯이 벌써 저만치 앞서 가고 있다.

그렇게 갑작스러운 눈동자의 움직임은 유령, 아니 잇츠마인 이용자들에게 가끔 발생하는 현상이었다. 렘수면 시 발생하는 안구의 무작위적인 움직임이 완전히 통제되지 못하고 시선이 튀는 현상. 잇츠마인의 기능에도 안구 건강에도 문제될 것 없는 현상이지만 역시 심미적인 문제를 무시할 수는 없었다. 이 때문에 공공장소에서 잇츠마인을 이용하는 사람들은 대개 선글라스를 꼈다. 얼마 전에 관련 업데이트로 이 문제를 상당 부분 해결했다는 소식이 있었는데, 방금 그 사람은 그 정보를 지나치게 신뢰했던 모양이다. 아무래도 완전히 고치기까지는 시간이 필요한 문제인가 보았다.

아무튼, 사소한 우연으로 그 텅 빈 눈동자를 정면으로 마주한 당신은 온몸에 소름이 돋는 것을 느낀다. 그리고 그 느낌을 무마하려 멀쩡한 척을 해본다. 옷에서 뭐라도 발견한 것처럼 툭툭 털어내고 다시 걸음을 옮긴다. 하지만 쿵쿵대는 당신의 심장을 속이지는 못한다.

사실 고개를 돌리지 않았어도, 오히려 그를 뚫어져라 바라봤더라도 괜찮았을 것이다. 그 사람은 당신의 무례뿐 아니라 당신의 존재조차 인지하지 못했을 테니까. 하지만 잘못한 것도 없는 당신은 반성한다는 듯이, 자신을 숨기고 싶은 듯 바닥만 보며 걷는다.

다행히 정류장은 그리 멀지 않다. 금방 목적지에 도착한 당신은 이미 몇 사람이 줄을 서 있는 것을 볼 수 있다. 그 사람들 대부분이 당신처럼 후줄근한 복장으로 서 있다. 몇 분 정도 휴대폰을 보는 사이 통근버스가 도착한다.

당신이 통근버스를 타는 곳은, 종점인 직장으로부터 딱 한 정거장 떨어진 지점이다. 그래서 빈자리는 그리 많지 않다. 좌우 각 2열로 늘어선 좌석마다 이미 누군가 한 사람씩은 앉아 있다. 결국 당신은 줄에 떠밀려 버스 깊숙이, 누군가의 옆

자리에 앉게 된다. 선글라스를 낀 사람이다.

당신은 한숨이 나오는 것을 참으려다가 그냥 작게 내쉬어 버린다. 잘한 일이다. 물론 누군가를 보고 그 면전에서 한숨을 쉬는 것은 무례한 일이다. 모르는 사람을 빤히 바라보는 것만큼이나 예의 없는 행동이다. 하지만 무례를 엄격히 따질 필요는 없을 것이다. 어쨌든 저 사람의 의식은 이곳에 있지 않으니까. 당신의 행동은 잠든 이 앞에서 크게 하품을 한 것과 별로 다르지 않다.

조금 더 편하게 앉아도 될 텐데. 자리를 넓게 쓰다 허벅지가 좀 부대껴도, 자세를 자꾸 고치고 뒤척여도 어차피 옆 사람은 신경도 쓰지도 않을 텐데. 신경 쓸 정신도 없는 상태인데. 당신은 오히려 의식이 있는 사람 옆에 있을 때보다 더욱 움츠러든 채 불편하게 앉아 얼른 목적지에 도착하기만을 기다린다. 옆 사람을 배려한 행동은 아니다. 자신이 불편했을 뿐이다.

흐트러짐 없이 앉아 있는 옆 사람이 당신에겐 실제 이상으로 뻣뻣하고 차갑게 느껴진다. 그 느낌은 다시 한 번 유령과 죽음의 이미지를 불러온다. 아니, 이젠 유령보다는 시체처럼 느껴진다. 자신의 생각에 살짝 질겁한 당신은 애써 그 이미지를 흩어놓는다. 조심스러운 동작으로 무선이어폰을 찾아 꽂고 휴대폰으로 별 관심도 없는 동영상을 찾아 실행한다.

날이 갈수록 잇츠마인의 자동출퇴근 서비스 이용자가 늘어가는 것이 눈에 보인다. 월 5만 원 상당의 비용이 아까워 당신은 신청하지 않은 서비스다. 하지만 매일 같이 이 꼴을 보고 이렇게 불편해하는 것보다야 돈 좀 내고 속 편해지는 편이 현명한 거 아닐까. 눈에 들어오지 않는 동영상을 멍하니 바라보며 당신은 그런 생각을 한다.

곧 버스가 직장에 도착한다. 익숙한 걸음으로 걷다 보면 유령 같은 사람들이 다른 사람들을 조금 앞질러 가는 것이 보인다. 효율적인 경로와 효율적인 동작의 결과다. 의지 없는 행동의 결과이기도 하고. 멀쩡한 의지를 가진 사람이 힘차고 의욕적인 발걸음으로 출근을 할 리는 없으니까 말이다. 거의 마지막 순서로 건물에 들어선 당신은 걸려 있는 일체형 작업복 중 사이즈가 맞는 것을 찾아 주섬주섬 후줄근한 옷 위로 덧입는다. 이 순간만큼은 자동 출퇴근 서비스 이용자들도 선잠에서 깨어나 시무룩한 표정으로 옷을 챙겨 입는다. 아직은 환복 같은 복잡한 행동을 구현하기 어려운 탓이다. 하지만 잇츠마인을 출시한 UB 측에서는 작업복에 태그를 부착하여 자동 환복을 구현하는 방법을 개발 중이라고 발표했다. 사소해 보이지만 '출퇴근으로부터의 완전한 자유', 그리고 '자신의 완전한 소유'를 위해서는 꼭 필요한 기능이기에, 반드시 해결되어야만 하는 문제라는 것이 그들의 입장이었다.

옷을 갈아입은 당신은 다른 사람들과 함께 작업장 입구에 줄을 선다. 줄을 따라 한 걸음씩 앞으로 가다 보면 두꺼운 노란 선이 칠해진 바닥이 보인다. 그 선을 넘어간 후에 앞서 들어갔던 다른 사람들처럼 당신도 주머니 속에 있던 밴드를 이마에 착용한다. 흔들리거나 풀어지지 않도록, 하지만 관자놀이를 너무 세게 눌러서 두통을 유발하지는 않도록 적절하게 턱과 이마의 끈을 각각 조인다. 이마 한가운데 위치한 카메라에서 적색 유도레이저가 나온다. 당신은 당신 앞에 준비된 벽을 바라보며 정면을 바라보는 시선 한가운데 붉은 점이 오도록 카메라의 위치를 조정한다. 관자놀이와 후두부에 위치한 카메라는 전방 시야와 겹치는 영역을 통해 시각 정보의 위치 데이터를 자동으로 조정하므로, 이마의 전방 카메라 위치만 잘 잡으면 된다.

당신은 몸에서 떨어지지 않도록 작업복 손목께에 고정된 휴대폰 화면을 조작하여 잇츠마인 프로그램을 구동한다. '작업 준비' 버튼을 누르자 익숙한 버퍼링 기호가 빙글빙글 돌아가며 그 아래로 '연결 확인 중', '생체 정보 대조 중', '작업 프로그램 확인 중' 등의 문구가 떠올랐다가 사라진다. 밝은 화면과 함께 다시 문구가 떠오른다.

작업 준비 완료.
작업 내용을 확인하고 일일 신체 대리 운용동의서에 동의해주십시오.

당신이, 아니, 당신의 몸이 해야 할 일들과 당신이 동의해야 할 항목들이 빼곡히 떠오른다. 당신은 그것을 대충 넘긴다. 하긴 벌써 며칠을 일했는데 그새 뭐가 달라졌겠는가. 설마 장기를 팔아먹겠단 조항이라도 있으려고.

동의. 동의. 동의. 선택 조항은 빼고. 마케팅 수신은 필요 없다. 지루한 동의 작업 후에 당신은 마침내 뜬 '작업 시작' 버튼을 누른다. 화면으로 카운트다운이 시작된다.

작업 시작까지 5… 4… 3… 2… 1… 그리고,

당신의 목덜미가 뜨끈하게 달아오르는 것이 느껴진다. 저항하려면 할 수 있지만, 당신은 그러지 않는다. 뒤통수에서 끼쳐오는 찌릿한 열기에 당신의 몸을 내맡긴다.

다음 순간 눈앞에 펼쳐진 작업장의 풍경이 순식간에 바뀐다. 창문을 통해 들어오던 차가운 아침햇살이 노곤한 붉은 색으로 바뀌어 조금 전과는 다른 각도로 비쳐 들어오고 있다. 쌓여 있던 물품들이 사라지고 다른 상자와 포장재들이 쌓여 있는 것이 보인다. 당신은 어지러움을 느낀다. 손끝이 욱신대고 몸이 조금 나른하다. 당신은 생각한다.

퇴근이군.

*

지배당하지 않으려면 부숴야 한다.

그러므로 2차 러다이트 운동은 필연적이다.

몇 년 전까지만 해도 이렇게 말하는 사람들이 종종 있었다. 대개는 그저 농담처럼 내뱉는 소리였다. 그들이 가진 진지함이란 기계 주인님을 일찌감치 알아 모셔야 한다며 전자레인지에 절을 하는 정도, 혹은 로봇 청소기에 대고 으름장을 놓는 정도에 불과했다.

하지만 간혹, 자못 심각하게, 나름의 전문성을 가지고 그렇게 말하는 이들도 있었다. 그들은 말했다. 인공지능의 발전이 정말로 파국적인 결과를 가져올지는 알 수 없지만, 인간의 불안감을 자극할 것만은 확실하다고. 그러니 저항과 파괴는 예견된 것이고, 우리는 그것을 대비하여 완만하고 계획적인 쇠퇴로 방향을 전환해야 한다고.

물론 지금에 와서는 아무도 그런 이야기에 확신을 실어 말하지 않는다. 적어도 근 몇십 년 이내에 반기술적인 파괴운동이 일어날 가능성은 없어 보인다. 하지만 확실히, 기술에 대한 시선이 그렇게 곱고 희망적이지만은 않은 시대가 최근까지도 이어지고 있었다.

빅데이터, 딥러닝, 인공지능. 이런 단어로 대표되는 대세는 오랫동안 학계를 지배했다. 전혀 상관없는 연구 분야에도 일단 딥러닝 딱지부터 붙이고 보는 기조는 비웃음을 사기도 했다. 하지만 일부 바보 같은 사례 따위엔 아랑곳하지 않고 인공지능 기술의 첨단은 멈출 줄 모르고 날카로워지며 더 먼 곳으로 나아갔다. 인공지능 의사의 도입이 눈앞까지 다가왔고 인공지능 변호사가 맡은 첫 재판이 성공리에 마무리되었다. 전문직에 종사하는 사람들은 더욱더 전문적이어야 한다는 압박을 느끼기 시작했고 조금이라도 덜 전문적인 직업 종사자들은 더 현실적이면서도 까마득한 위기가 성큼성큼 다가오는 것을 불안한 눈빛으로 바라봐야만 했다.

예견된 위기를 침착하게 준비하는 사람도 있었지만, 대다수는 그저 외면하려 애썼다.

설마 진짜 그런 일이 일어나려고. 다 보여주기에 불과해. 이걸 봐. 아직도 개를 고양이라고 인식하는걸.

그렇게 억지로 웃던 많은 사람들이 대책 없이 절벽 끝으로 내몰렸다면 2차 러다이트 운동은 정말 농담이 아니게 되었을지도 모른다.

그때 등장한 것이 UB에서 개발한 잇츠마인이었다.

UB는 유어 바디, 즉 '당신의 몸'을 뜻하는 이름으로, 이 회사는 대표 제품명인 잇츠마인과 그 의미를 이어 '당신의 몸을 소유하세요.'를 표어로 내걸고 있었다. 이들은 자신의 몸을 진정으로 소유했던 사람은 지금껏 단 한 명도 없었으며 모든 인간은 태어나서 죽을 때까지 몸에 종속되어 살아가야만 했다고 주장했다.

"하지만 잇츠마인은 모든 것을 바꿀 겁니다. 잇츠마인을 통해 우리는 마침내 우리 몸을 진정으로 소유하고 활용할 수 있게 될 테니까요."

언론에 뿌려진 보도자료에서 UB의 대표는 그렇게 주장했다.

잇츠마인은 수면마비 유도기술과 정교한 운동신경 자극기술을 이용해 만들어진 신체 대리 운용 장치와 그 프로그램을 총칭하는 단어다. 이 장치는 대뇌가 운동신경에 개입하지 못하는 상태, 즉 가위눌림 상태를 인위적으로 유발할 수 있다. 그리고 목덜미에 심은 칩을 통해 무주공산이 된 신체의 골격근을 프로그램대로 움직일 수 있다.

잇츠마인의 정보가 처음 발표되었을 때에는 사기나 과장일 것이라는 반응이 반이었다. 그리고 나머지 반은 기술 자체는 가능하나 아무도 쓰지 않을 것이라고 예견했다. 대체 누가 자기 몸을 기계 따위에 맡긴단 말인가.

그렇게 작은 주목과 미리 장전된 비웃음 속에서 잇츠마인은 시연되었다.

직접 시연자로 나선 UB의 대표는 적당한 말로 서두를 때우고 별안간 셔츠와 바지를 벗어 던지고는 이렇게 말했다.

"제 몸을 보세요."

많지 않은 좌중이 경악에 찬 눈을 크게 뜨고 지루한 표정으로 앉아 있던 기자들은 흥분해서 셔터를 눌러대기 시작했다. 곳곳에서 웃음과 신음이 터져 나왔다.

"아닙니다. 제가 미친 게 아니에요. 제 몸을 보여드리려는 것뿐이에요. 아니, 그러니까 그런 의미로 보여드리는 게 아니라요. 사고가 아닙니다. 돌발행동이 아니라 시연 일부예요. 그렇죠? 스태프 분들을 보세요. 태연하죠? 자, 그럼 이제 정말로, 제 몸을 보세요."

정장 바지 안에 입고 있던, 속옷에 가까운 짤막한 반바지를 제외하고 옷이랄 만한 것을 모두 벗어던져 드러난 대표의 몸은 볼품없었다. 가는 팔다리와 불룩 튀어나온 배, 앞으로 툭 튀어나온 거북목과 약간 굽은 등. 전형적인 책상물림의 몸에서 반 발짝쯤 더 병든 몸이었다. 밝은 조명 아래 드러나 더욱 눈 뜨고 봐주기 힘든 그 몸에 어디선가 나타난 보조자들이 전극을 덕지덕지 붙이는 동안 대표는 말했다. 더욱 볼품없게 보이도록 일부러 배를 부풀리고 팔다리를 늘어뜨리면서.

"보시다시피 운동과는 아주 담을 쌓고 지낸 몸입니다. 태어나서 단 한 번도 운동다운 운동을 해본 적이 없어요. 그야말로 운동 청정구역이라고 할 수 있죠."

대표가 계속 말하는 동안 단상의 커다란 화면에는 대표의 체성분 분석 결과나 혈액검사 결과 등이 띄워져 그의 신체 건강이 참담한 수준임을 다시 한 번 입증했다. 그러는 동안 무대 위에는 헬스장에서나 볼 법한 기구들이 나타나기 시작했다. 완충 매트, 원판을 끼울 수 있는 바벨, 그리고 무거운 원판들에 체중계까지. 체중계를 통해 즉석에서 무게를 공인받은 원판들이 바벨 양쪽에 끼워졌다. 20킬로그램짜리 봉 양쪽에 20킬로그램짜리 원판이 두 개씩, 도합 100킬로그램에 달하는 무게의 운동 도구가 순식간에 마련되었다. 그 모습을 만족스럽게 바라보던 대표가 선언했다.

"이것을 들어 보이겠습니다. 체중 70킬로그램대에 근육량은 20킬로그램대, 운동이라곤 한 번도 해본 적 없는 제가 말입니다. 악력을 보조할 이 스트랩 외에는 어떤 도구도 사용하지 않을 겁니다. 하지만 걱정하진 마세요. 부상은 없을 테니까요."

난데없이 차력쇼인가. 얼굴을 찌푸리는 사람도 있었고 대놓고 비웃기 바쁜 사람도 있었지만, 자리를 뜨는 사람은 아무도 없었다. 아무튼 자극적인 것은 사람을 끌어당기는 법이니까.

스태프에게 시작 사인을 보내자 대표의 허리가 갑자기 꼿꼿하게 변했다. 입은 여전히 달변을 쏟아내는 그대로였으나, 몸이 신중하게 자세를 잡았다. 대표의 몸이 완벽한 역도의 한 동작을 구성하고, 대표의 머리가 마침내 그 입을 다물고 숨을 한껏 들이마신 순간 100킬로그램짜리 바벨이 바닥에서 뽑혀 나왔다. 대표는 몸을 부들부들 떨면서, 하지만 자세는 전혀 흐트러뜨리지 않고 허리춤까지 바벨을 들어 올렸다가 1초 정도 유지하고서 놓아버렸다. 완충 매트가 못다 머금은 충격음이 울려 퍼졌다.

잠깐의 정적이 이어졌다. 찡그림과 비웃음이 놀라움으로 바뀌는 시간이었다. 박수가 터져 나왔다.

만족스러운 얼굴로 반응을 만끽한 대표가 간략하게 설명을 덧붙였다. 방금 시연하는 동안 나온 근전도 데이터 등을 언급하고 나서 대표는 말했다.

"슬슬 다시 옷을 입고 싶지만, 시연은 아직 끝이 아닙니다. 더 놀라운 걸 보여드리죠."

대표가 스태프에게 사인을 보내자 뒤쪽의 화면이 전환되었다. 머리에까지 덕지덕지 붙은 전극을 통해 전달되는 대표의 실시간 뇌파였다. 그가 말을 함에 따라 이리저리 튀는 모습이 척 보기에도 활동적이었다. 하지만 대표가 다시 사인을 보내자 이리저리 튀던 뇌파가 순식간에 느긋한 모습으로 안정되었다. 동시에 대표의 혀가 멈췄다.

"대표님의 뇌는 지금 얕은 수면에 돌입했습니다."

옆에서 보조하던 UB의 직원이 말했다.

"하지만 몸은 그렇지 않죠."

대표의 표정이 힘없이 늘어져 있는 동안 대표의 몸이 다시 한 번 100킬로그램을 뽑아 올렸다. 박수 소리가 울리고 눈부신 플래시가 공허한 눈을 비췄다.

✳

자극적인 첫 시연 후 UB와 잇츠마인은 유명해졌다. 처음에는 신기한 기술이긴 하지만 기대한 만큼의 시장성은 없을 것이라는 게 중론이었다. 허위나 과장일 것이라는 의견은 쏙 들어갔지만 대중적인 기술이 되긴 힘들 거란 반응이 다시 주가 되었다. 재활이나 특수 분야에서는 빛을 발하겠지만, 그런 사정이 있지 않고서야 누가 함부로 자기 몸을 외부에서 제어하게 맡기겠냐는 것이다.

하지만 냉소적인 분위기 속에서도 시연은 순회공연처럼 계속되었다. 시연은 단순히 기술의 증명을 위한 것이 아니었던 것이다. 시간이 지날수록 시연자인 UB 대표의 몸은 눈에 띄게 좋아졌다. 이제 UB 대표는 200킬로그램짜리 바벨을 들어 올렸다 집어 던진 후 선명히 드러난 자신의 복근을 어루만지며 이렇게 떠들었다.

"하루 딱 2시간, 잇츠마인으로 운동루틴을 실행한 결과입니다. 프로그램이 실행되는 동안 저는, 정확히는 제 머리는 잠들어 있었어요. 어떤 고통도 감내할 필요가 없었죠. 하지만 이 몸을 보세요. 세상에는 고통 없이도 얻을 수 있는 게 있습니다."

강건하고 아름다워진 몸에 메이크업까지 한 대표의 사진이 '애프터'가 되어 첫 시연의 '비포' 사진과 함께 인터넷을 떠돌았다. 기계에 몸을 맡기고 몇 시간씩 잠만 자도 저렇게 변할 수 있다니. 누구라도 혹할 만한 이야기에 사람들은 하나둘씩 잇츠마인을 쓰고 후기를 올렸다. 당연하게도 UB는 이를 마케팅에 적극적으로 이용했다.

그렇게 친숙하고 건강한 이미지를 쌓은 후 UB는 단순노동이 주가 되는 업계와 계약을 체결하기 시작했다. 반복적인 노동에 잇츠마인을 응용하여 노동의 효율성을 끌어올리자. 인공지능 발달에 따른 채용 불안 탓에 정부에서도 억지로라도 사람 좀 뽑으라고 부추기지 않느냐. 로봇 같은 노동효율은 유지하면서 정부에서 나오는 지원금도 타갈 만큼 타갈 수 있다. 이 제안에 기업들은 쌍수를 들고 환영했다.

이런 흐름은 청년층에게도 제법 매력적으로 다가왔다. 계층이동은 불가능에 가까워지고 전문 직종들마저 위태위태하며, 전력 질주를 해야만 겨우 한 계단 올라갈 수 있는 이 세상에서 정상을 꿈꾸는 이들은 거의 없었다. 그저 적당한 수입으로 스트레스 없이 살 수 있다면 환영인 이들이 넘쳐났다.

8, 9시간 얕은 잠을 자면 생계를 위한 노동이 끝나 있었다. 육체의 피로가 없어지는 건 아니라지만 어차피 그들이 감당해야 하는 것은 노동의 여파뿐이었고, 직접적인 고통과 인내의 시간은 모두 잇츠마인의 몫이었다. 그래서 잇츠마인의 이용료로 상당한 돈을 지출해야 했음에도 관련 직종과 이용자

수는 날이 갈수록 늘어만 갔다.

의기양양해진 UB 대표는 매 강연마다 진정한 소유와 자유의 시대가 도래했음을 역설했다.

"모두가 쉽게 집을 가질 수는 없습니다. 요즘 세상에는 직업조차도 그렇지요. 하지만 몸은 그렇지 않아요. 우리 모두 이 한 몸뚱이는 가질 수 있지 않습니까. 가지고 태어난 것을 제대로 누려보자고요. 저희와 함께요. 유어바디, UB의 잇츠마인과 함께라면 당신의 몸을 진정 당신 것으로 만들 수 있습니다.

여러분을 누리세요. 당당히 말하세요.

It's mine."

*

배송업체의 물류센터에서 일하는 노동자. 예전이었다면 사람들은 당신을 그렇게 정의했을 것이다. 당신 자신도 그렇게 소개했을 것이고 말이다. 하지만 지금은 조금 다르다. 당신과 사람들은 아직은 조금 낯설지만, 슬슬 익숙해져 가는 어조로 이렇게 말한다. 배송업체에 신체를 임대한 임대인이라고.

그렇다. 당신은 말 그대로 몸을 회사에 빌려준다. 몇 년에 걸쳐 슬슬 모양을 갖춰가는 법률에 따라 사측은 오전 9시부터 오후 6시까지 당신의 신체에 대한 권리를 제한적으로 양

도받는다. 그 시간 동안 당신의 의식은 반수면 상태에 머무른다. 그리고 그동안 당신의 몸은, 뒷덜미에 심어진 단말이 지시하는 대로 일을 한다. 인간의 운동신경과 근육의 움직임에 대한 기본적인 학습, 잇츠마인 사용 초기 일주일간의 적응학습, 거기에 회사마다 갖춘 프로그램에 의한 조정까지 거친 잇츠마인은 더 없이 신뢰할 수 있는 신체운용 기기이다. 잇츠마인의 지도하에 당신의 몸은 물품을 인식하고 가장 효율적인 동작으로 들어 올린다. 옮기고 쌓는 과정도 마찬가지다. 물품의 하중은 최대한 근육에만 걸리고 관절과 인대의 수명은 그만큼 온존된다. 그렇게 당신은 출근길에 눈이 마주쳤던 그 유령들과 똑 닮은 텅 빈 눈을 하고서 일을 한다.

점심으로는 직육면체의 영양바가 지급된다. 맛은 지독히 없지만, 영양 균형만큼은 완벽한 음식이다. 나쁠 것은 없다. 어차피 당신은 그게 무슨 맛인지 전혀 느끼지 못하며, 취식도 잇츠마인의 지도하에 자동으로 진행되기 때문이다. 그렇게 퇴근 시간까지 일하고 나면 당신의 몸은 다른 몸들과 함께 출구에 줄을 서고 그 몸의 임대인, 그러니까 당신에게 다시 몸의 작동 권한을 건네준다.

그러고 나면 남은 하루는 당신 것이다. 오롯이 당신을 위한 15시간이다.

'건물은 못 가져도 이 한 몸은 가져보자.'

어느 날 퇴근길, 당신은 잇츠마인을 홍보하던 철 지난 문구를 문득 떠올리고 자신도 모르게 고개를 끄덕인다. 정말 맞는 말처럼 느껴져서다. 몸을 빌려주고 임대료를 받으며 보내는 스트레스 없는 15시간. 규모의 차이가 있을 뿐, 꼬박꼬박 집세를 받으며 지내는 건물주들과 크게 다를 것도 없지 않나.

당신은 진심으로 그렇게 생각한다.

*

처음에는 당신도 잇츠마인을 적극적으로 사용하지는 않았다.

"다른 사람한테 몸을 맡긴다는 게 아무래도 좀 꺼림칙하지 않아? 될 수 있으면 사용 시간은 최소화하고 싶어."

처음 이 일, 아니 임대업을 추천했던 친구에게 당신은 이렇게 말했다.

"일하는 모습은 영상으로 남기는 게 의무화 되어 있고, 항상 조회도 가능하잖아. 뭣보다 누군가 너를 직접 조종하는 게 아니라 미리 합의된 프로그램이 실행될 뿐이라고. 문제될 건 없지 않아?"

"그래도 내 몸이 어디서 어떻게 쓰일지 모른다는 게 불안하잖아. 해킹 같은 게 가능할지도 모르고. 눈 뜨고 봤더니 모르는 곳에 있으면 너무 무서울 것 같아."

당신은 그렇게 말했고 당신의 친구는 네가 그렇게 느낀다면야 뭐, 하는 식으로 넘어갔지만 별 걱정을 다 사서 한다는 듯한 시선을 거두지는 않았다.

하지만 사실 당신이 잇츠마인을 꺼리는 이유는 따로 있었다. 당신은 잇츠마인 사용 시의 공허한 눈동자가 소름 끼친다고 생각했다. 잇츠마인 사용자들의 무기질적인 움직임이 무섭다고도. 당신은 유령 같은 존재로 지내는 시간을 되도록 줄이고 싶었다. 그래서 정말 필요한 부분에서만 잇츠마인을 사용했다. 처음에는 말이다.

하지만 듣기만 했던 편리함을 몸으로 느끼면서, 몸을 내맡기는 것이 아니라 임대한다는 식으로 인식이 변하면서, 그리고 무엇보다도 '신체 임대 직종'이 아닌 사람들까지 일상 곳곳에서 잇츠마인을 사용하기 시작하면서 당신은 잇츠마인을 이용한 '신체 활용'에 점점 빠져들기 시작했다.

잇츠마인을 꺼리는 표면적 이유였던, 악용에 대한 걱정에도 차츰 무감각해져 갔다. 따지고 보면 그런 위험 따위는 지금까지도 항상 감내해왔지 않았던가. 사람을 죽일 수 있는 쇳덩어리가 도로를 질주하고 온 거리의 CCTV와 휴대폰에서 렌즈가 번뜩이고 사생활을 저 스스로 SNS에 공유하는 마당에 그런 우려 따위 대수로울 것도 없었다. 불법개조기기가 적발되거나 해킹을 통한 신체 탈취가 시도된 사례가 잊을 만하면 한 번씩 들려왔지만, 당신 주변에서 무서운 일이 벌어진 적은 한 번도 없었기에 당신에겐 자신과 상관없는 머나먼 이야기로만 여겨졌다.

그렇게 당신은 '임대사업' 세 달 만에 자동출퇴근 서비스를 신청한다. 곧 잇츠마인의 연이은 업데이트로 작업복 착용까지 자동으로 가능해진다. 이제 시간에 맞춰 선글라스를 끼고 현관에 서서 잇츠마인을 실행하기만 하면 순식간에 퇴근 후 집

안 풍경이 당신 앞에 펼쳐진다.

기술은 빠른 속도로 발전한다. 이제 최신형 잇츠마인은 조잡한 밴드나 카메라를 필요로 하지 않는다. 고글형 기기를 쓰고 작동시키면 기기의 무늬 속에 교묘히 감춰진 소형 카메라들과 자이로센서가 서로의 시각 정보를 보완하며 당신의 몸을 움직인다.

시간이 지나면서 별도 판매하는 자동 피트니스 프로그램의 가격대가 점차 낮아진다. 당신이 사는 동네에도 잇츠마인 전용 체육관이 하나둘씩 들어선다. 그들은 인식오류 가능성을 현격히 낮춘 디자인의 운동기구를 갖췄다는 점과 정부의 인증을 받은 '신체남용 클린업소'라는 점을 내세우며 홍보에 나선다.

"한 달 조금 넘게 썼는데 벌써 효과가 보이는 것 같아. 걸을 때 쓰이는 근육이 다른 느낌이야. 이제 복근도 살짝 보인다? 너도 써봐. 진짜 좋아."

이제 당신은 추천 받는 쪽이 아니라 먼저 나서서 체험해보고 추천해주는 쪽이 된다.

당신은 매일 2시간을 운동프로그램 실행에 할당한다. 출근할 때처럼 현관에서 잇츠마인을 실행하면 당신의 몸은 체계적인 순서, 완벽한 자세, 게으름 없는 밀도로 온갖 운동을 수행하고 집으로 돌아온다. 잇츠마인의 신경 알람이 울리고 나면 당신은 그때서야 깨어나 노동의 여파와는 다른 상쾌한 노곤함을 즐기며 뜨거운 물로 샤워만 하면 된다.

출퇴근과 체육관에 쓰는 시간을 빼고 나면 이제 당신이 누릴 수 있는 하루는 12시간 남짓이 남는다. 잇츠마인으로 인한 얕은 수면 외에 필수적으로 취해야 하는 깊은 수면 3시간을 다시 빼면 남는 것은 9시간이다.

9시간짜리 하루. 반쪽도 안 되는 하루에 만족할 수 있냐며 묻는 사람들이 간혹 있다. 주로 새로운 기술을 쉽게 받아들이지 못하는 중노년층의 사람들이다. 그런 사람들에게 당신은 이렇게 말한다.

"퇴근하고 서너 시간 보내면 출근 생각하며 잠들어야 하는 삶은 온전한 삶인가요? 그놈의 자기관리 하고 나면 영화 한 편 보기도 힘든 하루는 온전한 하루일까요?"

당신의 대답에 만족스러워하는 사람은 많지 않지만 당신은 그런 반응에 크게 신경쓰지 않는다. 어쨌든 당신 자신은 만족하고 있으니까 말이다.

남들이야 어떻게 생각하든 자동 피트니스 프로그램을 구독한 이후로 당신의 몸이 하루가 다르게 달라지는 것은 사실이다. 잇츠마인을 사용하지 않을 때도 몸이 더 단단하게 지지되고 활력이 도는 것을 당신은 느낀다. 역시 만족스러운 결과다.

만족 다음에는 욕심이 뒤따른다. 더 기능적이고 더 아름다운 몸을 가지고 싶다는 생각에 당신은 고급 피트니스 프로그램을 구독하기 시작한다. 물론 구독료는 기존의 것보다 두 배 이상 비싸다. 그러자 이번엔 월급이 조금 모자라게 느껴진다. 기본적인 생활을 유지하는 데 큰 무리는 없지만 주어진 시간을 제대로 즐기기에는 조금 아쉽다.

당신은 몇 가지 프로그램 구독을 해지할까 고민한다. 잇츠마인을 적극 사용하는 몇몇 친구에게 이 고민을 털어놓자 친구들은 손사래를 치며 당신을 말린다.

"이제 와서 잇츠마인 덜 써봤자 예전으로 돌아가는 거밖에 더 돼? 아니지, 이렇게 편한 걸 알아버렸는데 다시 예전 삶으로 돌아갈 수 있기나 할 것 같아? 이럴 때일수록 과감하게 한 발 더 내딛어야 하는 거야. 내가 프로그램 몇 개 추천해줄 테니까 잘 들어봐."

잇츠마인의 활용도를 극한까지 끌어올려준다는 몇 가지 프로그램을 내밀며 친구들은 '이건 미래에 대한 투자'라고 말한다. 당신은 조금 불안해하면서도 그 말의 어감에 이끌린다. 미래에 대한 투자. 그래, 내 몸의 가치 자체를 올리면 되는 거야. 건물주가 건물 재건축하고 리모델링하는 거랑 크게 다를 것도 없는 일이야.

그렇게 당신은 UB에서 발매한 소뇌 트레이닝 프로그램의 베타 버전을 구독하게 된다. 미세 근육 조작능력과 근육 간 협응 능력을 발달시켜 잇츠마인으로 더욱 정밀한 작업을 가능케 한다는 프로그램이다. 다행히 약간의 대출을 받아가면서까지 구독한 비싼 프로그램은 성과를 거둬서, 당신은 더 전문적인 직업 프로그램을 구독할 수 있게 된다. 체험할인을 받아가며 이것저것 시도해본 당신은 간단한 수준의 용접 프로그램을 주력으로 삼기로 한다. 이런 고급 노동 분야에서의 잇츠마인 활용은 아직 신뢰도를 확보하지 못했기 때문에 일거리가 그렇게 많지는 않다. 하지만 원래 임대하던 곳에 계속 몸을 임대해주면서 추가로 용접 일까지 맡아 임대하니 벌이는 꽤 넉넉해진다. 잇츠마인의 기술이 발전하고 이쪽 업계에 더 깊숙이 자리 잡고 나면 원래 임대처와는 계약을 해지하고 용접프로그램만 돌려도 충분히 먹고살고, 먼 미래까지 도모할 수 있게 될 것이다. 그런 생각을 하면 당신은 그저 흐뭇하다.

이제 당신이 진정으로 누리는 시간은 하루에 몇 시간도 채 되지 않지만, 당신은 아무런 불만이 없다. 피곤하고 고통스러운 시간을 건너뛰고도 통장 잔고는 꾸준히 쌓여가고 시간은 놀랍도록 잘만 흘러간다. 희망적인 미래는 오로지 당신을 위해 존재하는 것 같다. 미래가 모두 당신의 것처럼 느껴진다.

*

다른 날과 다를 것 없이 순조로운 어느 날을 당신은 맞이한다. 당신은 언제나처럼 집 현관에서 출퇴근 프로그램을 실행한다. 그리고 순식간에 9시간 하고도 수십 분이 지나는 것을, 집 안의 풍광이 미묘하게 달라지는 것을 감지한다. 그런데 오늘은 뭔가 이상하다. 몸이 조금 피곤해졌다거나 묘하게 나른해졌다거나 하는 것과는 다른 위화감이 느껴진다. 불쾌함에 가까운 감각. 당신은 자신을 둘러보고 금세 이상한 점을 찾아낸다.

옷이 온통 피범벅이다.

당신은 기겁해서 서둘러 티셔츠를 벗으려 한다. 하지만 아직 덜 마른 피가, 차갑고 축축하고 끈적한 액체가 당신의 피부를 끈덕지게 붙잡고 핥으며 놓아주지 않는다. 옷을 당겼다가 놓을 때마다, 그래서 피부에서 차가운 핏덩이가 떨어졌다가 다시 닿을 때마다 느껴지는 소름 끼치는 감각이 당신의 정신을 긁어댄다. 시뻘게진 손바닥을 보고 당신은 몸서리를 친다. 당신이 티셔츠를 벗어 바닥에 내동댕이치는 데는 30초가 채 걸리지 않지만, 그 끔찍한 시간은 10분도 넘었던 것처럼 느껴진다. 옷이 얼굴에 스치며 얇게 묻은 피가 금세 말라붙고 당신의 얼굴 피부가 땅긴다. 당신은 당장 욕실로 달려가 온몸에 물을 끼얹고 신경질적으로 피부를 문지른다. 보일러가 채 데우지 못한 차가운 물이 몸을 싸늘하게 만들지만 그런 것 따위에 신경 쓸을 때가 아니다.

그렇게 몇 분이 지나고서야 당신은 숨을 몰아쉬며 보다 현실적인 고민에 도달한다. 무슨 일이 있었던 거지? 이 피는 누구 거지?

당신의 피는 아닐 것이다. 온몸을 거울로 확인하며 박박 닦으면서도 출혈이 있을 만한 외상은 발견하지 못했으니까. 혹시 몰라 다시 구석구석 확인해보지만 역시 당신은 상처를 발견하지 못한다. 치솟았던 아드레날린 수치가 한 풀 가라앉았지만 여전히 특별히 아픈 곳도 없다.

'그럼 남의 피일까? 다른 사람? 누구?'

불길한 생각이 고개를 쳐든다.

'내가 무슨 짓을 저지른 거지?'

아니다. 당신은 아무 짓도 하지 않았다. 적어도 당신이 당신인 채 누린 시간 동안 당신은 결백했다.

'내 몸이, 무슨 짓을 한 거지?'

당신은 심호흡한다. 나쁜 생각을 억지로 눌러 넣는다. 흥분하지 말자. 사람 피일 리가 없어. 기껏 해봐야 짐승 피겠지. 뭔가 오류가 생겼을 거야. 실수로 다른 사람이랑 프로그램이 뒤바뀌어 배정된 거 아닐까? 그래서 원래 가야 하는 물류창고가 아니라 도축공장으로 가버린 건지도 몰라. 아니면 오늘 나르던 물품 중에 혈액 팩이라도 있었을지도 모르는 일이지. 그런데 혈액 팩을 택배로 보내던가? 알 게 뭐야. 수혈용이 아니더라도 선지 정도는 보낼 수도 있잖아. 선지용 가축 혈액이라든가… 그래, 동선이 충돌했든가 포장이 미비했든가 해서 그걸 다 뒤집어썼던 것뿐일 거야. 그래, 분명히 그럴 거야. 그런데 작업복은 어쩌고 옷에 직접 뒤집어써버린 걸까. 하긴 작업복 착용 과정에서도 오류가 발생했다면, 그것도 말이 안 될 건 없지.

당신은 필사적으로 최선의 시나리오를 찾아낸다. 그러다 보니 정말로 그것이 사실인 것처럼 느껴지기 시작한다. 당신은 입안에서 혀를 자꾸 굴린다. 쇠 냄새, 피 맛이 나는 것 같다. 하지만 코피를 실수로 삼켰을 때와는 다른 느낌이다. 그보다는 피를 덜 뺀 고기를 베어 물었을 때와 가까운 감각이다. 사실 당신은 둘 사이에 큰 차이가 있는지 잘 모르지만,

그냥 그렇게 생각하기로 한다.

그래, 그런 것뿐이야. 당신은 크게 한숨을 쉬고 보일러를 제대로 켠다. 이제야 김을 뿜어내며 뜨거워지는 물에 제대로 몸을 씻어내기 시작한다.

샤워를 하고 몸이 깨끗해지니 당신은 한결 마음이 편해진다. 인지부조화, 자기합리화, 마인드컨트롤, 그것을 무엇이라 부르든 당신은 성공했다. 그래서 이제 이것은 심각한 사건보다는 짜증나는 일화로 여겨지기 시작한다. 딱딱하게 굳어가는 티셔츠를 두 손가락으로 집어 욕실 구석에 밀어 넣고 피칠갑 된 장판 바닥을 물티슈로 박박 닦는 것은 여전히 끔찍한 일이었지만 그래도 감당할 수는 있는 일이 되었다. 그럼에도 여전히 당신은 마음 한구석에 남은 불안을, 한 조각 불길한 가능성을 깨끗하게 지워버리지는 못한다.

그래서 당신은 CCTV를 확인하기로 한다. 신체 임대계약을 맺은 사람들에게는 자신의 몸이 무슨 일에 동원되었는지 알 권리가 있다. 그래서 그들에겐 언제나 최근 한 달 분량의 작업 영상이 제공되었다. 평소 당신은 그런 게 있거나 말거나 별로 신경도 안 썼지만, 오늘만큼은 확인해야겠다고 생각한다. 혹시 일터를 잘못 배정받았거나 당신의 몸을 필요 이상으로 험하게 굴린 사실이 드러난다면 단단히 보상을 청구할 셈이다. 당신은 마음을 다잡고 귀찮은 인증 절차를 진행한다.

한참이 지난 후 마침내 당신은 일련의 영상을 볼 수 있게 된다.

얼굴인식 기능이 적용된 인공지능 시스템이 창고의 전체 영상 중 오직 당신이 나온 부분만을 뽑아내 시간순으로 보여준다. 다른 사람들의 얼굴은 알아볼 수 없이 흐리게 처리된 가운데 홀로 멍한 얼굴을 선명히 드러낸 당신이 낯설어 보인다. 작업복은 제대로 챙겨 입고 있다. 불길한 생각이 다시 고개를 쳐들지만, 당신은 일단 영상에 집중하기로 한다. 영상 속에서 당신은 딱딱하지만 효율적인 걸음으로 창고에 들어간다. 그리고 화면은 분주하게 전환되며 여러 크기의 상자를 나르는 당신을 보여준다. 당신은 로봇처럼 효율적인 동작으로 상자를 들어 올리고, 내려놓고, 다시 뚜벅뚜벅 걷는다. 금세 지루해진 당신은 몇 배속으로 영상을 보다가 영상 말미로 순식간에 건너뛰어 버린다. 피가 그만큼 튀었거나 중간에 작업복이 벗겨졌다면 이후 영상에서 이미 티가 날 것이 분명했다. 그럼 뒤에서부터 띄엄띄엄 되짚는 편이 효율적일 것이다. 그런데 무언가 이상하다. 영상의 제일 마지막 부분, 당신이 작업복을 벗고 공장을 나서는 부분에 이르러서도 당신의 몸은 깨끗하다. 작업복도, 그 속에 든 옷도 말이다.

당신은 인과를 부정하려는 것처럼 몇 번이고 영상을 돌려보고 작업 중 영상으로 돌아가보지만 분명 작업 중 당신에게 아무 일도 일어나지 않았다는 것만이 확실해진다. 당신은 혼란스러워진다. 대체 무슨 일이 있었던 거지?

영상이 조작되었을 리는 없다. 퇴근 후 몇 시간도 안 되는 사이에 영상을 조작하는 일, 아니면 이전부터 정교하게 제작해둔 영상을 바꿔치기하는 일. 모두 너무 비효율적이다. 혹시라도, 정말 생각조차 하고 싶지 않지만, 당신의 몸이 폭력 행동, 불법의료행위, 혹은 살인 청부에 동원되었고 누군가 그것을 숨기고 싶다 하더라도 말이 안 된다. 이 정도로 영상을 조작할 면밀함과 기술, 혹은 권력이 있으면서도 범행도구나 마찬가지인 당신의 몸을 피 칠갑인 채로 걸어서 집으로 들어가게 한다고? 아무리 생각해도 말이 안 된다.

아니면 혹시 누군가 당신이 죄를 뒤집어쓰길 바라는 걸까.

그럴 리는 없다. 진짜로 그럴 리가 없는지는 모르겠지만 적어도 당신은 그렇게 생각하고 싶지 않다. 하지만 한 번 떠오른 생각은 가라앉지 않는다. 불안을 잠재울 수가 없다.

한 가지, 다른 가능성을 떠올린 당신은 거기에 필사적으로 매달린다.

'업무 중이 아니라 업무 종료 후에 무슨 일이 생긴 것일 수도 있어.'

퇴근길에 무슨 사고가 생긴 거라면 작업 영상에 아무것도 안 찍힌 것도 당연한 일이다. 그런 단순한 생각을 이제야 떠올린 자신에게 당신은 화를 낸다. 하지만 불행히도 자기 소유의 차가 없는 당신에겐 확인할 블랙박스가 없다. 대중교통이나 거리의 CCTV는 회사, 그러니까 신체 임차업체의 CCTV와는 달리 당신이 보고 싶다고 막 볼 수 있는 것도 아니다. 그러니까 무슨 일이 있었는지 확인하려면 직접 되짚어 걸어가 보는 수밖에 없다.

'진작에 차를 샀어야 하는 건데. 돈이 없는 것도 아니었는데.'

당신은 잇츠마인을 쓰면 차를 몰든 대중교통을 이용하든 그게 그거라고 생각했던 자신에게 화를 낸다. 이 일만 해결되고 나면 제일 먼저 차부터 살 것이다. 누가 봐도 번드르르한, 좋은 것으로 골라 살 것이다. 보장된 수입이 있으니 대출을 웬만큼 받아도 상관없다. 얼마를 내든 이따위 일을 두 번 겪는 것보다는 훨씬 나을 것이다.

아무튼 거리로 나가야 한다. 그렇게 생각했지만, 당신은 자리에 가만히 앉아 한참 동안 입술만 물어뜯는다. 평소엔 보지도 않던 인터넷 뉴스를 뒤적이고 괜스레 사건·사고를 검색해보기도 하지만 당신은 휴대폰 화면 속에서 아무것도 찾지 못한다. 결국 당신은 일어나 외출복을 챙겨 입는다. 겨울도 다 지나고 슬슬 날이 풀리고 있는 터라 필요한 것이 많지는 않다. 빨래하려고 내놓았던 더러운 후드를 하나 걸쳐 입고 휴대폰을 챙긴 당신은 초조한 걸음걸이로 밖으로 나간다.

별일 없었다는 걸, 아니면 최소한 당신 책임이 없다는 걸 확인하지 않으면 안 된다. 당신은 갈색으로 딱딱하게 굳어가는 티셔츠를 빨아야 할지 말지, 버려야 할지 말지, 태우는 게 좋을지, 태운다면 어디서 태워야 하는지 더 생각하고 싶지 않다. 사건을 은폐하려는 사람들 손에 자살을 가장한 살해를 당하거나 누명을 쓰는 꿈을 꾸고 싶지도 않다. 아무 일도 벌어지지 않는다 해도, 수십 년이 지난 후에까지 대체 그건 뭐

였을까 생각하며 찝찝해하고 싶지 않다.

그러니까 지금 확인해야 한다. 아직 피가 굳기 전에, 흔적이 지워지기 전에, 밤이 깊어 인적이 없어지기 전에.

✳

오래된 건물이 빼곡히 들어선 거리로 나오자 당신은 커다란 위화감에 압도된다. 무엇 때문일까. 몸을 움츠리고 버스정류장 쪽으로 향하던 당신은 문득 깨닫는다. 이 거리를 바라보는 게 굉장히 오랜만이란 사실을 말이다.

요즘 당신은 항상 잇츠마인을 켜고 다녔다. 일을 나설 때도, 친구를 만나러 나갈 때도, 장을 보거나 밥을 먹으러 나설 때도 당신은 잇츠마인을 사용했다. 지도에 주소를 찍기만 해도 당신의 몸은 순식간에 목적지에 도착해 있곤 했다. 반수면 상태를 쓰지 않을 때도, 당신의 몸이 걷는 동안 당신은 모든 시야를 사로잡는 고글형 기기를 쓰고 쓸데없는 영상 따위에 빠져 있었다. 그러니 이렇게 맨눈으로 거리를 볼 일은 없었다. 당신의 집 바로 앞인데도 말이다. 당신은 왠지 가슴이 서늘해지는 것을 느낀다.

당신이 사는 곳은 꽤 많은 사람이 거주하는 곳이지만 누굴 만나 즐길 거리가 많은 곳은 아니다. 언제나 경로의 일부일 뿐, 목적 삼을 만한 곳은 아니라는 것이다. 그래서인지 거리에 보이는 사람들은 모두 잇츠마인을 사용 중인 사람들뿐이다. 조금의 인상도 습관도 없는 걸음걸이. 키에 비례해 늘어나고 다리 길이에 따라 조금씩은 다르지만 거의 같은 각도, 같은 주기로 움직이는 다리. 효율적이기 그지없는, 프로그래밍된 동작의 집합이 한 명, 또 한 명 지나간다. 그런 사람들은 몇 명이 있어도 당신의 불안을 해소해주지 않는다. 당신은 어둑어둑한 거리에 그저 혼자 남겨진 것만 같다고 느낀다.

두 사람이 나란히 당신 앞을 지나간다. 그들이 같은 일행인지는 알 수 없다. 그들은 서로를 의식하지 못한 채 정확히 똑같은 주기와 속도로 걷는다. 그래서 그럴까, 그들은 덩치도 입은 옷도 다르지만, 왠지 닮아 보인다.

무섭다고 한다면 과장일 것이다. 소름 끼친다고 하면 예민한 소리고.

유령들.

오래전에 잊었던 이미지가 스멀스멀 올라온다. 망자들의 도시에 홀로 떨어진 산 자 같다고, 당신은 생각한다. 당신은 당장에 잇츠마인을 켜고 반수면에 빠지고 싶다고 생각한다. 길 없이 장소만이 존재하는 세상, 과정 없는 결과, 고통 없는 성취만을 누리는 세상으로 돌아가고 싶다고. 하지만 지금 당신은 그럴 수 없다. 퇴근해 들어오는 길에 무슨 일이 있었는지 알기 위해서는 당신의 두 눈과 두 다리로 직접 경로를 되짚어야 하니까.

당신의 걸음은 망설이듯 시작하지만, 곧 재빠르고 비효율적인 것으로 변한다.

그렇게 당신은 낯설고 우중충한, 유령이 배회하는 거리를 겁에 질려 걷는다.

✳

당신의 집에서 정류장까지는 천천히 걸어도 10분이 채 걸리지 않는다. 그런 길을 당신은 빠른 걸음으로 주파한다. 정류장까지는 5분 남짓도 걸리지 않았을 것이다. 하지만 그 5분조차도 당신에게는 아주 길고 답답한 시간으로 느껴진다.

당신의 시선은 온 골목의 바닥과 벽을 훑으며 비일상을 찾아 헤맨다. 황급히 자리를 뜨는 사람들, 아니면 반대로 호기심에 몰려드는 인파, 심각하게 다친 사람이나 동물, 아니면 피에 젖어 널브러진 상자나 비닐봉지 따위라도. 하지만 정류장 앞 마지막 횡단보도 앞에 설 때까지도 당신은 그 중 어느 것도 찾지 못한다.

퇴근 시간대라 그런지 도로엔 차가 많다. 도로에 꽉 들어찬 차들은 교통체증이 뭐냐고 묻는 듯 거침없이 달려 이쪽에서 저쪽으로 사라진다. 퇴근길 교통체증 같은 건 이미 옛말이 된 지 오래다. 개선을 거듭한 자율주행 시스템이 모든 차에 장착되었기 때문이다. 이제 도로는 끝없이 흐르는 강처럼 보인다. 인간을 위한 적황녹의 차량 신호등이 사라진 자리에 보이지 않는 교통제어 인공지능이 자리 잡아 도시 전체의 차량 이동을 감지하고 효율적으로, 끊임없이 차량이 흐르도록 한다.

당신이 바라마지 않던 비일상을 발견하지 못한 것도 바로 그 때문이다. 지체 없이 출발하는 차량. 인공지능 특유의 빠른 반응속도만큼 줄어든 안전거리. 빽빽이, 부드럽게 흐르는 교통. 그 틈바구니에 뭐가 끼어 있다 한들 인간의 맨눈으로 파악할 수 있을 리가 없다.

하지만 차량이 아무리 효율적으로 움직이더라도 한 번씩은 멈출 수밖에 없다. 어쨌든 도로는 차량만을 위한 것이 아니니까. 건너편 횡단보도 신호등에 녹색등이 켜지자 차량들이 부드럽게 멈춰 서고, 동시에 당신 앞에 우두커니 서 있던 잇츠마인 이용자들이 지체 없이 움직인다. 당신은 그들에게 가장 효율적인 동선을 내주고 나서야 터덜대며 그 뒤를 따라 걷기 시작한다. 당신은 안심하면서 동시에 불안해한다. 피투성이 현장을 볼 필요 없다면 그야 좋은 일이지만, 그런 경우 당신에게 대체 무슨 일이 일어난 거냐는 의문은 해결되지 않는다.

하지만 다행인지 불행인지 그런 혼란은 오래가지 않는다. 당신 앞의 인파가 걸어 지나간 뒤로 도로에 남은 어떤 흔적이 당신의 눈에 띄기 때문이다.

당신이 발견한 것은 발자국이다. 방금 생긴 비교적 선명한 것부터 다른 발걸음에 뭉개져 형체를 알아볼 수 없는 것까지, 다양한 크기의 발자국이 횡단보도의 한 축을 따라 어지러이 널려 있다. 발자국을 이루는 액체는 얼핏 그냥 물처럼 보이기도 한다. 검은 아스팔트 위에는 뭘 흘리든 대충 거무죽죽해 보이기 마련이다. 하지만 횡단보도를 표시하는 하얀 선 위에서, 액체는 더는 정체를 숨길 수 없다.

시뻘겋고 끈적한 핏자국이라면 더더욱 그렇다.

빨간 발자국들이 어지러이 이어진 끝, 도로 한구석에는 작은 웅덩이가 있다. 유령 같은 사람들은 아무렇지도 않게 그것을 밟고 지나치며 새로운 발자국을 남긴다.

떨리는 눈동자로 그 웅덩이를 자세히 본 당신은 그것이 웅덩이보다는 강의 하류에 가까운 것임을 깨닫는다. 아스팔트의 미묘한 굴곡을 따라 흘러내려 우묵한 곳에 고인 호수. 사람들이 그 빨간 호수의 액체를 찍어 쉼 없이 발자국을 남겨도 호수가 마르지 않도록, 강은 끊임없이 흐른다.

보기 싫다. 그렇게 생각하면서도 당신은 무의식적으로 고개를 돌린다. 두려움에 떨면서도 죽은 이의 텅 빈 눈동자를 보고야 마는 아이처럼, 당신은 그 강의 상류를 바라본다.

그 광경을 지금 자세히 묘사하지는 않겠다. 당신은 그것을 충분히 오래 봤으니까, 더 말로 부연할 필요는 없을 것이다. 사람이 어떻게 꺾이고 터지고 뭉개질 수 있는지 따위는 이 이야기에서 그리 중요한 지점이 아니다. 다만 그 체액으로 당신의 티셔츠를 흠뻑 적시고도 다시 강을 만들 수 있을 정도로 심각한 상태의 육신이 있었다는 것만 확실히 해두면 되겠다.

당신은 그것이, 그 사람이 왜 그렇게 됐는지 모른다. 왜 거기에 있는지, 왜 '아직도' 거기에 있는지 모른다. 그리고 왜 사람들은 아무렇지 않아 하는지, 어떤 애도도 공포도 호기심도 없는지, 모임도 흩어짐도 없는지, 침묵도 웅성거림도 없는지, 다 알면서도 한편으론 이해하지 못한다.

그렇게 당신은 혼란에 빠져, 횡단보도 한 가운데에 우두커니 서 있게 된다.

*

당신을 위해 뒤늦게 설명을 덧붙여보고자 한다.

그 사람은 1시간쯤 전에 당신처럼 횡단보도에 서 있었다. 물론 다른 점도 몇 가지 있었다. 그 사람은 당신 기준으로 횡단보도 맞은편에 서 있었고, 잇츠마인을 사용하지 않았으며, 무엇보다 파란불이 아니라 빨간불을 기다리고 있었다. 그는 빨간불이 켜지면 차량의 급류 속으로 뛰어들어 자신의 생을 끝낼 생각이었다. 이유는 알 수 없다. 어쨌든 사람이 죽음을 선택하는 데에는 너무나도 다양한 이유가 있을 수 있으니까.

당신의 몸이 막 횡단보도 맞은편에 섰을 때 그가 기다리던 빨간불이 켜졌다. 도로를 메운 차량은 지체 없이 출발하기 시작했다. 큰 도로에 걸맞은 빠른 속도로 차량의 강이 흐르는 데까지는 시간이 많이 필요치 않았다. 그것을 보고 그 사람은 심호흡을 하고, 비로소 길을 건너기 시작했다. 도움닫기를 하듯 저 멀리서부터, 한 걸음씩 천천히. 망설임을 뚝뚝 흘리며 걷다가 무엇을 다 털어냈는지 이내 가볍고 빠른 발걸음으로 뛰기 시작했다. 나를 잡아먹으라는 듯, 기꺼운 동작으로 차량의 강으로 몸을 던졌다. 하지만 차들은, 차량을 제어하는 인공지능은 더없이 똑똑하고 효율적이며 재빨랐다. 옆 차로에 조금이라도 틈이 있으면 귀신같이 그 사람을 피해냈다. 틈이 없다면 급제동을 걸어버렸다. 교통사고는 발생하지 않았다. 옆 차가 끼어들어도 뒤차가 즉시 감속을 했으며 그 뒤차 역시 거의 시차를 두지 않고 감속을 진행했다. 급정거의 경우도 마찬가지라서, 서너 대의 차가 동시에 급정거해도 미세한 접촉사고 하나 발생하지 않는 놀라운 광경이 펼쳐졌다. 그 인공적인 기적의 향연 속을, 그 사람은 달렸다.

그렇게 그 사람은 4차로, 3차로, 2차로, 1차로를 건너고 반대편 차선으로 넘어갔다. 죽음을 목표로 뛰어들었으면서도 그 사람은 자신이 여기까지 살아남아 달려온 데에 묘한 희열을 느꼈다. 그리고 반대편의 1차로, 2차로. 3차로. 이젠 거의 끝이었다. 다시 4차로만 지나면 건너편이었다. 하지만 그곳을 지날 때 마침내 반응하지 못한 차가 생겼다. 누적된 변수와 제한된 시야가 거대한 화물차로 하여금 제때 반응하지 못하게 한 것이다. 멈추기에도 피하기에도 늦었다. 어설픈 멈춤도 회피도 그 사람을 살리지는 못한 채 더 큰 혼란과 고통, 사고를 불러올 것이라는 계산이 도출되기까지는 밀리 초 단위의 시간이 필요할 뿐이었다.

그래서 화물차를 제어하는 시스템은 오히려 속도를 올렸다. 그 사람과 정확한 타이밍에 충돌하도록, 정확한 각도로 튕겨 나가도록. 그래서 교통의 흐름에 최대한 덜 방해되도록,

차량의 손상이 최소화되도록, 그리고 그 사람의 마지막 순간이 빠르고 신속하게 지나갈 수 있도록.

그 사람이 횡단보도 맞은편에 이르지 못한 것을 아쉬워했는지, 아니면 당초의 목적에 성공적으로 도달한 것에 만족스러워 했는지, 화물차의 인공지능은 궁금해하지 않았다. 인공지능은 그저 프로그램된 대로 사고를 보고하고 하던 일을 계속하면서 세차 예정을 잡았다. 뒤이어 오는 차들 역시 어떤 놀라움도 의문도 없이 장애물을 인지하고 능숙하게 경로를 수정했다. 문제 될 것은 아무것도 없었다. 경찰이 아직도 도착하지 않은 건 아무래도 좀 늦는 편이지만, 명백한 자살보다 더 우선시되어야 할 업무가 그날따라 많았을지도 모르겠다.

하지만 이토록 깔끔하게 문제를 처리한 인공지능이라 해도, 그 사람 속 체액의 유체역학까지는 고려하지 못했던 모양이다. 어쩌면 고려할 필요가 없다고 판단했을지도 모른다. 아무튼 그 때문에 당신은, 운 나쁘게도 하필 횡단보도의 그 자리, 피가 가장 많이 튄 자리에 서 있던 당신은 그 사람의 피와 살 조각을 흠뻑 뒤집어쓰게 되었다.

모두 당신이 없던 동안 일어난 일이었다.

당신이 잇츠마인에게 몸을 빌려주었던 동안. 당신의 의식은 무의식 저편 어딘가에서 뒤척이고 당신의 몸이 더 없이 효율적으로 움직이는 동안.

*

당신은 여전히 이 모든 상황을 이해하면서 동시에 이해하지 못한다. 피 웅덩이를 대수롭지 않은 장애물로 인지한 채 그냥 밟고 지나치는 발걸음, 그리고 그 장애물에서 충분히 떨어져 신호대기 중인 차량 사이에서 당신은 어쩔 줄 모르고 우두커니 서 있다.

곧 빨간불이다. 당신은 움직여야 한다.

이런, 빨간불이 켜졌다.

하지만 당신은 여전히 움직이지 않는다. 당신이 서 있는 곳을 제외한 다른 차로에서는 차들이 일제히 움직인다. 당신에게 가로막힌 차는 한동안 당신을 기다리다가, 놀라우리만치 무미건조한 톤으로 경적을 울린다. 얼마 지나지 않아 그 차는 효율적인 양보를 받으며 다음 차로로 끼어든다. 그런 과정이 빠르게, 쉬지 않고 반복된다. 그러는 동안 당신은 계속 그곳에 서 있다. 무엇을 보는지도 모르고 무슨 생각을 하는지도 인지하지 못하는 상태로 우두커니. 당신의 머릿속이 온통 뒤엉키고 호흡이 가빠진다. 시야가 멀어지고 이명이 들리는 것 같다.

유령도시의 길 한복판에 우두커니 서서, 당신은 왜 우는지도 모르면서 눈물을 흘린다.

떨어진 눈물이 시뻘건 발자국으로 떨어진다.

당신이 지금이라도 길을 마저 건너기로 한다면 차들은 능숙하게 멈춰줄 것이다.

하지만 당신은 그러지 못할 것이다.

그러니, 바라건대 다음 신호만큼은 놓치지 않는 게 좋을 것이다.

그렇지?

원래는 뇌과학자를 꿈꿨다. 대학원 문턱까지 갔다가 우울증으로 휴학한 후, 학부 입학 10년 만에 겨우 생명과학과를 졸업했다. 휴학과 졸업 사이 지지부진한 시간 동안 원래 꿈을 장사 지내고 새로운 꿈에 못 이기는 척 물을 주었다. 이 이야기는 졸업 직전 흙 속에서 고개 내민 싹이다. 이것을 시작으로 현실에 뿌리 내린, 하지만 현실에 없는 이야기들을 키워낼 수 있길 바라고 있다. 2019년 카이스트 문학상에서 〈책〉으로 대상을 수상했으며 2022년 포스텍 SF 어워드에서 〈잇츠마인〉으로 가작을 수상했다.

제1회 미니픽션 당선작

식(蝕)

“아주 오래전에 나쁜 용이 나타나서 온 누리에 재앙을 내렸대. 용이 지나간 곳은 온통 잿더미가 돼버리고, 사람들은 시름시름 앓다가 죽고, 식물조차 자라지 못했대. 지금도 서쪽에서 해가 지면 그 무서운 용이 나타난다고 해. 그런데 그 악마 같은 용한테는 비밀이 있어. 그게 무어냐면 굉장히 아름답다는 거야. 평생 단 한 번만이라도 그 자태를 보면 소원이 없을 정도로 너무나도 아름답대. 그래서 용감한 사람들이 용을 보려고 서쪽으로 여행을 떠났다고 해. 그리고 단 한 명도 돌아오지 못했어. 용이 너무나 아름다운 나머지 한 번이라도 본 사람들의 눈을 멀게 하고, 정신을 미쳐버리게 만들고, 마침내 그 자리에서 불붙어 죽게 만든다는 거야. 그 사람들은 황홀함에 젖어서 고통조차 잊은 채 죽음을 받아들인대….”

한 쌍의 남녀가 위태로운 능선을 넘고 있었다. 그들이 넘는 능선은 하얗게 바랜 석산이었다. 식물들의 타버린 흔적과 바싹 마른 시체들이 가차 없는 모래들에서 썩어가고 있었다. 커다랗고 민둥한 바위에 누군가 끝이 날카로운 돌로 하얗게 글을 새겨놓았다. '저기로.'

두꺼운 산악용 패딩을 입은 남자는 휠체어에 타고 있었다. 남자는 기력이 쇠진해 고개조차 제대로 가누지 못했다. 휠체어를 뒤에서 밀고 있는 여자는 험난한 자갈길을 금방이라도 균형을 잃을 것처럼 위태롭게 나아가고 있었다. 여자 역시 온몸이 비쩍 마르고 볼이 움푹 파여 초췌했다.

"카인, 네가 좋아하던 이야기야. 이제 대답하기도 힘들어 하는구나. 너는 언제나 낭만적인 걸 좋아했지. 네가 나에게 사랑을 고백했던 날을 기억해. 끝내주는 프러포즈였지. 알베르가 좀 더 연기를 잘해서 네가 돌아왔다는 걸 내가 몰랐다면 더 놀랐겠지만, 아쉽게도 실패였어. 그래도 기뻤어. 군복을 입고 반지를 바치면서 웃는 네 모습이 정말 눈에 훤해. 전쟁이 끝나고 돌아온 남자들은 하나같이 바람둥이였는데 너는 그러지 않았지. 너무 예뻤던 시간이었어."

여자가 미소를 지었다. 휠체어에 탄 남자는 침을 한 줄기 흘렸다. 오후의 해가 기울면서 그들이 향하는 방향으로 파괴적인 궤적을 이었다. 여자가 노을을 제대로 마주 볼 수 없어 눈을 가늘게 떴다. 휠체어 바퀴가 커다란 굴곡을 맞고 크게 한 번 휘청였다. 여자는 남자가 휠체어에서 떨어지지 않게 가는 팔로 끙끙대며 버텼다. 무리에서 떨어진 외톨이 새가 까마득한 거리에서 애처롭게 울부짖었다.

그들은 해가 지기 전에 능선을 다 지나지 못했다. 해가 지자 여자는 휠체어를 멈추고 남자를 내렸다. 여자가 배낭에서 라이터를 꺼내 신문지와 불쏘시개를 모아 작은 불을 피웠다. 여자와 남자는 한 침낭에서 부둥켜안고 밤을 지새웠다. 어둠이 앗아가려는 것을 온몸으로 지켜내려는 듯이 꽉 껴안았다. 새벽녘에 불이 꺼졌다. 눈을 떠보니 진득한 안개가 능선 아래로 가득 깔려 있었다. 여자는 짐을 싼 다음 남자를 휠체어에 태우고 안개 속으로 스며들었다.

"카인, 옛날 사람들은 훨씬 오래 살았대. 비포르 할머니가 말해줬어. 옛날엔 할머니 나이만큼 산 것도 그다지 오래 산 게 아니었대. 상상할 수도 없지. 우린 서른이 넘기 전에 거의 죽는데 말이야. 옛날 사람들은 그 많은 시간만큼 더 사랑할 수 있었겠지. 그 많은 날만큼 같이 이야기할 수 있었고, 그 많은 밤만큼 같이 잘 수 있었겠지. 비포르 할머니는 우리가 저주받은 거라고 했어. 선조들이 지은 죄 때문에 모두 벌을 받아버렸대. 살날이 많으면 그만큼 죄를 지을 날도 많은 거겠지."

안개는 능선 아래로 내려갈수록 짙었다. 두 사람은 쇠가 녹아서 기울어진 가로등들이 지상에 솟은 거대한 갈비뼈처럼 돋아난 포장도로에 도착했다. 휠체어를 밀고 가기 한결 편하여 여자가 미소를 지었다. 남자는 눈동자만 힘겹게 굴려서 사위를 관찰했다. 거대한 높이의 고속도로들이 지층처럼 겹겹

이 쌓여 있는 가운데 탁 트인 저 멀리 무언가가 환영처럼 빛났다. 여자는 남자가 바라보는 광경을 보고 남자의 귓가에 속삭였다.

"거의 다 왔어, 카인. 우리가 바로 이야기 속 용감한 사람들이야."

그들은 오래된 도로를 타고 굽이굽이 경사진 길을 내려갔다. 완전히 생명을 잃은 고목이 흑색의 자갈 사이를 뚫고 돋아나 있었다. 그곳에서 잠시 휴식을 취했다. 대기권이 망가진 하늘은 믿을 수 없을 정도로 투명하고 파랬다. 맑은 호수가 공중에 떠 있는 듯했다. 구름은 단 한 점도 없었다. 여자는 물병을 꺼내 마시고 남자의 입에 대고 흘려주었다.

정광 속으로 향할수록 점점 온도가 따스해졌다. 여자는 이마에 흐르는 땀을 닦았다. 그러다가 앞머리가 술술 빠지고 있는 것을 깨달았다. 여자는 아랑곳하지 않고 휠체어를 밀었다. 그들은 이윽고 거대한 폐허에 도달했다. 경사 아래로 향하는 도로 전체가 짓뭉개지듯 녹아 흘러내린 흔적이었다. 아스팔트가 검은 용암처럼 흘러내리면서 모든 것을 집어삼켰다. 도로에 있다가 녹아내린 차체들이 듬성듬성 싹처럼 돋아나 있었다. 여자는 휠체어의 벨트로 남자를 단단히 고정한 다음 뭉개진 길 아래로 조심조심 내려갔다.

수백 미터 길이의 아스팔트 협곡을 주파하자 표지판 하나와 시체가 나타났다. 시체는 웅크리고 바닥에 엎어져 있었다. 노란 점퍼 밖으로 갈색 머리털만 비죽 튀어나왔다. 여자가 중얼거렸다.

“저 사람도 용감한 사람이었어.”

시체를 지나자 버려진 건물들이 강렬한 석양을 맞고 타오르고 있었다. 온통 깨진 유리창에 선연한 빛들이 가득했다. 여자는 가슴이 활활 뛰는 것을 느끼며 휠체어를 쥔 손을 꼭 붙잡았다. 남자는 여전히 한곳만을 바라보고 있었다.

“카인, 바로 여기야. 용이 사는 곳. 네가 언제나 가보고 싶어 한 곳. 다시는 돌아갈 수 없는 곳. 내가 언제나 말했지, 결국에 나한테 신세 지게 될 거라고.”

여자는 잔뜩 흥분해서 소리치며 휠체어에 앉은 남자에게 키스했다. 그리고 휠체어 손잡이를 잡고 밀려다 그대로 엎어져 혼절했다.

여자는 두 시간 뒤에 정신을 차리고, 일어나자마자 남자의 상태를 확인했다. 남자 역시 눈을 감고 졸도해 있었다. 여자가 절박하게 소리를 지르자 남자가 눈을 떴다. 어느새 땅거미가 지고 있었다. 여자는 다시 일어나 휠체어를 밀고 가려 했지만 한 발자국도 움직일 수 없었다. 그 장소의 방사선 계수는 이미 치사율을 훌쩍 뛰어넘었다.

여자는 간신히 남자를 휠체어에 고정한 벨트를 풀러 내렸다. 그리고 자신의 옆에 기대어 앉혔다. 말을 할 기운도 바닥나 여자는 아무 소리도 내지 않고 남자의 머리를 품에 안고서 하늘만 바라보았다. 전설 속의 용이 나타나길 기다리며.

해가 지고, 밤이 찾아오자 여자는 하늘을 바라보고 입을

쩍 벌렸다. 보랏빛, 초록빛, 붉은빛, 황금빛의 장엄한 레이스들이 구멍 난 하늘에서 무수히 쏟아졌다. 수십 킬로미터는 되어 보이는 빛의 자락 하나하나가 손을 뻗으면 만져질 정도로 가까웠다. 어둠에 잠긴 폐허는 이제 비정상적으로 지표와 가까운 거대한 오로라들로 인해 찬란한 빛의 궁전이 되었다. 누구라도 그곳이 신과 가장 가까운 장소임을 두말없이 동의할 터였다. 오로라는 환영처럼 일그러지고 펴지기를 반복하다가 수 분 후 소멸했다. 그리고 용이 나타났다.

*

82년 전 우주 개척에 방해가 되는 대기권의 무수한 우주 쓰레기들을 청소하기 위해 그것이 고안되었다. 우주 쓰레기들이 대부분 금속이라는 사실을 바탕으로, 강력한 자기장을 형성할 수 있는 '우주 청소기'를 쏘아 올리자는 발상이었다. '우주 청소기'는 총 열다섯 대가 발사되었고 두 달 동안 성공적으로 대기권의 우주 쓰레기들을 각자 자기장 권역으로 가두었다. 그런데 전혀 예상치 못한 괴멸적인 궤적 예상 실패로, 열다섯 대의 우주 청소기들이 손쓸 새도 없이 서로의 자기장에 휩쓸려버렸다. 열다섯 대가 한데로 뭉친 자기장은 상상할 수도 없이 강력했다. 인류를 우주 방사선에서 보호하던 지구 자기장마저 망가뜨릴 정도로.

남자와 여자를 눈멀게 한 용은 오로라 저편에서 떠올랐다. 용은 열다섯 대의 우주 청소기 뭉치와 그 주변을 공전하는 셀 수도 없이 많은 우주 쓰레기들이었다. 우주 쓰레기들이 끊임없이 대기권과 마찰하면서 생긴 열이 경이로운 불의 고리를 형성했다. 천구 전체를 뒤덮을 정도로 엄청난 크기였다. 열다섯 대의 우주 청소기 뭉치와 그것을 공전하는 고리가 지나가자 그 자체적인 자기장에 뒤따르는 태양풍이 뱀처럼 구불구불 꼬리를 이었다. 마치 하늘에 거대한 불의 협곡이 갈라지는 듯했다. 태고에 모든 것이 젊었던 무렵 황혼의 자태가 바로 저러하였다. 여자는 피가 흘러 먹먹해진 귀를 기울였다. 만물이 경이와 두려움에 떨며 온통 웅웅 울려댔다. 용의 자기장에 지상의 금속들까지 진동하는 소리였다. 여자의 마지막 심장 박동도 그처럼 떨려왔다.

여자는 용의 불붙은 꼬리가 전부 시야에서 사라질 때까지 완전히 압도되어 수십 분을 지켜보았다. 그리고 품에 안은 남자를 보았다. 남자는 허공에 못을 박은 듯 바라보며 영원히 굳어 있었다. 여자는 오랫동안 남자를 내려보며 찬찬히 뺨을 쓰다듬었다. 용의 잔광이 모두 사라지자 다시 고요한 암흑이 두껍게 뒤덮었다.

여자는 문득 남자가 바라보던 것이 하늘이 아니라 자신임을 깨달았다. 여자는 어둠 속에서 찬찬히 남자의 두 눈을 감겨주고, 남자의 입술에 입을 맞추었다. 그리고 남자를 꼭 껴안은 채 오래도록 눈을 감았다.

용은 컴컴한 꿈속을 하염없이 미끄러지며 멀리 구물구물 사라져갔다.

서울 출생으로 서울대학교 전기정보공학부에 재학 중이다. SF뿐만 아니라 다양한 장르에 도전한다. 2018년 서울대학교 대학문학상 소설 부문 가작을, 2021년 포스텍 SF 어워드 미니픽션 부문 대상을 수상했다. 비록 말주변은 없지만 공상하기를 좋아한다. 사람을 떠올리고, 그들을 상상한다. 인생이 담긴 소설을 쓰고 싶다.

제2회
단편소설
당선작

리버스

1

"혼란스럽겠지만 넌 이 사실을 분명히 알아야 해."

"무슨 얘긴데?"

"미래가 과거를 만들고 있다는 거."

"그게 대체 무슨 말이야."

"사람들은 과거가 쌓여 현재와 미래가 만들어진다고 생각하지만 사실은 그 반대야. 자세한 건 차차 말해줄게. 우리가 인생을 파트타임으로 살고 있다는 사실만 기억해. 그게 가장 중요한 거니까."

2

"팀장님, 오디오가 완전히 누락됐다고 합니다!"

후배 연구원이 문을 벌컥 열고 들어와 다급한 목소리로 말했다.

"뭐? 바로 확인해볼게."

멍하니 창밖을 바라보던 수연은 후배의 말에 흠칫 놀라 자세를 고쳐 잡았다. 모니터에서 가장 최근 항목을 선택하니 버그 장면이 대형 스크린을 채웠다. 그곳의 세계가 3차원 건물 투시도처럼 드러났다. 마치 우리 모습을 천장에서 내려다보는 것 같았다. 스크린 상단에는 버그 발생 장소와 시각이 표시되어 있었다. 사거리에 멈춰 선 수많은 자동차와 횡단보도를 건너는 사람들이 마치 무수한 세포들의 움직임 같았다. 그러다가 화면의 다른 쪽으로 시선을 옮기면 다시 그쪽 세계의 움직임에 이끌려 정신이 산만해지기 십상이었다. 그렇게 한참을 바라보고 있으면 왠지 모를 경외감마저 들었다. 자연 앞에 인간은 한낱 미물이라는데 화면 속의 분주한 인간 세상을 보고 있자면 굳이 자연까지 들먹일 필요도 없이 비슷한 감정이 느껴지곤 했다. 수연은 잡생각이라도 떨쳐버리려는 듯 고개를 흔들며 관리자 비밀번호를 입력했다. 버그 발생 위치로부터 반경 94미터 영역을 선택하고 시간을 10초 앞으로 설정한 후 음소거를 해제했다. 퐈아. 스피커를 뚫고 나오듯 그곳 세계의 온갖 소리가 터져 나왔다. 지하주차장을 내려가는 자동차 소리, 강의실 복도를 가득 채운 대학생들의 대화 소리, 연구소 건물에 울려 퍼지는 사이렌 소리, 바람 소리 같기도 한 숱한 생활 소음까지 쉴 틈 없이 이어졌다. 수연은 굳은 표정으로 화면을 응시하며 잠자코 기다렸다. 그러다 정확히 버그 발생 시각이 되자 모든 소리가 거짓말처럼 사라졌다.

"아…."

수연이 짧게 한숨을 내쉬었다. 여기서는 그저 버그일 뿐이지만 그곳에선 난리가 났을 게 분명했다.

3

어제 오후 4시 20분경 신촌 대학로 부근에서 사람들이 갑작스럽게 난청 증상을 겪는 일이 발생했습니다. 경찰은 이번 불가사의한 일에 대해 아직 사건의 진상을 파악 중이며 각계 전문가와 함께 합동조사를 진행할 계획이라고 밝혔습니다.

역 광장의 대형 TV 앞에는 기이한 뉴스를 보기 위해 많은 인파가 몰려 있었다. 당시 현장에 있었다는 한 시민은 거대한 폭발이 일어난 줄 알았다고 했다. 또 다른 시민은 청력을 잃은 줄 알고 바로 병원에 갔다가 뒤늦게 뉴스를 보고 더 황당했다고 말했다.

"요즘 들어 이상한 일이 많아."

"그러게."

"요새 폭력적인 사람들도 많아진 것 같지 않아? 나만 느꼈나."

4

"모든 소리가 일시적으로 출력되지 않았어요. 뭐가 문제였을까요?"

수연의 옆에 서 있던 후배 역시 소리가 사라진 화면에서 눈을 떼지 못했다. 수연은 잠시 생각하더니 문제의 영역 근처에 있는 한 연구소에 대해 빠르게 검색하기 시작했다. 수연은 그 연구소를 구현하는 데에 사용된 함수들을 확인한 후, 그 중 진공 실험 함수를 호출해 진공이 적용되는 시공간 범위 값이 어떻게 설정되는지 관찰했다. 예상했던 대로 연구소의 실험실 공간을 크게 벗어났다.

"그 시간에 근처 연구소에서 진공 실험이 있었어. 여기 이쪽에 있는 코드 말이야. 이 부분에서 시공간 범위 값이 잘못 설정되고 있어."

수연이 컴퓨터 화면 한 구석을 가리키며 말했다. 후배는 허리를 숙여 수연이 가리킨 코드를 확인하더니 미간을 찌푸렸다.

"세계 몇 대 불가사의인가 뭔가에 이번 사건이 추가되려나요.”

“그럴지도 모르지.”

수연은 담당 개발자와 얘기하기 위해 방을 나섰다.

5

“우리에겐 버그지만 거기선 현실이에요. 앞으로 관리에 더욱 힘써주시기를 부탁합니다.”

세컨드라이프 김신혜 회장의 목소리엔 평소보다 힘이 실려 있었다. 오디오 총괄 수연을 포함해 그래픽, 모션 컴퓨팅, 인공신경망 등 회사 핵심부서의 팀장들이 모두 모여 있는 자리였다.

“회장님, 이렇게 모인 김에 그 문제도 함께 논의해보면 어떨까요.”

인공신경망팀 이경민 팀장이었다.

“이미 여러 차례 보고 드린 바와 같이 리버스 내의 사회가 많이 혼란스럽습니다. 이유 없이 행인을 폭행하는 일은 이제 별일도 아니고 묻지마 살인이 유행처럼 번지고 있습니다. 이런 강력범죄가 매일 천 건이 넘는다고 합니다. 또, 미래를 확신한다며 예언가처럼 행세하는 사람도 늘고 있습니다. 어떤 해법으로 접근해야 할지 아직은 잘 모르겠지만 어떻게든 대처가 필요하다고 생각합니다.”

"알고 있습니다."

조금 전 자신감 넘치던 목소리와 달리 회장의 말끝이 흐려졌다. 팀장들 역시 새로운 얘기가 아니라는 듯 고개를 끄덕이면서도 누구 하나 선뜻 입을 열지는 못했다. 가상세계 리버스를 처음 출시할 때 이 현상이 이렇게까지 심각한 문제로 대두될 줄 예상하지 못 했을뿐더러 쉽게 고칠 수 있는 버그도 아니기 때문이었다. 이 현상은 리버스에 접속한 사용자들이 스스로 만든 결과였다. 물론 접속하는 사람들이 리버스에서 어떤 아바타로 살아가고 있는지에 관한 정보는 암호화되어 있기 때문에 누가 문제를 일으키는지도 확인할 수 없었다.

6

크리스마스가 얼마 남지 않은 연말이지만 거리는 예전 같지 않았다. 버스킹이 끊이지 않던 홍대 거리에서는 색 바랜 가로등 불빛만 무대를 비추고 있었다. '당신의 시간을 되돌려 드립니다, 리버스(Re-verse).' 거리가 한산한 이유를 설명하듯 거리 중앙의 대형 광고판엔 리버스라는 문구가 밝게 빛났다.

'다들 거기가 더 좋은가 봐.'

리버스는 모두의 어린 시절이 있는 곳이었다. 방과 후 들르던 떡볶이집, LP판을 파는 레코드 가게, 지금은 사라진 패밀리 레스토랑, 백마역 기찻길. 추억에 묻힌 그 시절로 돌아가 사람들은 인생을 다시 살아볼 수 있었다. 수연도 잠시 눈을 감고 그곳의 풍경을 그려보았다.

'나도 참. 갔다 온 지 얼마나 됐다고 또 가고 싶어지는 거야.'

수연은 서둘러 소개팅 장소로 향했다.

남자는 창밖을 구경하다 수연이 나타나자 일어나서 인사를 건넸다.

"처음 뵙겠습니다. 경민이한테 얘기 많이 들었어요. 노래를 엄청 잘 부르신다고."

남자가 수연을 띄워주며 편안하게 말을 걸었다.

"아, 그냥 좋아서 자주 부르는 정도예요."

수연은 머쓱하게 웃었지만 스스로도 잘 부른다고 생각하는 편이었다.

"하시는 일은 어떤 건가요?"

대화가 끊어질세라 남자가 바로 물었다.

"이 팀장에게 들으셨겠지만 저는 리버스에서 소리를 만드는 일을 해요. 현실에 있는 소리들을 수집하고 정제해서 가상 세계에 필요한 소리들을 만드는 일이죠. 그래서 저희 회사지하엔 녹음실이 여러 개 있어요. 운동장처럼 넓은 곳도 있고, 3층 높이 정도로 천장이 높은 곳도 있죠. 밖에 나가서 실제 소리를 수음하기도 하는데, 원하는 소리를 녹음실에서 여러 가지 재료를 사용해서 만들 때가 더 많아요."

"직접 만드는 대신 자동으로 소리를 생성할 순 없나요?"

"그 방법도 같이 사용되고 있어요. 모든 상황에 대한 소리

데이터를 보유하고 있을 수는 없으니까요. 미리 제작해둔 소리 소스들을 바탕으로 리버스 내 대부분의 소리들은 그렇게 자동 생성되고 있죠."

남자가 지루해하지는 않을까 걱정되어 수연은 화제를 돌렸다.

"조금 전 걸어올 때 보니 거리가 한산하더라고요. 사람들이 모두 연말을 리버스에서 즐기고 있나 봐요."

"그러게요."

남자가 잠시 생각에 잠긴 듯 수연에게서 시선을 거두고 와인을 천천히 들이켰다. 그런 다음 빈 잔을 조심스레 내려놓고 다시 입가에 미소를 지으며 말했다.

"세간의 관심이 쏠려 있는 곳에 계시니 보람이 크시겠어요."

"대신 무슨 일이 터질지 몰라서 항상 마음 졸여야 돼요. 오늘도 심장이 철렁했네요. 너무 제 얘기만 한 것 같은데, 어떤 일을 하시는지."

"저는 투자회사 다닙니다. 수연 씨만큼은 아니겠지만 여기도 스트레스가 만만치 않죠."

말은 그렇게 하지만 남자는 장기 휴가를 보내고 온 사람처럼 피곤한 기색이라고는 전혀 보이지 않았다. 질긴 스테이크를 힘주는 모양 없이 부드럽게 썰어내는 모습까지 완벽했다. 깔끔한 정장에 금속 손목시계를 찼고 실수로 접힌 소맷귀까지 멋스러워 보였다.

"사실 저희가 한번 만난 적이 있는데 기억하실지 모르겠네요."

"우리가요?"

"3년 전쯤에, 그때 제가 과로를 했는지 퇴근길에 정신을 잃고 쓰러진 적이 있었어요. 인적이 드문 골목길이라 정말 큰일 날 뻔했는데 우연히 수연 씨가 저를 보고 구급차를 불러주셨죠."

"어머 세상에, 맞아요, 기억나요. 병원에서 급성 심장마비라고 했었어요."

구면이라는 사실에 그들의 대화는 한층 더 부드러워졌다. 한참 뒤 수연이 잠시 화장실에 가려고 자리를 떴다.

"김수연 님의 아바타가 2시간 17분 뒤 첫 정규앨범 녹음을 시작합니다."

테이블 위 수연의 휴대폰에서 또박또박 음성이 흘러나왔다. 남자는 이내 상황을 파악하고 피식 웃었다.

"곧 정규앨범 녹음하러 가셔야겠어요."

자리로 돌아온 수연은 금방 말뜻을 파악하고 애써 웃었다. 하필이면 잠깐 화장실 간 사이에 알림이 울리다니.

"하하, 어렸을 때 가수가 꿈이었거든요."

그들은 한동안 어렸을 적 꿈에 대한 얘기를 나누었다. 개발자와 펀드매니저의 소싯적 꿈은 지금과는 너무도 다른 삶이었다. 수연은 자신이 가수가 될 수 있을 뻔했던 몇 가지 에피소드를 들려주었다.

"이현철 님, 식사는 즐거우셨나요? 다음에 또 방문해주세요."

식당을 나서는데 결제 스크린에서 음성이 흘러나왔다.

"현철? 하지만 아까 말씀하신 성함은…."

수연이 들었던 그의 이름은 박상준이었다.

"아, 제가 실수로 리버스 아이디로 예약을 했나 봅니다. 생각지 못하게 저쪽 세상의 이름도 공개하게 됐군요."

입가는 웃고 있지만 눈매엔 순간 적잖이 당황한 기색이 스쳤다.

7

"남자가 실수로 이름을 커밍아웃했어?"

"응, 나는 직업을 커밍아웃했고."

둘은 전화기 너머로 한바탕 크게 웃었다.

"그 상황이 너무 웃긴 거 있지. 한편으론 운명적이지 않아?"

수연은 친구와 통화하면서 내일 있을 리버스 쇼케이스 행사의 발표 자료를 점검하고 있었다.

"넌 조심 좀 하지. 처음 보는 사람한테 가상세계 직업을 공개하고 그러냐."

"뭐 어때, 어차피 외모가 완전히 다른데. 나인지 알아보지도 못할걸. 내 이름도 모르고. 혹시 몰라, 가수로 유명해지면 날 알아볼 수 있을지. 그 사람 이름은 현철이라더라."

"왜, 리버스에서 찾아보게?"

"뭘 굳이 그래. 현실에서 아는 사람이면 됐지."

"하긴. 나도 리버스 없이는 이제 못 살겠더라. 지금은 애 키우면서 어쩔 수 없이 회사 나가고 해야 하지만, 거기선 새로운 사람도 만나고 하고 싶었던 거 다 할 수 있으니 얼마나 좋아."

인생을 살 기회가 한 번 더 주어진다면 마다할 사람이 있을까. 우리는 각자 수없는 선택의 갈림길을 지나 지금의 자신을 만들었다. 만약에 다른 분야를 선택했더라면, 다른 사람을 만났더라면, 그때 그 기회를 잡았더라면, 각자의 삶은 완전히 다르게 흘러갔을 것이다. 하지만 상상은 상상일 뿐이었다. 가상세계 리버스가 출시되기 전까지는.

8

프로그램을 설치하고 XR 헤드셋만 착용하면 누구나 리버스에 접속할 수 있다. 처음 계정을 만들 때 새 인생을 시작할 나이를 설정해야 하는데 10세 이하로만 설정이 가능했다. 새로운 인생은 적어도 유년 시절부터 시작되어야 한다는, 리버스를 만든 세컨드라이프 김신혜 회장의 지론 때문이었다. 출생지, 부모, 가족, 외모 등 모든 신상 정보는 랜덤으로 배정되며 이는 바꿀 수 없다. 실제 인생이 그러하듯 말이다. 그렇게 탄생한 리버스 속 과거 인물을 리벗이라 불렀다. 일단 리벗이 배정되고 나면 나머지는 모두 자신에게 달린다. 주어진 리벗으로 살아보고 싶었던 두 번째 삶을 살면 된다. 리버스 세계의 시간이 현실 세계보다 다섯 배 빨리 흐른다는 사실만 제외하면 리버스와 현실이 뭐가 다른지, 도저히 다른 점을 찾을 수 없다. 리버스가 출시된 지 1년도 되지 않아 이용자는 전 세계적으로 1억 명을 넘어섰다. 현실에 대한 의욕을 떨어뜨린다며 여러 나라에서 규제에 나섰지만 대세를 거스를 수는 없었다.

9

"김수연 님의 아바타가 20분 뒤 첫 정규앨범 녹음을 시작합니다."

다시 알림이 울렸다.

"맞다. 나 녹음하러 가야 돼. 먼저 자. 끊는다!"

"지금? 너 애프터 신청은? 아직이야?"

10

수연은 XR 헤드셋을 머리에 쓰고 신경신호 수집 장치가 내장된 손목 밴드를 양손에 꼈다.

11

"안녕하세요, 리버스에 오신 것을 환영합니다. 미접속 상태의 기억을 업로드하는 중입니다. 잠시만 기다려주세요."

눈을 뜨니 앞이 보였다. 물론 겉보기엔 눈을 잠깐 깜박였을 뿐이었다. 수연은 소파에 앉아 있고 그 앞엔 뒷모습만 보이는 다른 누군가가 앉아 있었는데 아마 그 사람의 말에 수연이 뭔가 대답하고 있던 도중인 것 같았다. 바닥에는 두꺼운 카펫이 깔렸고 벽에 붙은 간접 조명이 어두운 벽지 색과 잘 어울렸다. 앉아 있는 사람 앞에는 두 팔을 벌려도 모자랄 대형 콘솔이 있었고 그 양옆으로 기다란 모니터 스피커가 한 대씩 세워져 있었다. 콘솔 뒤 통유리창 너머가 바로 녹음 부스였다. 출입문 쪽으로 고개를 돌리니 수연의 매니저가 문에 기대어 서 있었다. 수연은 지금 정규앨범의 타이틀곡을 녹음하러 왔고 이 녹음실은 회사에서 소속 가수들의 녹음 작업을 할 때 늘 이용하는 곳이었다. 이처럼 새로 접속할 때 업로드되는 기억이 상황 파악에 도움이 되긴 하지만 미접속 상태인 수연의 리벗 인공지능으로부터 접속 후 자기 자신으로 전환되는 순간만큼은 여전히 낯설었다.

"라헬 씨, 내 말 들었어요?"

뒤통수만 보이던 녹음 엔지니어가 의자를 수연 쪽으로 홱 돌리며 말했다.

"아, 죄송합니다. 다시 한 번만 말씀해주시겠어요?"

"세팅 다 됐으니까 지금 들어가시면 된다고요."

"네, 알겠습니다. 지금 들어갑니다!"

수연은, 아니 라헬은 엔지니어의 기분을 더 언짢게 하지 않기 위해 재빠르게 움직였다. 매니저가 첫 녹음을 축하하는 의미로 어제 라헬을 닮은 미니어처를 선물해줬다(는 기억이 업로드되어 있다). 첫 앨범 녹음. 살면서 꼭 해보고 싶은 일이었다. 잘 해내고 싶었다. 부모님의 노래 솜씨를 닮아서 그런지 수연의 가창력은 어딜 가도 꽤나 주목을 받았다. 대학가요제에서 상을 타기도 했고 운 좋게 드라마 OST를 부를 기회도 있었지만 갑작스레 드라마 제작이 무산되면서 더 이상 특별한 일은 생기지 않았다. 노력하면 된다지만 20대 후반의 나이는 불확실한 꿈을 접고 생업을 정해야 하는 이유였다. 그나마 음향을 다루는 개발자가 된 것만이 자신에게도 꿈이 있었음을 상기시켜주곤 했다. 하지만 이제 리버스에서는 다시, 노래를 할 수 있었다. 녹음 부스에 들어와 헤드셋을 쓰고 콘덴서 마이크 앞에 천천히 다가섰다. 평소 연습실에서 혼자 불렀던 것과 달리 낯선 녹음 엔지니어 앞에서 노래를 부른다고 생각하니 조금 떨렸다. 저 사람은 많은 가수들의 노래를 들어봤겠지, 내 노래 실력이 별로라고 생각하면 어쩌지, 조마조마한 마음을 가라앉히며 노래를 시작했다. 노래방 기계 반주가 아닌 전문 프로듀서의 손길로 펼쳐놓은 온갖 악기들의 완벽한 하모니에 자신의 목소리가 얹히는 그 황홀한 기분이란.

12

“꿈은 이번 생에서 이루어집니다. 이제 리버스(Re-birth)에서 다시 태어나세요! 7차 산업혁명 시대를 맞아 인간은 이제 가상세계의 아바타를 통해 욕구 단계의 최상층인 자아실현 욕구를 충족시킬 수 있게 되었습니다. 이를 실현한 게 바로 여러분이 사용하고 계신….”

“리버스, 이 나쁜 놈들아! 지옥을 만들어놓고 지금 대체 무슨 쇼를 하고 있는 거야!”

웬 남자가 리버스 쇼케이스에 난입해 소리를 질렀다. 사람들이 웅성거리며 장내는 소란스러워졌다. 리버스 홍보 영상만이 꿋꿋이 흘러나오고 있었다.

“난 엄마를 두 번 잃었어. 어렸을 때 병환으로 떠나 보내드린 것도 모자라 리버스에서까지, 그것도 길거리 폭력배들에게 구타를 당하다 가셨다고. 이게 당신들이 그리던 세상이야?”

몸을 바들바들 떨며 언성을 높이던 남자는 어느새 작은 목소리로 울먹이고 있었다.

“그렇습니다. 우리는 이제 새 인생을 살 수 있습니다!”

남자의 목소리에 묻혔던 홍보 영상의 음성이 마저 들렸다. 경호원들이 뛰어와 무대에서 남자를 끌어내렸다.

사실 모두가 알고 있는 일이다. 리버스를 새로운 인생이라 여기고 건전하게 사용하는 사람이 있는가 하면, 가짜 삶이라는 점을 악용해 사회 질서를 해치고 타인에게 피해를 주는 사람들도 많았다. 리버스는 저마다의 욕구를 실현할 기회의 땅이었지만, 그 욕구의 종류까지 정해줄 수는 없었다. 행사는 뒤숭숭한 분위기에서 예정된 순서만 겨우 채우며 마무리되었다.

13

“리버스에서 슬럼화된 곳의 면적이 전체의 70퍼센트나 됩니다. 더 이상 두고 볼 수만은 없을 것 같아요. 이대로 가다간 어느 순간 가입자가 한꺼번에 빠져나갈 겁니다.”

이경민의 격한 어조에 다른 팀장들도 고개를 끄덕였다. 김신혜 회장은 회의 내내 굳은 얼굴이었다. 아수라장이 됐던 쇼케이스 현장이 실시간으로 송출되는 바람에 리버스의 문제점에 대한 언론 보도가 봇물 터지듯 쏟아지고 있었다. ‘수면 위로 드러난 리버스의 실체’, ‘세컨드라이프의 도 넘은 인생 실험’. 공분을 사기에 충분한 남자의 사연이 알려지면서 회사 앞은 매일 취재 기자들로 북적였다. 이 사태는 그동안 사내에서 꾸준히 제기되어 온 문제를 외면하고 방치한 결과였다. 회의실은 고요했다. 작게 웅얼거리는 대화 소리만 몇 번씩 들릴 뿐이었다. 그때 회장이 무언가 결심한 듯 의자에서 천천히 몸을 일으켰다.

“사람들이 현실에서는 왜 함부로 행동하지 않는다고 생각하십니까.”

모두가 회장을 바라보고 있었다.

“현실은 단 한 번이기 때문이죠. 리버스에서도 인생이 한 번뿐이라는 인식을 하게 되면, 사람들은 가상세계에서도 신중하게 살아갈 겁니다. 그러려면 방법은 단 하나, 리버스에 접속할 때 현실에서의 기억을 지워야 합니다.”

이경민은 회장의 말을 곱씹었다. 그러곤 단어 하나를 작게 뱉었다.

‘자각몽.’

경민은 자각몽을 자주 꾸었다. 어제도 그랬다. 바닥에 차렷 자세로 누우면 공중부양 하듯 몸이 붕 떠올랐는데, 꿈이라는 것을 인지하고 있었으므로 하늘을 나는 게 더 짜릿하게 느껴졌다. 아주 가끔 사람에게 칼을 꽂으려는 꿈을 꾸기도 했다. 그건 반대로 자각몽이 아니어서 다행이었다. 만약 자각몽이라면, ‘꿈이니까 괜찮아’라는 생각을 하면서 살인을 했을 수도 있을까? 그렇게 생각하니 끔찍했다. ‘가상세계이니까 괜찮아’, 이런 생각이 들게 해서는 안 된다.

‘물고기는 어항을 볼 수 없어. 봐서는 안 돼.’

리버스를 정상화하고 다시 사용자들의 신뢰를 회복할 수만 있다면 어떤 특단의 조치라도 취해야 했다. 설사 기억을 지우는 모험을 하더라도 말이다.

“그건 안 됩니다. 그렇게 되면 리버스를 진짜 인생으로 착각해서 현실로 돌아오는 방법을 잊어버릴 수도 있습니다. 리버스에 갇히게 될 거예요."

수연이 회장의 말에 대답했다.

회장은 반박을 예상했다는 듯 말을 이었다.

"애초에 접속할 때 타이머를 맞춰놓거나 리버스 체류 시간이 너무 길어지면 강제로 접속을 해제시키는 방법을 쓰면 됩니다. 이게 그나마 리버스를 정상화시키기 위한 자연스러운 해결책이에요. 그게 아니면 슬럼화를 조장하는 부적절한 행동을 하는 사람들을 일일이 찾아내야 할 겁니다. 현실의 사용자가 어떤 리벗으로 접속하는지 신상정보를 파헤치는 건 우리 모두가 피하고 싶은 일 아닙니까? 누구도 새 인생을 검열당하며 살고 싶진 않을 거예요. 이거야말로 우리 모두가 망하는 길이라고요. 거짓말을 할 겁니까, 검열을 할 겁니까?"

14

"너 사람 때려본 적 있냐?"

동네 형이 어린 상준의 머리를 툭툭 치며 말했다.

"사람 때려본 적 있냐고."

군대 선임이 상준의 허벅지를 발로 차며 말했다.

"이것밖에 못 해? 이번 달 실적 안 낼 거야?"

부장이 상준의 면전에 고함을 질렀다.

상준은 어딜 가나 늘 웃는 상이라는 말을 들었다. 남들이

하는 말에 잘 웃어주고 대화 센스도 넘쳤다. 하지만 진심으로 웃는다기보다 잘 살아내기 위해 반사적으로 나오는 웃음일 뿐이었다. 밝은 겉모습과 달리 마음은 시꺼멓게 타들어가고 있음을 아는 사람은 아무도 없었다. 그래서 상준은 펀드매니저 박상준을 모르는 리버스에서 현철이라는 이름의 리벗으로 참았던 본능을 표출했다. 시비를 거는 사람이 있으면 바로 주먹을 휘둘렀고, 자신이 당했던 것처럼 아랫사람을 괴롭혔다. 그럴수록 상준은 막힌 숨을 토해내듯 극한의 해방감을 느꼈다. 피범벅이 된 자신의 손이 혐오스러웠지만 상관없었다. 어차피 여긴 스트레스를 푸는 곳이니까. 진짜가 아니니까.

리버스에 다녀온 상준은 수연에게 문자 메시지를 보냈다.

'애프터 신청해도 되죠?'

문자를 보내자마자 경민이 상준에게 보낸 새 메시지가 떴다.

'주말인데 술 한 잔?'

15

상준은 경민과 신촌의 단골 포차로 갔다.

"저번에 소개팅은 어땠냐?"

경민이 상준의 잔에 술을 따르며 물었다.

"나쁘지 않던데. 애프터 신청하려고."

소개팅 때나 회사에서와 달리 차분하고 무미건조한 말투였다.

"수연 씨도 너 마음에 들어 하는 것 같아?"

"뭐, 내 촉으로는 그래."

"하긴, 너 항상 가면 쓰고 살잖아, 임마. 리버스에선 또 어떠시려나."

정곡을 찌르는 말에 상준이 피식 웃었다.

그때 TV에서 뉴스 앵커의 목소리가 들렸다.

가상세계로 전 세계적인 인기를 얻고 있는 리버스의 개발사 세컨드라이프에서 리버스의 슬럼화를 막기 위한 대책을 마련하겠다고 밝혔습니다. 세컨드라이프 김신혜 회장은 오늘 오전 열린 기자회견에서….

"우리 회사 요즘 난리도 아니야."

경민이 작게 구시렁거렸다.

"대책은 있어?"

상준이 물었다.

"뭐, 뾰족한 수는 없지만 회장이 그러더라고. 접속할 때의 기억을 지우자고. 그럼 리버스도 진짜 현실인줄 알고 경솔한 행동을 하지 않을 거라면서. 나도 그게 최선이라고 생각해."

"역시."

상준이 마치 이런 상황을 예상하고 있었다는 듯 쓴웃음을 지으며 말했다.

"뭐가 역시야?"

"아니야, 아무것도."

상준은 경민에게 술을 한 잔 더 따라주고 휴대폰 알림을 확인했다. 수연의 문자였다.

'내일 괜찮을 것 같은데요.'

16

일요일 내내 수연은 XR 헤드셋과 신경신호 수집 장치를 착용하고 있었다. 쇼케이스는 물론이고 경영진과의 긴급회의로 정신없이 보내고 난 주말 오후는 고요하고 평화로웠다. 수연의 입가에는 옅은 웃음기가 배어 있었다.

17

라헬은 손바닥에 난 땀을 연거푸 치마에 닦았다. 몇 평 안 되는 작은 대기실을 아까부터 이리저리 오가는 중이었다. 촬영 스텝들이 문밖 복도에서 분주히 뛰어다니는 소리가 들렸다. 지금 할 수 있는 일이라곤 최대한 긴장을 풀면서 방 모서리 위에 달린 모니터로 무대 상황을 지켜보는 것뿐이었다. 그

때, 갑자기 누군가 문을 활짝 열었다. 멀리서 들려오는 녹화 세트장의 소리가 갑자기 볼륨을 높인 것처럼 방 안을 채웠다. 손바닥이 마르면서 긴장이 조금 풀어졌다. 저번 난청 버그 사건 때문에 그런지 소리의 볼륨이 커지면 묘하게 안심이 되는 직업병이 있었다.

"라헬 씨, 지금 무대 뒤로 이동하겠습니다!"

불편한 무대복 차림으로 높은 구두를 신고 세트장까지 걸어가는 길이 운동장 트랙처럼 길게 느껴졌다. 무대 뒤에 도착하니 또 다른 스텝들이 차례로 라헬에게 다가와 여러 장비를 착용하도록 도와주었다. 완제품이 되기 위해 컨베이어 벨트 위에 놓인 부품이 된 것 같았다.

"라헬 씨, 준비 다 되신 겁니까, 아직 아닙니까."

무대를 총괄하는 듯 보이는 사람이 녹화 순서지를 들고 라헬에게 손짓했다.

18

'거짓말을 할 겁니까, 검열을 할 겁니까.'

무대에 막 오르려던 라헬이 멈칫했다. 지난 회의 때 회장이 했던 말이 떠올랐다. 감독이 무대 중앙을 가리키며 팔을 휘두르고 있는데도 라헬은 발걸음이 떨어지지 않았다. 이 세상을 어떻게 안정적으로 유지해 나갈 수 있을지 답을 내놓아야만 했다. 그 답을 찾는 것만이 무대감독과 스텝, 그리고 이 세계에 살고 있는 모든 리벗들을 돕는 일이었다. 사람들에게 절대 피할 수 없는 삶의 터전으로서의 현실 세계가 있듯이, 그들에겐 리버스가 그런 세상이었다. 물론 그들은 프로그래밍된 존재에 불과했다. 하지만 매우 정교하게 프로그래밍되어 있어서 인간의 모습을 그대로 복제해놓은 것 같았다. 인류가 축적한 지식과 정보를 토대로 그들도 고등 사고를 하며 과학기술과 문화를 발전시키고 있었다. 정치제도를 통해 다인종 다문화 사회의 질서를 유지하며, 사랑과 인류애 등 넓은 스펙트럼의 감정도 느끼고 있었다. 현실의 사람들과 다른 점은 단지 시간적 배경이 과거라는 점뿐이었다.

만약 리버스에서의 삶을 헤프게 이용하는 사용자들로 인해 리버스 내의 법과 제도, 공동체 의식이 무너진다면, 이는 굉장히 큰 문제였다. 인공지능 리벗들이 이 같은 상황을 한번 학습하게 되면 리버스를 다시 정상적인 상태로 되돌리는 것이 매우 어려워지기 때문이었다. 리벗들을 학습 전 상태로 초기화하고 시스템을 재정비하는 데에 드는 시간과 비용은 엄청났다. 세상의 복잡성을 구현하고 구동시키는 것이 목표였기 때문에 첫 번째 버전을 출시하기까지 양자컴퓨터 수백 대를 동원하고도 한참 동안 시행착오를 겪었다. 또 다른 문제도 있었다. 가상세계 인생 체험 서비스를 시도한 첫 도전이 실패한다면 회사의 앞날뿐 아니라 관련 산업이 모두 불투명해진다는 것이었다. 리버스 출시 전부터 여러 사회심리학자들은 리버스에 회의적인 시선을 보내곤 했다. 극단적인 리버스 반대론자들은 리버스가 무정부 상태를 시뮬레이션하는 것이라 평하기도 했다. 지금처럼 가다간 리버스가 망할 것이라는 그들의 예측이 보기 좋게 들어맞을 것이니 어떻게든 조치를 세워 상황을 바꾸어야 했다.

이런 무거운 생각을 하다 보니 수연은 어느새 접속을 끊고 침대에 걸터앉아 있었다. 하지만 그렇다고 회장의 제안이 최선인지는 확신이 서지 않았다. 리버스 접속자의 현실 기억을 지워버리는 건 단지 '이곳은 가상일 뿐이고, 나에겐 돌아갈 현실이 있다'라는 생각을 하지 못하게 되는 것 정도에서 끝나지 않는다. 기억을 지운다는 건 그 이상의 의미가 있다. 뇌를 구성하고 있는 수백억 개 뉴런의 연결 구조와 시냅스에서의 신경신호 활성화 패턴에 대한 정보를 모두 상실하는 것이기 때문이다. 즉, 리버스 속의 '나'는 현실의 '자신'이 생각하고 행동하고 말하고 움직이는 방식을 잊어버리는 것이다. 당연히 자신이 가진 재능과 능력을 리버스에 가져갈 수도 없게 된다. 그야말로 완전히 랜덤으로 인생을 새로 사는 게임을 하는 거다.

19

"그렇게 되면 리버스는 더 이상 제2의 삶이 아니에요. 현실에서 하지 못했던 것을 실현하기 위해 만든 세계인데, 나에게 현실이 있었다는 사실 자체를 잊어버린다면…."

"그냥 지금 같은 삶이 되는 거죠."

상준이 이어받아 말했다. 그는 오늘도 말끔한 정장 차림에 고급 손목시계를 차고 있었다.

"상준 씨는 리버스에선 어떤 사람이에요?"

수연은 자신의 직업을 먼저 공개했으니 상준에 대해 묻는 게 크게 실례가 아니라 생각했다.

"저는… 별거 안 해요. 참을성 없이 툭하면 싸우기나 하고."

상준이 수연의 눈치를 보며 말했다.

"가까이에도 있었군요. 리버스의 위기에 일조하는 사람이."

수연은 살짝 실망한 것 같았다.

"꼭 폭력이 아니더라도 여러 가지 유형이 있대요. 은행 직원이 자기네 금고를 털어간다든가, 뉴스 생방송 스튜디오에 난입해서 자기가 미래에서 왔다며 주식이나 암호화폐 가격을 예언한다든가. 노스트라다무스급으로 추앙받는 가입자가 꽤 있다고 들었어요. 처음 가입할 때 현실과 관련된 사실은 일절 언급하지 않겠다는 서약을 하긴 하지만 잘 지켜지지 않는 거죠."

상준은 말없이 고개만 끄덕였다.

"사실 내일 최종 실무진 회의가 방금 막 잡혔어요. 제 생각엔 거의 이변 없이 현실 기억을 삭제하는 방침으로 이사회 승인까지 이루어질 거예요."

수연이 말할 때마다 테이블 위 촛불이 위태롭게 흔들리고 있었다. 상준은 아무런 말이 없었다. 어제 경민의 얘기도 듣긴 했지만 이렇게 갑작스러울 줄은 몰랐다.

"내일 결정된다고요…."

상준이 말했다. 이제 더 이상 미룰 수가 없었다. 얘기를 꺼내기 전에 조금 더 수연과 신뢰를 쌓았어야 했지만, 이렇게 된 이상 허심탄회하게 말해보기로 했다.

"사실 꼭 해주고 싶은 말이 있어요."

상준이 잠시 뜸을 들였다. 촛불이 꺼질까 봐 말을 멈추는 것처럼 보이기도 했다.

"저도 수연 씨처럼 개발자였어요."

상준이 무덤덤하게 말했다.

"어머, 개발자였다가 펀드매니저로 이직하신 건가요?"

수연은 더욱 그와 운명이라고 생각했다.

"아니요, 그게 아니라…."

상준이 또다시 뜸을 들이더니 조심스럽게 입을 열었다.

"지금부터 제가 엄청난 이야기를 할 겁니다. 제 말을 어디까지 믿어줄지는 모르겠지만, 지금 수연 씨의 상황이 제가 처했던 상황과 정확히 똑같아서 조언을 해주고 싶었어요. 수연 씨가 예전에 저를 구해준 것처럼 제 얘기가 수연 씨에게 도움이 될 수 있을 것 같아서요. 실은 그것 때문에 소개팅을 한 겁니다."

"네? 그게 무슨 말씀이신지…."

수연이 말끝을 흐렸다.

"그러니까 제게 다른 목적이 있으셔서 소개팅에 나오셨

다는….”

“네.”

상준의 눈만 바라보던 수연은 시선을 떨궜다. 그리고 말없이 잔을 들었다. 상준이 수연에게 조금 미안한 마음이 들었는지 조심스럽게 말을 이었다.

“놀라지 말고 들으세요. 지금 수연 씨가 사는 이 세상도 사실 리버스 같은 곳이에요. 가상세계는 사실 여러 개 존재합니다. 지금 이 현실도 그중 한 곳일 뿐이고요. 저는 이 가상세계를 만든 미래에 살고 있는 사람입니다. 상준이라는 아바타를 통해 접속해 있는 거죠.”

몇 초간 정적이 흘렀다. 수연은 상준이 하는 말을 도저히 이해할 수 없었다. 상준이 갑자기 제정신이 아니게 됐다거나 연기하는 것으로밖에 보이지 않았다. 전자는 아닐 것이므로 일부러 자신과의 만남을 그만 정리하려고 연기를 하는 것 같았다. 기분이 확 언짢아졌다.

“상준 씨는 이런 식으로 여러 여자랑 소개팅하고 다니시나 봐요?”

수연은 와인 몇 잔에 취기가 올라오려 했지만 번쩍 정신을 차렸다. 그러곤 코트와 가방을 챙겨 자리를 뜨려고 했다.

“아니, 그런 거 아니에요, 제발. 일단 들어보기나 해줘요.”

상준은 다급하게 수연을 붙잡았다. 수연은 웃음기 많던 상준의 얼굴에서 처음으로 진지한 표정을 읽고 일단 참아보기로 했다.

"혼란스럽겠지만 이 사실을 분명히 알아야 해요. 미래가 과거를 만들고 있고, 인생은 그렇게 시간을 역행하면서 연쇄적으로 발생한다는 것을요."

"네?"

수연은 어떻게 반응해야 할지 몰랐다.

"사람들은 과거가 쌓여 현재와 미래가 만들어진다고 생각하지만 사실은 그 반대예요. 자세한 건 차차 말해줄게요. 우리가 인생을 파트타임으로 살고 있다는 사실만 기억하면 돼요. 그게 가장 중요한 거니까."

"그러니까…."

수연은 상준을 이해하려는 게 맞는 건지, 이해해 볼 수 있을지, 이해하려는 척이라도 해야 할지 알 수 없었다.

"지금 이 세상도 미래에서 만든 가상세계일 뿐이고, 저도 리버스에 있는 리벗, 그 아바타와 다를 바가 없다는 뜻이에요?"

"네. 과거의 어느 한 시기를 선택해서 리버스를 만든 것처럼, 지금 이 세상도 제가 사는 미래에서 가상세계의 시대적 배경으로 선택된 수많은 과거들 중 하나라는 겁니다."

"하지만 저는 스스로 미래에서 왔다고 생각해본 적이 없는걸요."

"그건 수연 씨가 미래인의 아바타로 선택되지 않았거나, 선택됐음에도 미래에서 왔다는 걸 기억하지 못하기 때문이에요. 세컨드라이프에서 현실 기억을 지우려고 하는 조치 말입니다. 미래에선 지금 이 가상세계에 대해서 이미 그렇게 해놓았거든요."

수연은 말문이 막혔다. 상준의 말을 어디서부터 어디까지 믿어야 하고 어디를 어떻게 반박해야 하는지 알 수 없었다. 차라리 지금이라도 농담이었다고 말해주기를 바랐다.

"제가 왜 이런 걸 지어내겠어요. 심지어 이런 가상세계가 수없이 많이 존재할 것이라 추측하고 있어요. 모두 미래에서 만든 과거들인 거죠. 인간은 미래를 향해 나아가지만 그럴수록 과거로 회귀하고 싶은 열망이 강해서, 과거를 생산하며 행복을 찾는 것 같아요. 참 역설적이지 않나요?"

"상준 씨가 미래에서 왔다는 걸 어떻게 증명하시겠어요?"

수연이 허점을 짚었다는 듯 말했다.

"증명할 수 없어요. 아시다시피 제가 미래에서 가져온 것은 저의 자아밖에 없거든요. 아니면 제가 아는 대로 예언이라도 해볼까요? 시간이 많이 흘러야 알 수 있겠지만."

"왜 이렇게 엄청난 사실을 저한테만 말하는 거죠?"

수연은 자신이 납득할 수 있는 말이 한마디라도 나오길 기대하고 있었다.

"그건…."

20

"팀장님, 확인해주셔야 할 버그가 있는데요! 심각한 건 아닌 것 같아요."

심각한 건 아니라는 후배가 문은 요란하게 벌컥 열고 들어왔다.

“특정 지역에서 원인 모를 낮은 주파수의 음이 지속적으로 들린다고 합니다.”

하지만 수연의 반응은 지난주와 대조적이었다. 넋이 나간 듯 창밖 허공에 시선을 걸치고 있었다.

“팀장님?”

후배가 한 번 더 수연을 불렀다.

“이상한 소리는 현실에도 있어.”

수연이 건조하게 말했다.

“혹시 알아. 와우 신호처럼 외계인이 보낸 걸 수도 있지.”

수연은 시선을 움직일 미세한 힘조차도 없어 보였다. 후배는 수연의 낯선 기류를 감지하곤 일단 조용히 방을 나갔다.

21

수연의 넋 나간 표정은 이날 오후 회의 때도 계속되었다. 경영진과 핵심 부서 팀장이 모인 이 자리에서 리버스의 개혁 방안이 확정될 예정이었다. 꽤 긴 시간 많은 토론이 오갔다. 수연도 그 누구 못지않게 이 사안에 대해 많은 고민을 했지만, 아무 말을 들을 수도, 할 수도 없었다. 수연의 생각은 다른 곳에 가 있었다.

"왜 이렇게 엄청난 사실을 나한테만 말하는 거죠?"

이번에는 상준이 뭐라 대답할지 궁금했다.

"그건…."

상준이 수연의 눈을 한참 동안 바라봤다. 수연의 눈망울이 흔들리는 노란 촛불을 받아 맑게 빛나고 있었다.

"어차피 아무도 안 믿어줄 테니까요. 제가 얘기해봤자 세상 사람들은 저를 미친 사람 취급하겠죠. 그래도 괜찮아요. 진실을, 꼭 모두에게 밝혀야 할 필요는 없으니까. 사람들은 자신들이 진짜라고 믿는 세상에서 살기를 원해요. 제가 그 믿음을 깨뜨려도 크게 달라지는 건 없을 겁니다. 지금이 가상세계라고 한들 우리가 뭘 어떻게 대처할 수 있는 것도 아니니까요. 그냥 지금 믿고 있는 대로 사는 게 나아요."

"그래도 시도는 해봐야 하는 거 아닌가요? 상준 씨가 저한테 이렇게 얘기하고 있는 것처럼요."

"저도 수연 씨처럼 개발자였다고 했죠. 저도 정확히 수연 씨와 똑같은 상황에 처했었어요. 가상세계를 정상화하려면 현실에서의 기억을 지워야 한다는 얘기가 나오고 있었죠. 저도 많이 고민했습니다. 이게 과연 옳은 일인지. 그리고 일을 저질러 버렸어요."

"어떤 일을요?"

"제 기억만 잃어버리지 않도록 몰래 조치를 해뒀어요. 그래서 수연 씨에게 이 모든 얘기를 해줄 수 있는 거예요."

상준이 한 박자 쉬고 덧붙였다.

"혹시 기억을 잃고 싶지 않다면, 지금처럼 리버스에서 노래를 하고 싶다면, 수연 씨도 꼭 그렇게 해요."

수연은 헛웃음이 터져 나왔다. 증명할 수 없는 진실과 마주한 사람의 태도가 어떠해야 하는지 알 수 없었다.

22

상준과의 대화를 다시 한 번 천천히 되짚어보고 난 후에야 수연의 귀에 회의 소리가 들어왔다. 리버스의 문제 상황에 대한 대책 논의가 이제 막 마무리되고 있었다.

"리버스 접속 시 기억을 없애도록 하세요."

김신혜 회장은 이 한 마디를 남기고 회의실을 나섰다. 그렇게, 또 하나의 완벽한, 가상의 현실 세계가 탄생했다.

23

기억을 지운 리버스는 서서히 안정되기 시작했다.

수연은 간만에 휴가를 내고 본가에 내려가는 길이었다. 크리스마스 분위기가 물씬 나는 거리엔 작년보다 사람들이 북적거렸다. 수연은 작년에 만났던 상준을 종종 떠올리곤 했다. 소개팅으로 그보다 더 특이한 사람을 만나긴 힘들 것 같았다.

상준이 해준 얘기를 믿었지만, 그렇다고 해서 달라지는 건 없었다. 다른 사람들에게 이 얘기를 쉽사리 꺼낼 수도 없고, 미래의 누군가를 맞이하는 영적인 의식 따위를 행하는 것도 웃긴 얘기였다. 그저 이 세상의 진실을 나 혼자만이 믿고 기억하고 있을 뿐이었다. 상준이 말했듯이 진실에 한 발짝 다가간 사람이 되었어도 수연 자신의 삶은 예전과 다르지 않았다. 달라진 것은 오직, 스스로를 대하는 마음가짐이랄까. 유독 변덕이 심한 자신의 성격에 스트레스를 받을 때가 많은데 그럴 때마다 잠깐 다른 이가 왔었다고 생각하기로 했다. 어쩌면 우리는 주어진 '시간'을 살아간다기보다 '서로 다른 우리들'을 살아가는 것일지도 모른다고 수연은 생각했다. 문자 그대로 리버스, Live-us.

카이스트 문화기술대학원에 재학 중이다. 어렸을 때 바이올린을 전공하다 싱어송라이터로 활동했다. 음표와 글자라는 점이 다를 뿐 작곡과 소설 쓰기가 비슷하다고 생각한다. 익숙한 것이 낯설게 느껴지는 글을 쓰고 싶어 한다. 제2회 포스텍 SF 공모전에서 〈리버스〉로 대상을 수상했다.

제2회 미니픽션 당선작

인간이라는 동물의 감정 표현

지동섭

봉투에는 한국에서 장의 유해를 찾았다는 내용의 편지와 함께 흑백 사진 한 장이 들어 있었다. 결국, 그는 돌아오지 않은 거야. 사진 뒷면에는 장의 필치로 사진이 찍힌 연도와 장소가 적혀 있었다. 아마도 그가 갖고 있던 사진의 복사본인 것 같았다.

기사년 낙원동 300번지에서.

그새 조선 사람이 다 되었군. 일렬로 앉은 사람들 사이에 그가 있다. 장의 흑단같이 까만 눈동자를 나는 한눈에 알아볼 수 있다. 사진은 흐릿했고, 다른 사람들의 눈동자 역시 알아보기 어려우나 나는 그의 눈빛을 기억하고 있다. 그는 과거로 떠나기 전에 내게 말했다.

"기억할 수 있을 거야."

언제나 그러했듯이 흰자위가 없는, 심연 같은 눈동자가 나를 향했다. 인간의 감정 표현에는 아직도 모르는 게 너무나 많구나. 나는 그를 바라보며 생각했었다.

언어고고학자가 이렇게 위험한 직업이었던가. 나는 한참 그 사진을 들여다보며 생각했다. 죽은 언어를 되살리기 위해 떠났으면서 정작 자신은 죽어서 돌아오다니. 사진 속의 그는 이극로 박사 옆에 앉아 있다. 장과 내가 매일 같이 듣던 조선어 구술 자료에서 흘러나오던 목소리의 주인.

언어기록보관소에서 일하면서 나는 장을 알게 되었다. 전 세계적으로 공용어 사용이 보편화되면서 인류의 마지막 남은 문화 다양성을 보존하고자 언어기록보관소에서는 여러 언어에 관한 자료들을 정리하고 디지털화하는 작업을 추진했다. 여기에는 이미 사라진 언어에 관한 자료를 정리하는 일도 포함되었다. 나와 장은 사라진 언어 중에서도 주로 조선어 자료를 맡아 정리하였다. 필사 자료 열람실에서 범죄 조서, 보증서와 같은 종이 묶음을 정리하는 일에 싫증이 날 때쯤 나는 장에게 왜 그토록 사라진 언어에 집착하는지 물었다. 옛것에 매달려서 사는 사람들이 으레 가슴 속에 품는 그리움과 동경 따위가 그에게서는 느껴지지 않았기 때문이다.

"사라져버린 언어에 매혹된 사람들은 종종 옛날 사람처럼 살아가길 꿈꾸지. 하지만 내게 이 언어는 늘 새로워. 여태껏 경험해본 적 없는, 공용어로는 표현할 수 없는 감정 같은 게 느껴지니까."

나는 장의 사진을 쥔 채 책장으로 다가갔다. 나는 각종 기록물을 홀로그램 파일 형태가 아닌 처음 출판되었을 당시의 모습으로 복원하여 보관하곤 한다. 그의 말대로 나는 지낸 적 없는, 어떤 시절을 언제나 그리워하고 있는 부류이다. 나는 자멘호프의 책에 손을 가져가 금박을 입힌 책등을 쓸었다.

장은 커다랗게 확장된 동공 같은 눈으로 나를 바라보면서 자멘호프에 관해 이야기했다.

"떠돌이 유대인이었던 자멘호프가 원한 건 낯설기만 한 폴란드어도, 이미 만들어진 이디시어도 아니었어. 공용어의 필요성을 느끼고 에스페란토를 만들었다고 했지만, 그는 알고 있었던 거야. 그가 세상을 받아들이는 방식대로 그것을 표현하기 위해서는 새로운 언어가 필요하다는 걸. 지금은 공용어의 아버지로 불리는 바람에 우리 언어학자들조차 그에 대해 간과하는 점이 있어. 그가 여러 연설에서 공용어만큼이나 민족어를 강조했다는 거야. 공용어는 단순히 원활한 의사소통을 위해 사용될 뿐, 그것이 민족어를 위협해서는 안 된다고 그는 말했지. 우리는 저마다 다르게 느끼기에 다르게 표현할 수 있어야 해."

그러니까 그는 내 질문에 잃어버린 것이 아니라 새로운 것을 찾기 위해서라고 답했다. 그리고 언젠가 나는 그가 했던 말을 그에게 되돌려주었다.

장이 내게 찰스 다윈의 책 한 권을 빌려달라고 했다. 사회진화론과 소수 언어의 위기에 관한 논쟁이 한창일 무렵이었다. 우수한 민족과 계급이 사회를 이끄는 것처럼 공용어의 보편화는 그 언어의 우수성을 입증하는 것이라는 논리에 반대하며 그는 소수 언어를 보호해야 한다는 의견을 고수했다.

나는 다윈의 책들이 꽂힌 칸에 손을 뻗어 《종의 기원》을 꺼내려 했다.

"아니, 그 책은 지루해. 비둘기 이야기가 너무 많이 나와."

"지루한 게 아니라 신중한 거야."

그러자 그는 신중한 다윈 씨의 《인간과 동물의 감정 표현》을 골랐다. 그는 무중력 의자에 앉아서 그 책을 넘겨보았다. 그러고는 이상한 표정을 짓고 있는 사람들의 사진을 유심히 바라보았다.

"이 책 제목 정말 이상하지? 인간이라는 종 하나와 다른 동물 전체를 비교해놓다니 말이야. 이 표정의 의미를 알지 못한다면, 나는 동물인 걸까?"

그 말에 오래도록 내가 품고 있던 궁금증이 풀리는 것 같았다. 사람들과 어울려야 할 때면 유독 굳어지는 그의 얼굴.

그리고 마치 녹음기처럼 무심하게 음성만을 내뱉는 태도. 이따금 웃는지 우는지 알 수 없게 찡그리는 표정.

"인간이라는 동물의 감정 표현."

그가 조그맣게 발음했다. 그에게 알 수 없는 건 인간이나 동물이나 매한가지였으므로.

"인간은 모두 똑같은 감정을 느끼고, 똑같은 표정으로 그걸 표현하는 걸까? 진화학자들 말대로 풍부한 감정 표현을 위해서 인간만이 흰자위가 넓어지도록 진화했다면, 나처럼 흰자위가 없는 인간은 도태되어야만 하는 걸까."

속을 알 수 없을 정도로 깊은, 그의 까만 눈동자가 나를 바라보았다. 너무나 많은 감정이 들어차서 오히려 그 뜻을 헤아리기 어려운, 그만의 감정 표현이었다.

"우리는 저마다 다르게 느끼기에 다르게 표현할 수 있는 거야."

나는 그만 면구스러워져서 불쑥 그렇게 대답하고 말았다. 그건 누군가의 내밀한 면을 알게 된 데에 대한 책임감 혹은 죄책감에서 비롯된 말에 불과했을까.

나는 책장에서 《조선말 큰사전》의 첫 번째 권을 꺼냈다.

장이 조선어 자료를 조사하기 위해 떠난 시간대인 1929년, 이극로는 조선어학회의 간사장을 맡아 《조선말 큰사전》을 편찬하기로 하였다. 그러나 사전이 완성되어가던 1942년 무렵에 학회 인사들은 '한글 사용 금지' 조항을 어겼다는 죄로 기소되었다. 사전의 원고는 증거물로 압수되었다. 그들은 투옥되어 각종 고문을 받았고 몇몇은 고통을 견디지 못해 세상을 떠났다. 학회는 해산되었다. 광복에 이르러서야 이극로는 출소할 수 있었다. 그리고 학회원들과 함께 사전 원고의 행방을 수소문하였으나 아는 사람이 없었다.

장은 약속된 귀환 시각이 지나도록 돌아오지 않았다. 시간대사건관리국의 요원들이 장의 미귀환 사태를 조사하러 나를 찾아왔다. 그들은 이번 시간 여행의 목적과 그의 미귀환에 동기가 될 만한 일이나 특이 사항이 있었는지 등을 물었다. 나는 이번 자료 조사의 목적이나 학술적인 이점 등을 주로 설명하였다. 그러나 그가 다른 사람의 감정을 읽지 못한다는 점은 말하지 않았다. 그것이 그가 돌아오지 않는 이유가 될 수 있을까.

장이 돌아오지 않자 우리 시간대에 새로운 사건이 일어났다.

잃어버린 사전의 원고가 경성역의 지하 창고에서 우연히 발견되었다. 다시 모인 조선어학회원들은 되찾은 원고를 바탕으로《조선말 큰사전》의 첫 번째 권을 발간했다.

한국어로 대화하는 사람들을 목격했다는 제보가 시간대사

건관리국에 잇달아 들어왔다. 새롭게 벌어진 시간대의 사건으로 인해 한글로 된 사전이 발간되면서 한국어 또한 잊히지 않고 현재까지 이어져 내려온 것으로 당국은 추측하였다. 아무래도 사전의 원고가 발견된 일에 장이 가담한 것 같다고 나는 생각했다. 그리고 당국이 한국어를 다시 사라지게 한다면, 그의 노력이 헛된 일이 될 것만 같아서 내심 두렵기까지 했다. 나는 새롭게 벌어진 사건들에서 장의 흔적을 좇았으나 사전의 발간 이외에 크게 바뀐 역사적 사건은 없었다. 그때까지도 그가 돌아올 거라 기대했던 것 같다. 나는《조선말 큰사전》의 초판을 구해서 혹여나 그가 남겼을 어떤 암시가 있는지 톺아보았다.

나는《조선말 큰사전》을 펼쳐서 한 단어가 적힌 쪽에 장의 사진을 끼웠다.

감장[2]: 가만 물감이나 빛. (=감정). (센말: 깜장 〈 검정).

관리국의 현실조정자는 현실변경계획의 미래예측연산을 시도하였다. 한국어를 없애는 것보다 그대로 놔두는 편이 오히려 시간 흐름의 뒤틀림에 덜 영향을 미칠 것으로 판정되었다. 소수 언어에 불과한 한국어가 공용어 사용에 크게 영향을 미칠 가능성 또한 없을 것이라 여겼다. 이를 근거로 당국은 한국인의 민족어 사용 또한 금지하지 않았다.

과거 조선으로 떠나기 전, 장은 내게 말했다. "기억할 수 있을 거야."

나는 기억한다, 그의 까만 눈동자를, 그만의 감정 표현을. 그의 언어로만 표현될 수 있는 감정들을 나는 이제 느낄 수 있다. 그가 내게 하고 싶었던 말은, 그가 돌아오지 않는 이유는 모두 그 눈빛 속에 있었다고, 나는 생각한다. 그러니 그 눈빛만으로 충분하다.

나는 살며시 사전을 덮어서 책장에 꽂는다.

* '신중한 다윈 씨'라는 표현은 데이비드 콰멘이 쓴 책 제목에서 빌려왔다. 이극로의 행적과 《조선말 큰사전》에 대한 서술은 김경민의 《건축왕, 경성을 만들다》(2017, 이마)와 한글학회 홈페이지 자료를 참고하였다. 에스페란토에 관한 대화 내용은 루도비코 라자로 자멘호프의 《인류에게 공통의 언어가 있다면》(2019, 갈무리)을 참고하였다.

동국대학교 신소재공학과(주전공)와 국어국문·문예창작학부(부전공)에서 공부했다. 동 대학원에서 신소재공학으로 석사 학위를 받았다. 현재 포스텍 화학공학과 박사과정에 재학 중이다.

제2회

단편소설
김초엽 추천작

외딴 섬 뉴런

이지는 숨을 헐떡였다. 나이를 먹을 대로 먹어서 그런지 숨이 가빠지면 회복이 잘 되지 않았다. 이지는 지금 막 신(神)을 구해 온 참이었다. 신은 이지의 어깨에 머리를 기대고 있었다. 신의 머리카락이 이지의 목 주변에서 살랑거려 간지러웠다. 신의 이름은 마이였다. 그 옆에 키가 작은 비비가 함께 걷고 있었다. 비비는 다른 사람들이 한 번 걸을 때 두 걸음을 걸어야 했다. 모두 지쳤지만 아무도 내색하지 않았다.

뉴런은 기찻길 같은 거야. 이지가 언젠가 말했다. 전기 신호는 기차다. 뉴런이 얼기설기 엮여서 기찻길을 만들면 전기 신호가 지나갈 수 있게 되는 것이다. 뉴런들이 어떤 방식으로 연결되어 있는지 밝히면 인간이 어떻게 생각하고 느끼고 사랑하게 되는지 알게 될 것이다. 이지는 그렇게 생각했다.

결론적으로 이지의 팀은 오랜 연구 끝에 뇌를 구성하고 있는 뉴런의 위치 관계를 파악하는 데 성공했다. 물론 사람마다 약간의 차이를 보이긴 했으나, 대략적인 구성은 동일했다. '두뇌 노선도'라고 불리는 뉴런 지도는 신경과학 분야를 크게 발전시켰다. 두뇌 노선도는 알록달록한 그래픽으로 편집되어 교과서나 신문, 잡지에 실렸다. 사람들은 유명한 뉴런에는 번호나 별칭을 붙여서 외우기도 했다. 예를 들어 자극하면 이빨이 덜덜 떨릴 정도로 엄청난 분노를 일으키는 뉴런을 18번 뉴런이라고 불렀다. 극악무도한 범죄자가 다시 범죄를 저지르는 것을 막기 위해서 재판 후에 18번 뉴런을 불로 지져버리기도 했다. 측두엽에는 여러 개의 뉴런이 한 바퀴 연결되어 원을 형성하고 있는데, 이를 순환 노선이라고 불렀다. 이 순환 노선을 활성화하면 이른바 유체이탈이라 불리는 영적인 경험을 할 수 있었다. 순환 노선을 자극해서 영적인 경험을 하게 해주는 의료기관이 생기기도 했는데, 많은 종교인들이 이곳을 방문한 후 절반은 신앙심이 깊어졌고 절반은 종교를 버렸다.

두뇌 노선도가 여러 뉴런의 역할을 밝혀낸 것은 사실이지만, 위치를 알아도 기능을 모르는 뉴런도 더러 있었다. 인간의 두뇌에는 아무 곳에도 연결되지 않고 혼자 떨어져 있는 뉴런이 있는데, 이지는 이를 종점 뉴런, 혹은 외딴 섬 뉴런이라고 불렀다. 외딴 섬 뉴런은 뇌 전체에 골고루 분포되어 있고, 이 뉴런의 축삭돌기는 뇌 안쪽이 아닌 바깥쪽을 향해 있다. 태어나서 한 번도 신호를 받지 못하니 퇴화되어야 할 뉴런이 버

것이 살아서 숨을 쉬고 있다.

마이는 이지의 환자였다. 처음에 마이는 아주 소수의 신도와 함께 이지의 병원을 찾아왔다. 마이를 처음 보았을 때는 나이를 가늠하기 힘들었다. 마이의 얼굴에 깊게 팬 주름을 보면 이지와 비슷한 나잇대 같다가도, 천진하게 웃는 표정을 보면 어린아이 같았다. 제멋대로 뻗친 마이의 머리카락은 첫인상에 장난기를 더했다. 마이를 신비롭게 보이게 하는 것은 이마에 돋은 두 개의 뿔이었다. 수사슴의 것처럼 제멋대로 가지를 뻗어 나가는 마이의 뿔은 얼굴에 불규칙적인 그림자를 드리웠다. 이지는 마이를 보고는 한동안 움직일 수 없었다.

언제부턴가 지구에는 크고 작은 종말 혹은 재난이 생기기 시작했고, 종말이 오면 응당 그래야 할 것처럼 각종 종교가 생겨났다. 세 번째 작은 종말이 오기 직전에 마이는 한 교주에게 발견되었다. 머리에 뿔이 있을 뿐이었던 마이는 그때 신이 되었다고 했다.

"케케묵은 가이아 신화인지 뭔지…."

이지가 마이를 기계에 눕히면서 중얼거렸다. 마이는 신도들이 자신을 마더 네이처라고 부른다고 말했다. 원한다면 그렇게 불러도 좋지만, 내 이름은 마이야. 네 신도들은 뭔가 모자란 것 같네. 네 뿔은 완전 수컷의 것인데. 이지는 겉으로는 냉철하게 보였지만 속으로는 말을 너무 함부로 한 것이 아닌지 걱정하고 있었다. 그때 잠시 마이는 웃음기를 거두고 물었다.

"당신 이름은 뭐야?"

마이는 원인 모를 두통에 시달려서 이지를 찾아왔다고 했다. 머리에 그런 뿔이 있으니까 두통이 있어도 당연하다고 이지는 말했다. 마이의 뿔을 톡톡 두드려보면 석고 같은 느낌이 났다. 손톱으로 살살 긁으면 하얀 먼지가 떨어질 것 같은 질감이었다. 마이의 고개를 부드럽게 움직여보며 뿔 안에 가벼운 물질이 들어 있다는 것을 알게 되었다. 물을 잔뜩 머금은 스펀지가 안쪽을 꽉 채우고 있는 것 같았다. 사진을 찍어보니 그 뿔은 두개골이 돌출되어 생긴 것이었다. 뿔 안쪽은 마찬가지로 변형된 뇌로 차 있었다. 처음 보는 종류의 돌연변이였기에 이지는 약간 당황했으나 이내 두통의 원인을 찾기 위해 머리를 샅샅이 살폈다. 분주하게 머리를 만져보고 뿔을 쓰다듬고 사진을 확대하는 이지에게 마이가 말했다. 꾀병이니까 쉬엄쉬엄해. 조금 더 일찍 말해주면 좋았을 거라며 이지가 한숨을 쉬었다. 상담실 밖에서 기다리고 있던 신도들에게 이지는 마이의 머리에 아주 심각한 문제가 있어 긴 치료가 필요하다고 말했다. 마이에게는 일주일에 두 번은 꼭 병원을 방문해야 하니 데스크에서 스케줄을 잡고 가라는 말도 덧붙였다. 마이는 신도들에게 둘러싸여 돌아가면서 등 뒤로 고맙다는 손짓을 해 보였다.

오래 전, 이지는 두뇌 노선도를 완성하고 큰 절망에 빠졌다. 눈이 빠져라 퍼즐을 맞춰놓기는 했지만, 인간이 왜 사랑을 하는지에 대해서는 알 수 없었다. 자극하면 사랑에 빠지는 뉴런은 존재하지 않았기 때문이었다. 물론 연구를 통해 성욕을 만드는 메커니즘은 대부분 밝혀졌다. 많은 사람들이 어떤 전기신호가 우리의 아랫배를 간질간질하게 만드는지에 관심을 가졌다. 이 노선에서 가장 핵심적인 역할을 하는 뉴런을 사람들은 마음대로 사랑 뉴런이라고 부르기 시작했다(가끔 69번 뉴런이라고 부르는 사람도 있었는데, 이지는 그런 사람을 볼 때마다 속으로 저주했다). 하지만 그 뉴런이 만드는 감정이 과연 사랑인지에 관해서 이지는 매우 회의적이었다. 성욕과 사랑은 카테고리가 같을 수 있을지언정, 근본적으로 다른 것이라고. 동료 연구자에게 이 말을 했더니 무슨 사춘기 아이를 보는 듯한 눈빛을 보내 이지는 약간 기분이 상했다. 그 뒤로 아무에게도 사랑 타령을 하지 않고 연구에 몰두하던 이지는 과학자가 가장 빠지기 쉬운 길로 들어섰다. 사랑은 번식의 수단, 세상은 약육강식이라고 여기는 길이었다.

마이는 1년 동안 병원에 꼬박꼬박 나왔다. 같이 온 신도들을 항상 밖에 대기시키고 진료실로 들어와서는 인사 대신 크게 한 번 웃었다. 그러고는 이지의 목을 힘껏 껴안고 이때까지 있었던 일을 재잘재잘 말하기 시작했다. 이지는 점차 마이가 오는 시간을 기다리게 되었다. 그동안 이지는 뿔 안의 조직을 살짝 떼어서 현미경으로 살펴보았다. 이 조직은 다른 뇌 부분보다 뉴런의 밀도가 높았다. 뉴런만 골라 염색해서 보면 조직이 거의 까맣게 보일 정도로 숫자가 많았다. 놀라운 것은, 그렇게 많은 뉴런들이 서로 하나도 연결되어 있지 않았다는 점이었다. 모두 외딴 섬 뉴런이었다. 이지는 마이의 뿔이 거대한 외딴 섬 뉴런의 축삭돌기 같다는 생각을 지울 수 없었다.

"이번 심판은 어떤 것일까?"

마이가 차를 마시다 말고 이지에게 물었다. 마이는 작은 종말을 심판이라고 불렀다. 그것이 마이의 종교에서 종말을 부르는 방식이었다. 이지는 심판이라는 말을 끔찍하게 싫어했지만, 마이는 웃기니까 그냥 쓴다고 말했다. 이지는 심드렁하게 대답했다. 제발 열한 번째 종말처럼은 아니었으면 좋겠네. 그때는 갑자기 해충이 많아져서 보호구를 착용하지 않으면 밖에 나가지도 못할 정도였다. 사람들은 꼭꼭 문을 걸어 잠그고 창문 이음새에 실리콘을 덧발라 틈새로 꾸역꾸역 들어오던 모기를 막았다. 열한 번째 종말 때 창문을 열지 않던 습관은 지금까지 그대로 이어지고 있었다. 특별한 일이 없으면 아무도 커튼을 걷지 않았고 이웃집의 초인종을 누르지 않았다. 문을 열기 위해서는 해충 방지용 테이프를 떼었다 붙였다 해야 되는데 그것이 아주 귀찮기 때문이었다. 귀찮으니까 문을 열지 않았다.

마이는 이번이 열세 번째 심판이라 사람들이 많이 불안해한다고 말했다. 이지는 그놈의 숫자와 상징에 진절머리가 날 지경이었다. 대체 열세 번째가 어떻다는 건지 이지가 투덜거리자 마이가 13과 관련된 오래되고 찌든 미신을 늘어놓기 시작했다. 이지가 귀를 막으면서 어버버 소리를 내자 마이가 웃었다. 이번에도 어떻게든 지나가겠지. 마이가 그렇게 말하면 왠지 그렇게 될 것 같은 기분이 들었다. 그래, 그렇겠지. 이지가 있으나 마나 한 대답을 하고 차를 한 모금 마셨다.

마이는 마흔두 살 때 끌려가듯 신이 되었다고 털어놓았다. 같이 살던 아이가 있었는데 그 애도 나와 함께 왔지. 우연히 마이가 그 종교의 상징과 비슷하게 생겼기 때문이었다. 마이가 만약 신을 그만두고 싶어 했다면 이지는 도와줄 의향이 있었다. 그러나 마이는 종교에 대해서 굉장히 유보적이었다. 마이의 뿔은 외과적인 시술로 충분히 제거할 수 있었기 때문에 언젠가 한번 제안을 했던 적이 있었다. 마이는 거절했다. 아직까지는 괜찮다고. '아직까지는'이 무슨 뜻인지 이지는 물어보고 싶었지만 그러지 못했다. 그만두고 싶을 때는 언제든지 말해. 네 신도를 우리 병원으로 몽땅 데리고 와. 그럼 내가 '순환 노선 활성화 시술'을 해줄게. 그럼 모르긴 몰라도 신도 절반은 떨어져 나갈걸. 이지가 마이의 손을 잡았다.

작은 종말이 간헐적으로 오기 전에는 재난 영화가 성행했었다. 이지도 그런 영화를 즐겨 보았다. 이지는 재난 영화 속의 인간 군상을 보면서 '그래, 저것이 인간이지'라고 뇌까렸다. 법이 없어지자마자 강도질을 하는 것이 인간이니 뉴런과 사랑 따위는 전부 집어치워야 한다고. 이지의 생각은 살기 위해서는 무엇이든지 하는 캐릭터에서 시작해 이기적 유전자와 이타적 행위의 관계까지 나아갔다. 이지는 그때의 자신이 아주 창피하다고 생각했다. 변명을 하자면 이지는 오랫동안 매달렸던 두뇌 노선도 연구를 마무리하고, 어찌해도 답이 나오지 않는 질문을 그대로 묻어두면서 큰 허무에 시달렸다. 그러나 그때만큼은 아니더라도 이지는 인간과, 인류와, 인간애에 회의적이었다.

이번에 오는 작은 종말은 이지가 예상했던 것과 달랐다. 해충이 들끓거나 이름 모를 병이 유행하는 것은 이제는 충분히 대응할 수 있었다. 그런데 정말 13이라는 숫자가 가지고 있는 힘이 있는 건지, 사람들은 이번 종말이 정말 종점이라고 생각했다. 힘을 너무 많이 준 용수철이 원래 모양으로 다시 돌아오지 않는 것처럼 세상이 멈추었다. 집단적으로 발병한 우울증으로 사람들은 일하기를 포기했고, 집에 틀어박히고, 바깥으로 관심을 끊었다.

마이가 병원에 오지 않은 지 정말 오랜 시간이 흘렀다. 그 사이에 마이의 종교에 관한 이야기가 병원까지 들려왔다. 그 종교는 말도 안 되는 예언을 여기저기 뿌리고 다녔고, 그것을 믿는 사람도 꽤 늘어났다. 이지는 그 웃기지도 않는 마더네이처교가 힘을 얻을 수 있을 때는 이런 시대뿐이라고 생각했다. 마이가 오지 않는 동안 이지는 열세 번째 종말로 인해 꽤 바빴다. 비관으로 인해 생을 마감한 사람은 자기 발로 병원에 오지 못했다. 가족들은 집에 있는 이불 여러 채로 시체를 둘둘 말아서 병원에 업고 왔다. 그것은 일말의 희망이 있어서가 아니라 관성 같은 것이었다. 이지의 입에서 나오는 날짜와 마침표를 듣고도 가족들은 울지 않았다. 이지는 심심한 위로의 말을 덧붙이지 않았다.

이런 시대일수록 뭉치는 인간들이 있지. 이지는 최초의 작은 종말을 기억했다. 수만 편의 신파 재난극에서처럼, 정말 별것 아닌 공통점으로 집단을 형성하는 사람들이 있었다. 공통점이 없으면 일부러 만들었다. 똑같은 색의 마스크나 복면을 착용하고는 무슨 단, 무슨 회 따위의 이름을 붙였다. 뭉치면 없던 힘이 생겨나는지 그 힘을 필요 없는 곳에 사용했다. 이지는 좋았던 지난날의 재난영화를 그대로 답습하는 사람들의 모습을 보며 이를 상투적 재난이라고 불렀다. 결속하는 것처럼 보이지만 그것은 사실은 단절이고 파편화였다. 쪼개지고 쪼개지다가 단 하나만 남을 때까지 바스러졌다.

이지는 외딴 섬 뉴런에 대해 오랫동안 연구했으나, 거의 아무것도 알아내지 못했다. 오랫동안 아무 곳에서도 신호를 받지 못한 뉴런은 자연스럽게 크기가 줄어든다는 것이 정설이었다. 인간의 시선을 입혀서 해석하면 관계를 맺지 못하는 뉴런이 외로워 사그라지는 것처럼 보일 수도 있었다. 그러나 그것은 필요 없기 때문에 삭제한다는 효율에 의한 결정일 뿐이었다. 그럼에도 외딴 섬 뉴런이 남아 있는 것은 그곳에 있어야 하는 이유가 있기 때문일까? 넓은 바다 같은 피질에 덩그러니 하나 있는 뉴런을 이지는 뚫어져라 쳐다보다가 눈을 감았다.

결국 이지는 병원 문을 닫기로 했다. 병원 유리창이 깨지는 빈도가 늘어났기 때문이었다. 이지는 자신의 집으로 들어가 문단속을 꼼꼼히 하고 열세 번째 종말이 지나갈 때까지 밖으로 나가지 않을 심산이었다. 언젠가 마이가 올지도 몰라 병원 문 앞에 편지를 붙여두기로 했다. 마이에게. 그 웃기는 종교는 잘 되어가고 있니. 아주 바빠서 우리 병원 생각은 하나도 나지 않는 모양이구나. 이지는 이상하게 엇나가는 말을 지우고 정상 궤도로 돌려놓느라 편지를 쓰는 데 꽤 오랜 시간을 들였다. 병원 건물을 한 바퀴 둘러보고 모든 창문과 문을 점검하고 나서야 이지는 문에 편지를 붙였다. 이지는 그대로 큰 허무로 들어가 오랫동안 움직이지 않을 생각이었다. 마이가 오지 않았다면.

정확히 말하면 마이가 있는 곳으로 이지가 갔다고 해야 할 것이다. 비비라는 사람이 이지를 데리러 왔기 때문이었다. 비비는 사춘기가 오기 전의 아이였다. 머리카락은 누가 대충 잡아 자른 것처럼 들쭉날쭉했다. 사이즈가 맞지 않는 운동화를 신고 있었는데, 오래 걸어왔는지 앞 코에 진흙이 잔뜩 묻어 있었다. 비비는 마이가 주기적으로 방문하는 병원을 알고 왔다고 했다. 비비는 길을 아주 잘 찾았다. 마이가 대충 말로 알려준 탓에 조금 헤매긴 했지만 이지의 병원까지 도달했다. 비비는 마이가 아주 아프다고 말했다. 이지는 마이가 또 꾀병을 부리는 것이었으면 좋겠다고 생각하면서 간단한 짐을 챙겨 비비를 따라가기로 했다.

이지는 비비에게 너도 그 종교를 믿느냐고 물었다. 비비가 대답했다.

"아니, 나는 마이가 신이 되기 전에 만났거든."

비비는 마이가 최근에 외출을 금지 당했고, 아파도 치료를 받지 못한다고 했다. 전에는 이 정도는 아니었어. 다 열세 번째 종말 때문인가 봐. 이지가 소문으로 들었던 것처럼 종교는 열세 번째 종말을 맞이하면서 마이를 혹사시키고 있었다. 비비를 따라 한참 걸었더니 오래된 선로가 나왔다. 두 사람은 더 이상 사용하지 않는 철로를 따라 숲으로, 산으로 들어갔다. 철로에 빨갛게 슨 녹이 주변 잡초에도 묻어나고 있었다. 철길 끝에는 무엇이 있어? 이지가 물었다. 안 쓰는 기차역이 하나 있고, 바다가 있어. 비비는 최근에 혼자서 철길 끝까지 다녀왔다며 나지 않는 바다 냄새를 들이마셨다.

비비가 발소리를 죽이기 시작했다. 이쪽으로 가야 해. 비비가 이지를 잡아끌었다. 몰래 들어가야 돼? 그럼 미리 얘기해줬어야지. 이지가 불만스럽게 말했다. 미리 말해주면 안 올까 봐 그랬어. 비비가 뒤를 돌아보지 않고 말했다. 이지도 최대한 조심스럽게 걸으려 했으나 발에 밟히는 가지가 팝콘 튀는 소리를 냈다. 외따로 떨어져 있는 회색 건물은 주변 환경과 전혀 어울리지 않았다. 비비는 주변과 단차가 있어 몸을 숨길 수 있는 샛길을 따라 건물로 접근했다. 내가 밖에 있으면 노는 줄로만 알아. 이런 길을 어떻게 찾았느냐며 이지가 궁금해하자 비비가 말했다. 어린 건 싫은데 가끔은 좋아.

"헛것을 본 줄 알았어."

침대에 누워 있는 마이가 말했다. 조금 야윈 것 같았고 얼굴이 창백했다. 꽤 오래 누워 있었는지 마이의 머리카락이 옆쪽으로 뻗쳐 있었다. 뿔 한쪽은 어디로 날려 먹었어? 이지가 침대로 서둘러 다가가면서 말했다. 이지는 마이의 머리카락과 이마를 쓰다듬었다. 마이가 흘린 식은땀 때문에 이지의 손이 이마에 달라붙었다.

그러니까 이놈들이 네 뿔을 갈아 먹었다는 얘기야, 녹용처럼? 마이는 녹용이라는 단어에 한참을 웃었다. 두개골과 연결되어 있던 뿔은 소독도 하지 않은 톱으로 우두둑 잘려져 있었다. 생각보다 별로 아프지는 않았어. 이지가 상처를 대충 덮은 거즈를 가위로 자르니 원래 뿔이 있던 자리가 보였다. 검붉은 딱지가 덕지덕지 올라왔고, 그 사이로 마이의 너절한 뇌수막이 있었다. 먹지는 않았다고 들었어. 마이가 말했다. 아마 설교 시간에 한 번씩 신도들에게 만져보게 했을 거야. 너는 내 뿔이 석고 같다고 말했지만, 잘 만져보면 보드라운 솜털이 느껴져. 만지면 기분이 좋을걸. 이지는 가방에서 주사기를 꺼낸 손에 힘을 주며 말했다. 여기에는 너를 소중히 여기는 사람이 하나도 없어. 이지는 마이의 팔을 잡고 주사기를 눌러 넣었다.

비비는 내 딸이야. 이지가 마이를 쳐다보자 마이가 덧붙였다. '거짓말이야.' 첫 번째 심판이 왔던 때를 기억해? 정말 엉망이었지. 그때 우연히 비비를 만났어. 비비는 지금보다 훨씬 작았어. 그 날도 어김없이 유리창이 깨지고 파열음이 들렸어. 커튼을 약간 들춰보니 어떤 씨발놈이 비비를 아스팔트 도로 위에 깔아뭉개고 있었지. 나는 뿔 때문에 집 밖에 나가는 것을 별로 안 좋아했는데, 그때는 나도 모르는 사이에 문밖을 뛰쳐나가고 있었어. 그리고 나가면서 아무거나 손에 잡은 거로 그놈을 내리쳤지. 금속으로 된 종소리가 울렸어. 프라이팬 소리가 너무 맑고 아름다워서 그놈이 쓰러지지 않을 줄 알았어. 너도 나중에 프라이팬을 쓸 일이 있으면 알아둬. 그런 소리가 나야 제대로 들어간 거야.

처음에는 비비가 내 집에 있는 것이 이상했어. 그 애는 어렸을 때부터 호기심이 많았어. 온 집 안을 자기 마음대로 휘젓고 다녔지. 비비가 함부로 나에게 닿으려고 할 때마다 나도 모르게 몸이 뒤로 젖혀졌어. 그 애는 멋대로 침범하고 자기 냄새를 묻히고 다녔어. 그러다가 이전에는 보이지 않던 것이 점점 보이기 시작했지. 비비가 '마'와 '이'를 발음할 때 성대가 어느 정도로 떨리는지. 뛸 때 오른발이 먼저 나가는지 왼발이 나가는지. 밥을 먹을 때 몇 개의 이가 빼꼼히 보이는지. 어느새 비비가 보이지 않아도 바람과 냄새와 소리로 비비가 어디에 있는지 알게 되었어. 내가 비비를 포용했는지 비비가 나를 포함하고 있는지는 상관이 없었지…. 마이는 열에 취해 많은 말을 하다가 어느새 까무룩 잠이 들었다.

안에 아무도 없어. 들어가지 마. 방 밖에서 망을 보고 있던 비비의 목소리가 들렸다. 이지는 숨을 곳을 찾아보다가 침대 하나만 덩그러니 있는 방 안을 보고는 움직이지 않기로 결정했다. 이지는 가방을 뒤져 자신만의 프라이팬을 찾으려 했다.

손에 아까 거즈를 자르는 데 썼던 작은 가위가 잡혔다. 이내 방문이 세차게 열렸고 키가 아주 큰 사람이 들어왔다. 비비는 그 사람에게 밀쳐진 건지 차가운 바닥에 앉아 있었다. 이지는 가위를 손가락에 끼우긴 했으나, 그것을 찌를 용도로 사용할 자신이 없었다. 당장에라도 주먹을 휘두를 것 같이 거친 숨을 내쉬던 사람은 돌연 자신을 따라오라고 말했다. 마더 네이처교의 교주였다.

"마침 의사가 필요했어."

교주가 말했다. 그렇겠지, 그렇게 뿔을 잡아 뜯어놓았으니. 이지가 이죽거렸다. 비비는 넘어지다가 어디를 잘못 부딪힌 건지 계속 절뚝거리면서 걸었다. 계단을 끝없이 내려가다 작은 방에 도착했다. 방 안은 어두웠고 화강암 바닥에서는 축축하고 차가운 공기가 맴돌았다. 이지는 그 공기를 복숭아뼈를 통해 느꼈다. 교주와 이지는 탁자를 가운데 두고 서로를 마주 보며 앉았다. 비비도 이지의 옆자리에 앉았다.

교주는 일부러 오래되어 빛이 희미한 램프를 켰다. 빛이 옅게 교주의 얼굴을 감쌌고 불퉁하게 튀어나온 교주의 얼굴뼈가 더욱 부각되었다. 시간이 조금 흘러 이지의 눈이 어스름한 불빛에 익숙해질 때쯤에 교주가 말하기 시작했다. 의사가 왔으니 하는 말인데, 마이의 생식 능력이 살아 있는지 알고 싶어. 이지가 이해를 못 하는 듯하자 교주가 재빨리 덧붙였다. 그러니까 자궁이 제대로 기능을 하느냔 말이야. 교주가 말하고자 하는 것은 이랬다. 마더 네이처교에서는 한 가지 예언을 뿌리고 다녔다. 바로 마지막 종말이 오기 전에 대지에서 태어난 아이가 인류를 종말에서 구원하리라는 예언이었다. 이지는 어디서 짜깁기한 예언을 들으면서 창의력이 없다고 비웃었지만 교주는 못 들은 척을 했다. 교주는 열세 번째 종말이 마지막 종말일 테니 마더 네이처교는 마이의 피를 이은 아이가 필요하다고 말했다. 이번이 마지막인지 어떻게 알지? 이지가 물었다. 모두가 믿으면 그렇게 되는 거야. 사이비교 교주다운 대답이었다.

그런 검사를 하려면 여러 장비가 필요하니 마이를 내 병원으로 옮겨야 해. 이지가 말했다. 교주가 어림도 없다는 듯이 가로막았다. 지금 여기서 할 수 있는 검사를 해.

마이가 생식 능력이 있다는 것을 알면 그다음은?

그야 이제 망설일 것이 없지. 씨는 많거든. 교주가 웃자 눈가에 깊고 촘촘한 주름이 파였다.

이지는 금요일 밤에 가죽 소파에 앉아서 싸구려 과자 봉지를 뜯는 자신을 떠올렸다. 그런 상투적 재난 영화를 보면서 뭔가 깨달은 척을 하다니. 이지는 그때의 자신이 창피하다 못해 화가 날 지경이었다. 그리고 문득 교주도 그런 영화를 보았을지 궁금해졌다. 이지는 주머니 속에 있는 작은 가위를 의미 없이 만지작거렸다. 손에서 땀이 배어 나와 가위 손잡이가 계속해서 미끄러졌다.

"당신들은 마이가 무슨 주말농장인 줄 알고 있어."

이지가 말했다. 마이는 텃밭도 아니고 염병할 마더 네이처도 아니고 그 뿔은 그냥 남들보다 외딴 섬 뉴런이 많아서 생긴 뾰루지 같은 것이라고…. 이지의 말이 장황하게 늘어졌다. 교주가 '알아'라며 이지의 말을 잘라먹었다. 검사를 해주지 않아도 좋아. 당신은 여기서 죽고, 마이는 예언을 따르게 될 거야. 마이가 불임이어도 상관없어. 비비를 써도 되니까.

비비가 벌떡 일어나 교주의 눈을 찔렀다. 교주가 자신의 눈을 붙잡고 의자와 함께 뒤로 넘어졌다. 이지, 도와줘! 비비가 이지를 쳐다보았다. 이지는 주머니 속에 있던 가위를 주머니 밖으로 꺼냈다. 그러나 이지는 교주의 어디를 찔러야 할지 알 수 없었다. 이지가 바닥에 누운 교주의 머리부터 발끝까지 살피는 동안, 시퍼렇게 빛나던 가윗날의 빛이 점점 바랬다. 가위를 쥔 손의 떨림이 심해졌다. 이지는 마이처럼 앞뒤를 가리지 않고 뛰쳐나갈 수가 없었다. 대신 먹히지도 않을 말을 내뱉기 시작했다. 이지는 곧 후회할 것을 알면서도 자신의 입 밖으로 쏟아져 나가는 말을 막을 수 없었다. 너희가 정말 인간을 구하고 싶다면 이러면 안 되는 거야. 이상한 예언이나 씨를 뿌릴 게 아니라, 그게 아니라, 교주는 눈물 몇 방울로 상처를 털어내고 일어나 이지에게 달려들었다. 이지의 고개가 오른쪽으로 빠르게 꺾이고 가위가 멀리 날아갔다. 이지는 맞은 눈의 욱신거림을 느낄 새도 없이 비비의 손을 붙잡고 문 밖으로 뛰쳐나갔다. 이지와 비비는 온몸으로 문을 막았다. 교주는 온몸을 문에 갖다 박았다. 이지는 철제문이 울룩불룩 솟아오르는 것 같이 느껴졌다. 이쪽이야! 교주가 다시 문을 향해 달려들 때, 두 사람은 뛰기 시작했다. 문이 벌컥 열리고 교주가 바닥에 엎어지는 소리가 났다.

두 사람은 계단을 올라가 코너를 한 번 돌면 있는 작은 창고로 들어갔다. 창고에는 빛이 하나도 들지 않아 집중하지 않으면 사람이 있다는 것을 잊어버릴 정도였다. 이지는 문밖에 들리는 소리에 집중했다. 몇 번의 발소리가 휩쓸고 지나간 후에 짧은 공백이 찾아왔다. 그 틈을 놓치지 않고 수치심이 비집고 들어왔다. 이지는 교주 앞에서 가위를 다소곳이 쥐고 일장연설을 하려 했던 자신을 떠올렸다. 이지는 자신을 도와달라고 소리쳤던 비비에게 미안함을 느꼈다. 그리고 침대에 누워 있는 마이 생각이 났다. 어둠 속에 휩싸이니 다시는 마이의 얼굴을 볼 수 없을 것 같은 불안감이 들었다. 짧은 침묵을 깨고 비비가 말을 걸었다. 여기 가만히 있으면 죽게 될 거야. 이지는 비비의 표정이 어떤지 알 수 없었다. 이지는 비비가 차라리 얼빠진 자신에게 화가 나 있었으면 좋았을 것이라고 생각했다. 난 나가는 길을 알아. 비비가 말했다. 이지는 잘 떠지지 않는 왼쪽 눈의 아픔이 그제야 조금씩 느껴졌다.

“대신 마이를 데려가야 해.”

비비가 덧붙였다. 마이는 오래 걷지 못하고 지금은 머리도 아파. 이지가 대답을 망설인다고 생각했는지 비비가 다급하게 말했다. 오래 생각하지 마. 어둠에 가려 비비가 보이지 않았지만 이지는 비비가 이 대화를 오랫동안 마음속에 간직해왔다는 것을 알 수 있었다. 비비의 표정은 협상가의 것이 아니었다. 비비의 뜯겨나가는 손거스러미, 빠른 심장 박동, 머리카락 한 올 한 올이 모두 마이를 향하고 있었다. 그래, 도와줘. 이지가 대답했다. 조금 뒤에 이지는 창고에서 나가 일부러 발소리를 과장되게 내면서 건물 출구로 향했다.

마이는 비비에게 업히다시피 해서 밖으로 나왔다. 마이의 하나 남은 뿔에 달빛이 내려앉았다. 마이는 이지를 보자마자 '눈이 멋진데.' 하고 말했다. 이지는 고맙다는 말 대신 비비에게서 마이를 넘겨받았다. 마이가 사라진 것을 알고 여러 명의 사람들이 건물 밖으로 뛰쳐나왔다. 소란스러움이 공기를 흔들어 이지에게로 닿았다. 이제 어디로 가야 하지? 이지의 심장이 빠르게 뛰기 시작했다. 철로를 따라가야 해. 비비가 앞장섰다. 이지는 마이의 뿔이 자신의 옷가지에 걸리지 않도록 조심하면서 움직였다. 그때 고함 소리가 가까워졌다. 쏴, 쏴! 그 직후 핑, 하는 소리와 함께 이지의 왼쪽 팔이 뜨거워졌다. 나무 화살 하나가 이지의 팔을 찢고 바로 앞에 있는 나무에 박혔다. 비비가 이지를 잡아끌었다. 쏘지 마! 교주가 아슬아슬하게 마이를 빗겨 쏜 남자에게 소리를 질렀다.

비비는 구덩이로 마이와 이지를 안내했다. 적당히 나뭇잎과 덤불로 몸을 숨긴 후에 이지는 자신의 팔을 옷가지로 꽉 묶었다. 이지는 이렇게 숨이 턱 끝까지 차오를 때까지 달려본 적이 없어서 어지럼증을 느꼈다. 성냥을 긁을 때처럼 불티가 튀는 감각이 팔에 남았다. 우리는 철로를 쭉 따라서 갈 거야. 비비가 말했다. 잠깐, 철로 끝에는 바다가 있다고 했잖아. 바다에는 길이 없어. 퇴로가 막힌 거라고. 이지가 아직도 제대로 돌아오지 않은 호흡을 갈무리하면서 말했다. 이 근처에 있는 마을에는 모두 신도가 있어서 교주가 금방 알게 될 거야. 철로 끝에 가면 길이 있어. 비비가 말했다. 비비를 믿어야 돌아갈 수 있어. 마이가 이지의 어깨에 손을 올리며 말했다.

일행은 구덩이 속에서 시간을 조금 보내기로 했다. 이지는 사람들이 밤새 마이를 찾다가 지쳐서 건물로 돌아간 틈에 움직이는 것이 안전할 것이라 판단했다. 발소리가 구덩이 주변을 지나쳐 멀리 사라졌고 주변은 점차 고요해졌다. 이지는 머릿속이 어지러워서 생각을 정리하기 시작했다. 앞으로 같이 가야 할 끝이 보이지 않는 철로. 그것과 뉴런의 돌기가 겹쳐 보였다. 이지가 철로 끝에 무엇이 있을지 상상하는데 병원 유리창이 깨지는 파열음이 그 사이를 뚫고 들어왔다. 폭죽처럼 터진 소리에 생각이 걷잡을 수 없이 번져갔다. 집에 남는 이불로 대충 감겨 온 시신과 이불의 어지러운 무늬가 이지의 눈앞을 지나갔다. 아스팔트 위에서 구르고 뭉개지다 무릎이 다 벗겨졌을 비비. 나뭇가지처럼 꺾인 마이의 뿔과 뿔에 난 솜털. 램프의 불빛과 함께 일렁이는 교주의 웃음과 부어오른 왼쪽 눈. 팔에 빨간 빗금을 남기고 간 화살의 탄성. 공기가 찬 기운의 무게 때문에 밑으로 가라앉았다. 마이가 이지에게 '너 우니?' 하고 물었다.

"난 사람이 사람을 사랑하길 바랐어."

이지가 말했다. 마이는 '넌 은근히 순진한 구석이 있어. 공부만 해서 그런가.' 하고 말했다. 이지는 언젠가 자신을 이상하게 쳐다보았던 동료 연구원이 생각나 얼굴이 화끈해졌다. 이지는 입을 꾹 닫고 자신은 아무 말도 하지 않았다는 듯 돌아앉았다. 마이가 이지에게 바짝 다가가 앉았다. 마이의 하나 남은 뿔이 이지의 이마에 닿았다. 이지는 민들레 홀씨 같은 미세한 털을 느꼈다. 할 수 있을 것 같아. 마이의 말이 신호가 되어 일순 주변이 밝아진 것 같았다.

마이의 뿔이 닿은 부분부터 이지는 감각을 잃어버렸다. 마취제를 주사한 것처럼 이마의 피부가 느끼는 감각이 아득해졌다. 뿔과 닿았다는 것을 느낄 수 없을 만큼 이지의 피부가 얇아지다가 마이와 연결되었다. 마이의 체온이 약간 더 높아서 마이의 온도가 이지에게로 옮겨 왔다. 그렇게 한참을 주고받다가 둘의 온도가 완전히 같아졌을 때, 이지는 마이의 모든 것을 이해할 수 있었다. 둘이 서로를 처음 만났을 때 마이는 이지의 표정이 웃기다고 생각했다. 이지는 가느다란 줄 톱으로 뿔이 잘릴 때 머리 전체에 울리는 진동감과 고통을 알게 되었다. 또 마이가 열이 올라 침대에 누워 있었을 때, 이지의 병원에 놀러 가는 상상을 했다는 것을 알았다. 그리고 마이가 비비를 얼마나 사랑하는지 알았다.

이지는 생전 처음 하는 경험에 놀라 말을 잇지 못했다. 이지가 수십 년 동안 보고 듣고 만져왔던 감각에 다른 것이 추가된 것과 같았다. 마치 세상을 열 감지기를 통해 보는 것과 유사했다. 온도가 다른 두 물체가 만나서 색깔이 같아지면 그

경계를 정확히 구분하지 못하게 되는 것처럼. 떨어지면 떨어지는 대로 멀어졌다가 다시 붙어서 경계를 부드럽게 지워가는 것처럼. 이지가 말을 하지 않아도 마이는 이지의 목소리를 들었다. 너는 정말 특별한 힘이 있는 거야? 아니, 초능력은 없어. 남들보다 민감하게 느낄 뿐이지. 마이가 대답했다. 나에게 이걸 알려준 것은 비비야.

여기에 처음 왔을 때, 나는 내가 도움이 될 줄 알았지. 우리는 수많은 종말을 넘어왔지만 다음 종말을 넘으리란 보장은 없으니까. 파도에 조금씩 깎여나가다가 한 번에 스러지게 될 거란 걸 모두 알았잖아. 나는 사람들이 믿을 것이 있으면 단단해질 줄 알았어. 바보처럼 뿔이 꺾이고 나서야 알았지. 여기서 사람들이 하나가 되는 것처럼 보였지만 사실은 그게 아니란 걸. 결속하는 것처럼 보이지만 사실은 조각나는 중인 것을. 뿔을 자르고 나서 열이 심하게 올랐고 비비는 한동안 보이지 않았어. 드디어 비비가 영영 가버렸다고 생각해서 조금 울었어. 아무도 비비에게 신경 쓰지 않았으니까 그 애가 여기 있는 이유는 나 때문이었어. 이틀 정도 뒤에 비비가 신발 한 짝을 잃어버리고 돌아왔어. 철로 끝까지 갔다 왔다고 말했어. 거기에는 '바다절벽역'이라는 사용하지 않는 종점역이 있대. 그리고 여기서 나갈 수 있는 길이 있다고 말했어. 솔직히 나는 비비가 말하는 것이 잘 들리진 않았어. 그냥 비비를 껴안았고 종말이 사라지는 것 같았어.

이지는 다시 외딴 섬 뉴런을 떠올렸다. 마이의 뿔 속을 가득 채우고 있는 그것들. 전기를 흘려도, 피질에서 건져내도 아무런 반응이 없었던 뉴런은 왜 죽지 않고 살아 있을까? 외딴 섬 뉴런의 돌기는 왜 바깥을 향해 자라나는 것일까? 무엇과 연결되기 위해 기다리고 있는 것일까? 이지는 신경질적으로 덮었던 그 책들을 어디에 두었는지 떠올리려고 노력했다.

동이 틀 무렵에 이지와 비비가 구덩이 밖으로 고개를 빼꼼히 내밀었다. 주변이 조용해서 이지는 자신의 숨소리가 괜히 더 크고 가쁘게 들리는 것 같았다. 비비는 마이의 왼손을 잡고, 이지는 마이의 오른팔을 어깨에 둘러서 철로를 따라 걷기 시작했다. 밤새 열이 올랐던 마이의 몸이 이제는 정상체온에 도달한 것 같았다.

일행은 하루를 꼬박 걸었다. 비비는 다른 사람들보다 작아서 보폭을 맞추느라 더 분주하게 움직였다. 마이도 내색하지 않았지만 무릎에 점점 힘이 빠지는 것이 보였다. 이지는 더 이상 움직일 수는 없을 것 같다고 생각했고, 일행은 그 자리에 주저앉았다. 이지는 숨을 돌리면서 비비에게 어젯밤에 마이가 알려준 감각에 대해 물어보았다. 한번 알고 나면 쉬워져. 비비가 대답했다. 나도 할 수 있다는 걸 안 지는 얼마 안 됐어. 평소에는 마이가 안 보여도 언제나 마이가 어디 있는지 알 수 있었어. 어느 날은 마이에 대해 더 오래 생각했어. 그러다가 그게 느껴졌어. 이지는 마이 말고 다른 사람에게도 비슷한 감각을 느껴봤는지 물었다. 모르겠어. 내 생각엔 그걸 오랫동안 원하던 사람하고만 되는 것 같아. 이지는 작은 창고에 몸을 숨겼을 때, 비비와 어둠을 사이에 두고 이야기하던 걸 생각했다. 처음에 이지는 비비의 목소리가 떨리는지도 분간을 잘 할 수 없었다. 비비는 계속 이지의 대답을 듣고 싶어 했고, 이지도 어둠 너머로 계속 털을 곤두세웠다. 이지는 보지 않아도 비비가 어떤 표정을 하고 있는지 알 수 있었다. 이지는 그때 자신이 강하게 비비를 돕고 싶다고 느꼈던 것을 기억했다.

그때, 다시 발소리가 들렸다. 수가 아주 많은 것 같지는 않았지만, 모두 활을 들고 있다면 당해낼 수 없었다. 이지는 서둘러 마이를 부축해서 뛰었다. 이지의 속도는 거의 걷는 것과 다름이 없을 정도로 느렸다. 비비, 얼마나 더 가야 해? 이지가 물었다. 바로 앞이야, 저기! 비비가 마이의 부축을 도우면서 말했다.

이정표 삼아 걸어왔던 철로가 끝이 났다. 지면의 끝은 보이지 않았지만, 어렴풋하게 푸른색 바다가 드러나기 시작했다. 녹이 슨 표지판과 벤치가 드문드문 나타났고 바다절벽역이 보였다. 한 명이 유독 빠르게 쫓아왔다. 이지의 바로 뒤에서 숨소리가 느껴지는 듯했다. 교주였다. 아악! 비비가 교주에게 등짝을 걷어차이고 바닥에 나동그라졌다. 이지, 도와줘! 마이가 이지의 어깨를 강하게 밀었다. 그 힘을 전달받아서 이지의 몸이 그대로 비비에게 향했다. 이지는 비비를 한 번 더 밟으려고 발을 올리는 교주에게 달려들었다. 이지가 어깨로 교주를 밀자 무게를 버티지 못하고 둘은 같이 쓰러졌다.

비비는 곧바로 일어나서 교주와 얽힌 발을 풀고 있는 이지의 손을 잡았다. 이지는 비비의 도움으로 손쉽게 일어날 수 있었다. 이지가 흙먼지를 털며 일어나자마자 느낀 것은 자신의 몸을 향해 있는 쇠붙이들이었다.

이지를 둘러싼 모든 것이 한순간에 느려졌다. 많은 사람들이 활을 이지에게 겨누고 있었다. 그리고 그중에서 하나의 화살이 눈에 들어왔다. 그리고 이지는 본능적으로 알 수 있었다. 저 화살은 정확하게 자신의 몸을 뚫고 지나갈 것이다. 이지가 어찌할 새도 없이 화살은 바람에 올라타 출발했다. 이지의 눈앞이 흐려지다가 암전되었다. 곧 퍽 하는 소리가 들렸다. 그것은 여러 개의 계란이 한 번에 깨지는 소리와 비슷했다. 살이 찢어진다거나 뼈가 부러지는 소리는 아니었다. 딱딱하고 속이 빈 무언가가 수많은 조각을 남기는 소리였다. 비비가 소리쳤다. 마이!

마이의 하나 남은 뿔이 사라져 있었다. 이지를 노린 사람들은 한순간에 조용해졌다. 마이는 자신의 관자놀이를 양손으로 붙잡고 바닥으로 쓰러졌다. 손가락 한 마디 정도 남은 뿔에서 투명한 물이 졸졸 나왔다. 주둥이가 좁은 주전자로 물을 따르는 것 같았다. 이지는 마이에게로 달려가 그 구멍을 손으로 막아보려 했다. 날카로운 뿔의 단면이 이지의 손에 생채기를 남겼다. 마이는 이지의 팔을 붙잡으며 말했다. 가야 해. 그 자리에 있던 모든 사람들이 다시 움직였다. 교주는 저 멀리 날아간 마이의 뿔을 따라 달려갔다.

"절벽이잖아."

이지가 황망하게 말했다. 바다가 보이고, 선로가 끝나고, 종점역을 지난 후에 절벽이 있었다. 길이 어디에 있다는 거야? 이지가 다급하게 물었다. 이럴 줄은 몰랐는데. 비비가 거의 숨을 헐떡이면서 말했다. 헤엄쳐야 해. 조금만 헤엄치면 되는데. 절벽은 꽤나 야트막해서 뛰어내릴 수 있는 정도였다. 마이의 머리에 구멍이 나지 않았다면 수영을 할 수 있을 것이었다. 활을 든 사람들과 거리가 점점 줄어들고 있었다. 이지는 바닷물이 마이의 머리통을 가득 채우는 상상을 했다. 갈 수 없어. 비비는 점점 차가워지는 마이의 손을 잡고 울었다. 이지는 저 사람들에게 잡힌 후에 자신이 죽을 것이 무서웠고, 비비에게 해코지를 할까 봐 무서웠다. 그리고 자신이 죽은 후에 마이를 치료해줄 사람이 없을까 봐 더 두려웠다. 마이가 패닉에 빠진 이지의 팔을 잡아당겼다. 마이는 뒤통수로 넘어가려는 눈동자를 고정하려고 노력하며 말했다. 갈 수 있어. 마이가 이지와 비비의 손을 잡았다. 세 사람은 다시 누가 누군지 구분할 수 없는 감각에 빠져들었다.

세 사람이 바다에 풍덩 빠졌다. 무게 때문에 물속으로 깊이 가라앉았다가 이내 표면으로 떠올랐다. 이지는 손바닥으로 마이의 머리에 난 구멍을 부드럽게 막고서 비비를 따라갔다. 비비의 발이 만드는 물살 때문에 이지는 시야가 흐렸으나, 나머지 두 사람이 어디에 있는지 똑바로 알 수 있었다. 이지는 자신들이 물거품이 된 것 같다고 생각했다. 거품이 만나서 더 큰 거품이 되어도, 빠른 파도를 만나 다시 세 개의 거품이 되어도 아무 상관이 없었다. 이지는 느릿하고 점진적으로 경계를 없애가듯 유영했다. 마이의 발과 자신의 발이 엉키지 않도록 조심하면서 비비를 따라 나아갔다. 마이의 체온이 바닷물과 구분이 되지 않을 정도로 점점 차가워졌다. 이지의 온도가 마이에게로 옮겨 갔고 온기가 마이의 발끝으로 산산이 부서져 나갔다.

*

이지는 이제 머리가 거의 새하얗게 되었다. 걸음걸이도 더 느릿해졌다. 이지가 운영하던 병원은 믿을 만한 사람에게 넘겨주었다. 그곳은 작은 종말이 오기 전후에 대피소로 사용되어 많은 사람들이 방문했다. 비비도 시간이 날 때마다 자주 그곳을 방문해서 일손을 도왔다. 이지는 오래전에 그만두었던 연구를 다시 시작했다. 이지는 '외딴 섬 뉴런'의 작명에 큰 오류가 있었다는 점을 발표했다. 이지는 이 뉴런에 어떤 이름을 붙이면 좋을지 오랫동안 고민했으나 마음에 드는 것을 찾지 못했다. 사실 이지는 '바닷길 뉴런'으로 하고 싶었는데, 너무 감성적으로 보일까 봐 아직 공표하지는 못했다. 비비는 이지가 가끔 쓸데없는 것에 신경을 쓴다며 타박을 했다. 이지는 마흔네 번째 종말이 오기 전에 연구가 완성이 되었으면 좋겠다고 말했다.

이화여자대학교 뇌인지과학과에 재학 중이다. 수업 시간에 했던 공상을 소재로 SF 소설을 쓰게 되었다. 앞으로도 슬픔을 딛고 일어나는 이야기를 하고 싶다.

제1회

단편소설 가작

구멍

그런 구멍들 중 처음으로 발견된 것은 '무저갱'이라 불렸다. 어느 초등학교 운동장에 생겨난 무저갱은 장축이 1.75미터, 단축이 1.3미터 정도 되는 찌그러진 타원형의 구멍이었다. 지반이 약한 곳에서 으레 생겨나곤 하는 보통의 싱크홀보다는 훨씬 작았으나 모양은 비슷했기에 무저갱을 처음 발견한 수위는 그것 또한 싱크홀이리라고 지레짐작했다.

그렇게 지하수를 끌어다 쓰더라니 결국 이 사달이 났구먼. 수위는 혀를 차면서 발치의 모래와 작은 돌조각 몇 개를 쓸어 구멍 안쪽으로 떨어뜨렸다. 구멍 안이 워낙 어두워 잘 보이지는 않았지만, 싱크홀들이 흔히 그렇듯이 지면 아래에 생겨난 커다랗고 텅 빈 구멍 바닥에 약간의 물이 찰랑거리며 고여 있으리라고 생각한 수위는 돌조각들이 물에 빠지며 작게 첨벙이는 소리가 나길 은근히 기대했다. 그러나 아무 소리도 들리지 않았다. 이거 일 났네. 구멍이 예상보다 훨씬 깊은 게 분명하단 생각에, 수위는 혼잣말을 하며 얼굴을 찡그렸다.

담당 공무원은 수위의 신고 전화를 받은 지 1시간 만에 도착했다. 공무원은 구청이 바로 옆인데 대체 뭘 하느라 이제 오느냐는 수위의 말을 한 귀로 듣고 한 귀로 흘리며 손전등을 꺼내어 구멍 안쪽에 빛을 비추었다. 그러나 구멍 안은 여전히 무척 어두워 아무것도 보이지 않았다. 구멍의 안쪽 벽은 운동장을 구성하는 단단하게 다진 모래흙과 그 아래에 깔린 콘크리트 비슷한 물질로 되어 있었으나, 그조차도 지표면으로부터 0.2미터 정도 떨어진 곳부터 끊겨 있었다. 공무원의 눈엔, 마치 운동장 아래에 거대한 동공이 생겨난 것처럼 보였다. 추가 붕괴 위험이 있겠단 생각에 공무원은 뒤로 몇 걸음 물러나며 수위에게 말했다.

"어르신, 여긴 위험하니까 안전한 데로 가 계세요."

수위는 공무원을 흘겨보더니 평지가 위험하면 대체 어디가 안전한 곳이냐고 투덜대며 학교 건물 쪽으로 걸어갔다. 공무원은 수위의 뒤통수에 대고 고개를 슬쩍 저은 다음 구멍 안으로 던질 만할 물건을 찾기 위해 잠시 주위를 두리번거렸다. 마침 구멍으로부터 몇 미터 떨어지지 않은 곳에 세워진 철봉 근처에 반짝이는 물체가 보였다. 누가 잃어버린 건지도 모를 유리구슬이 모래에 반쯤 파묻혀 있었다.

공무원은 구멍의 깊이를 어림짐작하기 위해 구슬을 구멍

안으로 떨어뜨렸다. 그러나 구슬은 채 1초도 지나지 않아 구멍 밖으로 튀어 올랐다가 다시 떨어졌다. 운동장 아래에 묻힌 하수관이 폭발하는 바람에 싱크홀이 생겼고, 지금도 가스가 새어 나오고 있어 구슬이 떠오른 걸까? 공무원의 상상력의 한계는 그 정도였다. 공무원이 이 상황을 이해하기 위해 바쁘게 머리를 굴리는 동안 구슬은 구멍 밖으로 몇 차례 더 튀어 올랐다가 떨어지기를 반복했고, 점차 튀어 오르는 높이가 낮아지더니 마침내 지표면으로부터 10센티미터 가량의 깊이인 지점에서 움직임을 멈췄다.

전화를 걸어 추가 인력을 요청한 후 다른 사람들이 오길 기다리는 동안 공무원은 구멍 안에 덩그러니 떠 있는 구슬을 홀린 듯이 바라보고 있었다. 하지만 구멍 안쪽의 어둠 속에서 미세한 빛의 점들이 반짝이는 것을 알아차리지는 못했다. 공무원의 연락을 받고 도착한 다른 공무원들도 마찬가지였다. 그들은 구멍의 깊이를 측정하기 위해 음파를 쏘아 보냈지만 반사된 음파가 되돌아오지 않는 원인은 알 수 없었고, 구멍 안쪽에 생겨난 거대한 공간의 상태를 조사하기 위해서 구멍에서 1미터도 떨어지지 않은 지점에 또 다른 작은 구멍을 뚫었지만 왜 새로 뚫은 구멍 아래엔 거대한 동공은커녕 작은 틈조차 보이지 않는지 이해할 수 없었다.

조사 작업에 참여했던 공무원들과 수위는 그 날 저녁 퇴근 후, 너나 할 것 없이 가족이며 친구들에게 '초등학교 운동장에 생긴 이상한 싱크홀'에 대해 이야기했다. 그러나 이야기를 들은 사람들 중 절반 정도는 그 자리에 있던 공무원들이 뭔가 착각했던 것이리라고 여겼고, 사 분의 일 가량은 그 일을 그저 꽤 흥미로운 괴담 정도로만 받아들였으며, 나머지 사람들은 대부분 애초에 그 이야기를 귀담아듣지도 않았다. 단 한 사람, 그 장소에 처음으로 도착했던 공무원의 아내만이 구멍에서 나타난 특이한 현상에 진지하게 관심을 가졌다.

공무원의 이야기에서 아내가 특히 관심을 가진 내용은 구멍 안으로 떨어진 구슬이 진동하다 나중에는 구멍 표면 근처에 가만히 떠 있었다는 부분이었다. 과학과 거리가 먼 삶을 살고 있지만 교양 수준의 지식은 갖추고 있었던 아내는 중력과 관련된 것처럼 보이는 이 현상의 원인을 규명하기에 가장 적합한 인물이 물리학자들일 거라고 판단했다. 공무원은 도움을 줄 만한 사람을 찾아주겠다고 자신만만하게 선언했던 아내가 왜 지질학자가 아닌 물리학자에게 연락을 취하는지 이해하지는 못했지만, 별다른 방법이 없었기에 아내의 선택을 믿기로 했다.

이튿날 점심때 즈음 인근 연구소로부터 온갖 탐지 장비를 갖춘 연구원 다섯 명이 구멍을 관찰하기 위해 찾아왔다. 모두 물리학 전공자인 그들 중 한 명은 공무원의 아내의 친구였고, 나머지는 그 친구의 동료들이었다. 그들은 동굴 탐사에 주로 사용된다는 카메라가 달린 긴 로봇 팔을 구멍 안으로 집어넣었고, 작은 노트북 주위에 머리를 맞대고선 카메라가 비춰주는 영상을 보며 연신 감탄사를 내뱉었다. 흔해빠진 싱크홀 안의 풍경이 뭐 그리 신기하냐는 수위의 물음에, 한 연구원이 노트북 화면을 손으로 가리키며 대답했다.

"어르신, 여기 빛나는 것들 잘 보이시죠? 뭔지 짐작이 가세요? 이것들 전부 별이에요, 별."

연구원이 구멍 속의 형광물질이나 반딧불이를 별에 빗대어 표현했다고 착각한 수위는 요즘 젊은이들은 참 감상적이라는 생각을 하며 그저 웃기만 했다.

이틀간의 조사 끝에 연구원들은 그 구멍이 동주기 자전으로 인하여 표면의 절반에는 낮, 나머지 절반엔 밤만이 존재하는 어느 행성의 지표면으로 연결되는 웜홀이라는 결론을 내렸다. 구슬이 진동하다 정지한 이유는 구멍 너머 행성의 중력과 지구의 중력이 서로 반대되는 방향으로 작용하기 때문이었다. 공무원의 아내는 친구로부터 그 이야기를 전해 듣고, 자신의 직관이 정확했단 사실에 기뻐했다.

구멍 너머의 세상이 평행우주이며, 문제의 행성은 그 우주의 지구일 것이라는 예측이 추가로 발표된 것은 세계 각국의 연구팀이 그들의 일에 협력하기를 자청한 후로 1주일이 지난 뒤의 일이었다. 그리고 첫 번째로 그 구멍에 대한 기사를 썼던 기자가 연구원들의 말을 잘못 알아들어 '영원한 밤의 세계로 연결되는 문'이라는 뜻으로 이해하는 실수를 저질렀기에, 사람들은 그 구멍을 '무저갱'이라고 부르기 시작했다. 기사의 내용이 정정된 후에도 그 명칭은 변치 않았다. 무저갱을 조사했던 연구원들도, 우주엔 바닥이 없으니까 틀린 이름은 아니라고 여기며 그 명칭을 마음에 들어 했다.

*

무저갱이 발견된 후 세계 각지에서는 비슷한 구멍에 대한 제보가 이어졌다. 얼마 전까지만 해도 멀쩡했던 자연물, 지면, 심지어는 건물의 벽에 사람 한 명이 통과할 만한 크기의 찌그러진 타원형 구멍이 생겨났고, 그 구멍 안쪽은 전혀 다른 세상처럼 보인다는 것이었다. 다만, 무저갱이란 이름이 붙은 첫 번째 구멍과 같이 그 안에 광활한 우주만이 보이는 구멍은 거의 없었다. 대부분의 경우 구멍 안쪽엔 걸어 다닐 수 있을 정도로 단단한 지대가 보였으나 실제로 발을 들이긴 힘들었다. 많은 경우 그 장소들은 무척이나 황량하고 뜨거우며 유황 냄새가 풍기거나 냉기가 스멀거리며 올라올 정도로 추웠고 무엇보다도 산소 농도가 굉장히 낮았다. 수상한 구멍에 함부로 들어가지 말라는 각국 정부의 경고와, 구멍 안쪽의 세계는 전부 평행우주의 지구이긴 하지만 우리가 사는 곳과는 전혀 다른 위험한 장소라는 과학자들의 연구 결과에도 불구하고, 누군가 구멍에 들어가서 얼어 죽었다거나 타 죽었다거나 질식해 죽었다는 기사가 끊임없이 이어졌다.

한동안 모든 이들의 이목을 집중시킨 구멍은 바로 업계 내에서 매출 1위를 자랑하던 어느 회사의 본사 벽에 생긴 구멍이었다. 벽의 이쪽 면과 저쪽 면에 난 두 구멍은 모두 날씨가 매우 흐리며 모든 것이 얼어붙은 공간으로 이어졌으나, 그 안의 풍경은 미세하게 달랐다. 회사는 구멍이 생긴 건물을 팔아넘겨 목돈을 벌 수도 있었으나, 대신 벽의 앞면과 뒷면을 전부 자물쇠 달린 철문으로 막아버리고 구멍 속의 세계를 탐방하고 싶어 하는 과학자며 관광객들에게 입장료를 꼬박꼬박 받아내며 지속적인 이득을 취했다. 사유지에 생겨난 구멍을 그런 식으로 다루는 경우는 흔했으나 그 구멍의 입장료는 유독 비쌌다. 구멍 속의 세계가 무척이나 극단적인 환경을 자랑하기에 몇 겹의 방호복을 착용하더라도 10분 이상 머무를 순 없다는 사실을 감안하면 더욱 그랬다. 그 구멍 때문에 회사는 쩨쩨하고 졸렬하단 비난을 감당하는 동시에 안전 수칙을 지키지 않았다는 명목으로 몇 차례의 벌금을 내야만 했다. 하지만 비싼 가격에도 불구하고 방문자들의 발길이 끊이지 않았기에 벌금을 감안하더라도 구멍은 회사에 꽤 짭짤한 이득을 안겨주었고, 그 때문에 회사의 이사회는 구멍을 완전히 폐쇄하라는 지시가 내려오기 전까진 폐쇄는커녕 구멍의 입장료를 낮추지도 않았다.

모든 구멍에 '무저갱'처럼 특별한 이름이 붙은 건 아니었고, 대부분은 'OO 지역의 구멍', 혹은 'XX 지역의 웜홀'이라는 식의 심심한 이름으로 불렸다. 발견된 지역과 전혀 상관이 없는 이름을 얻는 영광을 누릴 수 있던 건 무저갱을 비롯해 세 개의 구멍뿐이었다.

두 번째로 특별한 이름이 붙은 구멍은 무저갱이 발견된 도시로부터 천 킬로미터 가량 떨어진 산속 계곡 언저리에서 어느 노부부의 시체와 함께 발견되었다. 가장 가까운 이웃의 집이 걸어서 1시간 거리일 정도로 외딴곳에서 살고 있던 노부부를 찾는 이들은 1년에 두 번씩 고향을 방문하는 아들 가족밖에 없었다. 구멍을 처음 발견한 사람은 명절을 맞이해 부모를 따라 노부부의 집에 내려왔다가, 빈집을 보고선 할머니와 할아버지가 멱을 감거나 약초를 캐러 갔을 거라고 짐작하고선 근처 계곡으로 갔던 아이였다.

아이는 할머니와 할아버지를 찾기 위해 주위를 샅샅이 뒤졌다. 할아버지가 여름이면 종종 쏟아지는 물을 맞곤 하던 폭포를 가로질러, 봄과 가을에 할머니와 멍석을 깔고 낮잠을 자던 폭포 뒤쪽의 아늑한 작은 동굴 입구를 들여다보았으나 노부부는 그곳에 없었다. 아이가 실망스러운 얼굴로 발걸음을 옮기려는 순간 동굴 안쪽에서 뭔가 쥐 같은 게 분주하게 움직이는 소리가 났다. 동굴 안으로 들어가 소리가 난 쪽을 바라보자, 분명 어두워야 할 동굴 깊은 곳이 환하게 빛나고 있었다.

아이는 그다음에 자신이 목격한 것에 대해선 좀처럼 말하려 하지 않았다. 몇 시간째 돌아오지 않는 아이를 찾기 위해 산으로 올라간 노부부의 아들은, 계곡의 물이 깊어지는 곳 중앙의 바위에 홀로 올라앉아 이마며 팔다리에 찰과상을 잔뜩 입은 채 떨고 있는 딸을 무사히 데려오는 데 집중하느라 동굴 속 구멍은 물론 그 앞에 널브러져 있던 자기 부모의 시신을 보지 못했다. 무슨 일이 있었던 거냐는 질문에 아이는 그저 동굴 속에 끔찍한 괴물이 있다고만 말했고, 노부부의 아들은 동굴 안을 직접 확인해보는 대신 경찰에 신고를 했다. 그가 경찰에게서 동굴 속에 수상한 구멍이 생겨났단 사실을 전해 들은 것은 나중의 일이었다. 그로부터 며칠 후, 소문을 들은 수많은 기자가 아이가 입원해 있는 병원으로 찾아왔다. 노부부의 아들은 불안정한 상태인 딸에게 끊임없이 인터뷰를 요구하는 기자들더러 당신들에게 해줄 말은 없으니 그냥 동굴 속에 열린 지옥문에 들어가서 죽어버리라는 저주를 퍼부었고, 그때부터 동굴 속 구멍은 '지옥문'이라는 이름을 가지게 되었다.

정부에서 파견한 조사단은 지옥문 근처에서 혈액이 대부분 빠져나간 노부부의 시신과 함께 그 살해범, 정확히 말하자면 노부부 살해범으로 추정되는 생물들의 사체를 발견했다. 지구에 현존하는 어느 생물과도 닮지 않았고 그나마 고생대의 화석들과는 조금 닮은 구석이 있는, 멜론보다 조금 크고 수박보다 조금 작은 크기의 가시투성이 사체가 계곡의 물속에 스무 개도 넘게 가라앉아 있었다. 껍질이 단단하고 몸의 밀도가 높으며 칠성장어와 비슷한 모양의 입을 가진 그 생물들은 살아 있는 동안엔 높은 곳에서 굴러 내려오는 식으로 다른 생물을 기습한 다음 사냥감의 체액을 빨아먹으며 살아갔으리라는 것이 생물학자들의 추측이었다. 지옥문 안쪽에는 거친 바위로 이루어진 절벽이 가득했으므로 꽤 합리적인 방향의 진화였다. 물로 이루어진 지형이 거의 없는 환경에서 진화한 그것들에겐 아가미가 없었다. 그 덕분에 헤엄을 잘 치고 몸이 날렵했던 아이는 그것들의 가시에 긁히긴 했으나 운 좋게 살아남을 수 있었다.

노부부와 지옥문에 대한 소식이 널리 퍼진 후, 구멍에 함부로 들어가려고 시도하는 사람의 수는 확연히 줄었다. 과학자를 제외한 대부분의 사람들은 이제 구멍 근처에도 얼씬거리고 싶지 않아 했고, 몇몇 사람들은 세계에 존재하는 모든 구멍을 아예 콘크리트 따위로 메워버려야 한다며 시위를 하곤 했다. 그들이 주장하는 폐쇄 대상의 1순위는 단연 지옥문이었으나, 지옥문에 가장 관심이 많았던 고생물학자들은 다른 구멍들은 몰라도 고대의 생물들과 비슷한 생명체들이 살아 숨 쉬는 그 구멍이야말로 과학을 위해서라면 절대 폐쇄해선 안 된다고 반발했다. 고생물학자들 외에 구멍 너머의 세계와 조금이라도 관련이 있는 연구를 하는 다른 연구자들도, 분야별로 가장 중요해 보이는 구멍 하나씩을 선정해 이 구멍만은 절대 폐쇄되어선 안 된다는 성명문을 내곤 했다.

갈등은 깊어져만 갔고 치열한 토론이 이어졌다. 이 일과는 전혀 상관이 없어 보였던 초전도체 연구단이 '완벽한 극저온 실험실'을 제공하는 어떤 구멍을 폐쇄해선 안 된다는 성명문을 냈을 때쯤엔 모두 이 상황을 쉽게 해결할 수 없다는 사실을 알고 있었다. 결국 세계 각국의 정상들은 '무저갱'이 생겨난 나라의 수도에 모였고, 3박 4일간의 회의 끝에 '구멍에 대한 접근을 소유주와 지방 정부가 합의하여 자율적으로 제한하되 완전히 폐쇄하진 않는 것'을 원칙으로 삼았다.

세 번째로 이름이 붙은 구멍도 한때는 다른 구멍들과 동일한 관리 체계를 거쳤다. 그 구멍은 지옥문이 발견된 지 한 달하고도 이틀 만에, 무저갱이 존재하는 나라를 기준으로 지구 반대편쯤에 있는 나라의 어느 작은 교회 벽에 생겨났다. 주말 아침 청소를 위해 일찍 예배당에 들어간 교회 관리인은 강단 뒤에 사람 한 명이 들어갈 만한 구멍이 생긴 걸 발견했고, 잠시 동안 간밤에 누군가 교회에 테러를 저지른 것이라고 생각했다. 그다음엔 구멍 너머로 보이는 풍경이 전혀 낯선 해변이라는 사실을 알아차리고선 그가 믿는 종교의 신이 기적을 일으킨 것이라고 믿기 시작했다. 관리인은 세계 각지에서 비슷한 현상이 이미 여럿 발생했다는 사실을 모르고 있었으나, 알았더라도 그의 믿음은 변치 않았을 것이었다.

몇 시간 후 예배당에 들어온 설교자는 구멍 안에서 한가롭게 거닐고 있는 관리인을 발견하고선, 자기 교회에 예의 구멍이 생겨났단 사실에 놀라는 것조차 잊어버리고 그 안은 위험하니 얼른 나오라고 소리쳤다. 그러나 관리인은 나오지 않았다. 그는 좁은 문을 거쳐 도달한 이곳이 바로 낙원인데 왜 나와야 하느냐고 대꾸했고, 오히려 설교자더러 여기로 들어오라고 권하면서 구멍 속의 해변을 따라 걷고만 있었다. 관리인이 걱정되긴 했지만 구멍 안에 들어가 그를 끌어낼 정도의 용기는 없었던 설교자는 경찰을 불렀고, 불려 온 당직 경찰은 상황을 보며 잠시 고민하더니 어디론가 전화를 걸었다. 머지않아 방호복을 두르고 산소통을 등에 짊어진 구조대원 셋이 구멍 안으로 진입해, 관리인을 마취시켜 산소마스크를 씌우고 사람만 한 크기의 투명한 주머니에 넣은 다음에 밀봉했다. 구멍 주위에 둘러선 다른 사람들도 마찬가지로 방호복 차림이었고, 구멍 밖으로 나온 네 사람에게 소독제를 들이부었다. 몇 시간 후, 마취에서 깨어난 후 관리인은 음압병실 안에서 무척 흥분한 상태로 자신이 본 '낙원'에 대한 설명을 늘어놓았다.

"해변에는 종려나무가 가득하고 그 사이론 흰 새들이 평화롭게 날아다닙디다. 산호 해변 혹시 가본 적 있으세요? 전 딱 한 번 가봤는데, 그곳 해변도 참 예쁘지 않습니까. 그런데 거기 있는 백사장보다도 저 낙원에 있는 백사장이 천 배, 아니 만 배는 더 눈부시더라고요. 해변 뒤에 야트막한 새하얀 절벽도, 딱 보기 좋은 모양새로 솟아나 있고요. 게다가 저 맑은 바닷물 속엔, 세상 바다에 널리고 널린 해파리 따윈 한 마리도 없고 그저 오색찬란한 물고기가 가득 헤엄을 치는데, 이게 낙원이 아니면 대체 뭐가 낙원이겠습니까? 이렇게 아름다운 풍경이 이 세상에 존재할 리가 없지 않습니까?"

하지만 그를 끌고 오기 위해 구멍 안으로 진입했던 세 구조대원은 그의 의견에 동의하지 않았다.

"야자수 비슷한 게 잔뜩 자라 있긴 했는데 줄기까지 전부

초록색이었어요. 새 비슷한 거랑 물고기 비슷한 것도 있었던 건 맞는데, 저는 대충 봐서 그게 진짜 새랑 물고기가 맞는지는 모르겠어요."

"야자수요? 솔직히 크기 말곤 별로 비슷하지도 않던데. 열매도 없고 뭣도 없어서 사실 그냥 엄청나게 크기를 키운 새싹 같던데요. 또 하늘에 날아다니던 이상한 생물, 그게 새라고요? 그게 새면, 헬리콥터도 새겠네요. 날아다니고 날개가 있는 건 맞는데, 엄청 높은 데서 날아다니고 날개도 많아요. 두 쌍, 아니면 세 쌍 정도. 물속에 있는 건 못 봤어요."

"나무는 뭐 그렇게 이상하진 않았는데, 그 날아다니는 거 진짜 이상하게 생겼어요. 날개는 세 쌍이고 가까이 왔을 때 보니까 머리도 없고 눈이 배에 달려 있더라고요. 그게 눈이 맞긴 한지도 잘 모르겠네. 아, 그리고 그 바다에 있는 거, 그게 왜 물고기예요? 일단 제가 보기엔 물고긴 확실히 아니었고, 그냥 뭉쳐 있는 발광생물 같던데요. 헤엄은 무슨, 그냥 파도에 일렁이면서 밀려다니기만 하던데. 사실 저 관리인분 말대로 해변 풍경이 예쁜 건 맞는데, 그냥 그게 전부예요."

어쨌거나 검사 결과 구멍 속의 생물들이 눈에 보이는 것들이건 아닌 것들이건 간에 전부 관리인을 해치지 않았단 게 밝혀졌기에 지방 정부는 구멍에 대한 탐사 요청을 허가했고 구멍의 출입에 관한 관리 권한을 교회 건물의 소유주에게 일임했다. 허가를 받은 연구팀은 미생물학자 세 명, 식물학자 두 명, 조류학자 두 명, 그리고 지옥문을 조사했던 연구팀 출신의 고생물학자 두 명으로 이루어져 있었다.

교회 건물 벽의 이편과 저편 안쪽을 모두 탐색하며 이루어진 한 달간의 조사는 이 구멍 속의 하얀 모래섬들로 이루어진 세계에 인간을 위협할 만한 어떠한 요소도 없다는 결과를 일차적으로 도출해냈다. 연구팀은 이 믿을 수 없는 결과가 과연 사실인지를 재확인하기 위해 한 달간의 2차 조사 과정을 더 거쳤다. 그 후 연구팀은 이 특별한 구멍에 이름을 붙여주는 게 마땅하단 결론을 내렸고, 어떤 이름을 붙일지에 대해 고민하다가 최초 발견자인 관리인이 했던 말에서 아이디어를 얻었다. 그로부터 며칠 후, 논문이라기보다는 견학 보고서에 가까운 다섯 쪽짜리 글이 세계에서 가장 권위 있는 자연과학 학술지에 실렸다. 논문의 제목은 '휴양지로 향하는 좁은 문', 저자들이 구멍에 붙여준 이름은 '좁은 문'이었다. 관리인은 논문의 제목이 '낙원으로 향하는 좁은 문'이 아니란 데에 약간의 불만을 표했고 논문의 내용을 잘 이해하지는 못했지만 연구팀이 구멍에 붙여준 이름에는 크게 만족했다.

그다음부터의 일들은 속전속결로 진행되었다. 세계에서 두 번째로 큰 여행사의 회장이 교회에 찾아왔다. 교회 건물의 소유주였던 설교자는 2시간에 걸친 담화 끝에 자신에게 유리한 조건으로 계약을 맺고 교회 건물과 그 토지의 소유권을 여행사에 넘겼다. 3일 후, 교회 건물에는 '관광사무소'라고 커다랗게 적힌 현수막이 나붙었다. 1주일 후, 여행사는 지상낙원 운운하는 광고 문구를 중심으로 한 공격적인 마케팅을 시작했다. 설교자는 관광사무소의 소장으로 전직했고, 하루아침에 직업을 잃은 교회 관리인은 소장의 주선을 통해 관광사무소의 관리인으로 다시 취직했다. 9일 후, 여행사는 교회 건물이 자리 잡은 마을의 몇 안 되는 주택들을 전부 비싼 값에 사들인 다음 숙박시설로 개조하기 시작했다. 3주일 후, 새로 생겨난 여행 패키지를 구매한 첫 고객이 좁은 문 안의 휴양지를 방문했다. 그 분기가 끝날 무렵, 여행사의 해당 분기 매출과 순이익은 모두 업계 1위로 뛰어올랐다.

이 완벽해 보이는 휴양지에도 한 가지 단점이 존재했다. 그 단점이란 바로 '좁은 문'이 이름 그대로 너무 좁다는 것이었다. 안전하고 깨끗하며 아름다운 데다 다른 세계에 존재하기까지 하는 전무후무한 휴양지로 여행을 떠나는 관광객들은 점차 늘어만 갔다. 하지만 구멍의 크기는 그대로였기에 좁은 문이 있는 작은 마을에는 교회 건물 안팎으로 매일같이 관광객들이 줄을 지어 늘어서는 진풍경이 펼쳐졌고, 대기시간이 너무 길다는 이유로 여행사에 환불을 요구하는 사람들도 종종 있었다.

여행사의 회장과 관광사무소의 소장을 포함한 다섯 명의 책임자들은 이 문제를 해결하기 위해 고민하다가 가장 실용적이면서도 단순한 해결책을 떠올렸다. 구멍을 넓히는 것이었다. 그들이 이 해결책을 당장 실천하기로 결정하기까지 걸린 시간은 단 3분이었다. 이튿날, 책임자들은 관리인에게 예의상 구멍 확장에 대한 소식을 전했다. 관리인이 그 문제에 별로 관심을 가지지 않을 거란 소장의 예상은 제대로 빗나갔다. 관리인은 좁은 문을 넓히게 되었단 말을 듣자마자 문자 그대로 펄쩍 뛰며 화를 냈다. 관리인이 믿는 종교에 따르면 낙원으로 가는 길의 문은 좁았다. 그 때문에 구멍 속 '낙원'으로 향하는 좁은 문이 넓어진다면 더 이상 그 안은 진정한 낙원이라고 할 수 없단 게 그의 논리였다.

하지만 관리인의 의견은 중요하지 않았다. 책임자들은 허락을 구하기 위해서가 아니라 그저 통보를 하기 위해 관리인에게 자신들의 계획을 알렸을 뿐이었다. 교회 건물을 임시 폐쇄하고 확장 공사를 준비하는 1주일의 기간 내내 관리인은 이젠 완연한 관광사무소가 된 교회 건물 앞에서 1인 시위를 벌였으나 지역 신문 기자 한 명이 그의 사진을 찍어 간 것을 제외하면 아무도 그에게 관심을 가지지 않았다. 마침내 공사 당일이 되었을 때도 관리인은 여전히 시위 중이었다. 소장은 조금 미안한 마음에 관리인에게 몇 마디 위로의 말을 건넸지만 관리인은 듣지 않았다. 나머지 책임자들은 관리인에게 눈길조차 주지 않았고, 건설 노동자들은 동정 어린 눈빛으로 관리인을 바라보았다.

공사의 내용은 간단했다. 좁은 문을 둘러싼 벽을 깎아내 구멍을 넓히는 것이었다. 설계도에 따르면 벽의 뼈대라고 할 수 있는 두 기둥은 그 자체만으로도 천장의 무게를 충분히 지지할 수 있기에, 교회 건물의 옛 소유주인 소장은 건물이 무너지거나 하는 문제가 절대 발생하지 않으리라고 단언했다. 하지만 그가 간과한 사실이 두 가지 있었다. 첫째는 교회 건물이 오래된 목조 건물이란 것이었고, 둘째는 구멍 속의 세계가 소금기 가득한 해변이란 사실이었다. 교회 건물이 있는 지역은 원체 기후가 건조한 곳인 데다 흰개미도 없어 목조 건물이 오랫동안 튼튼함을 유지할 수 있었지만, 좁은 문이 생겨난 이후로는 상황이 변했다. 구멍 안의 휴양지로부터 불어오는 짭짤한 바람이 건물 구석구석에 스며들어 내부를 갉아먹기 시작했으나 소장은 그런 일이 일어났으리라고는 상상조차 하지 못했다.

소금에 절인 나무 기둥들은 무척이나 약해져 있었다. 현장에 있던 사람들은 공사 중 강단 우측의 기둥에 금이 간 후에야 그 사실을 깨달았다. 그들은 즉시 공사를 중단하고 물러섰으나, 이미 일어나기 시작한 일을 막을 순 없었다. 몇 초 후 강단 우측 기둥이 부러져 어긋나며 건물의 천장 한쪽도 기울어졌다. 건물 오른쪽에 서 있던 건설 노동자 한 명이 떨어지는 파편을 간신히 피한 다음, 안전할 거라더니 이게 뭐냐며 어떻게 좀 해보라고 소장에게 따졌다. 소장은 뭘 어떻게 하란 거냐며 목에 핏대를 세웠다. 여전히 피켓을 든 채로 그 꼴을 구경하던 관리인이 혀를 차며 그들을 비웃었다.

"심판이야. 낙원으로 가는 길을 함부로 넓히니까 그렇지."

그러자 소장이 지금 불난 데 기름 붓는 거냐고 빽 소리를 질렀고, 여행사 회장은 소리만 질러서 될 일이 아니라고 소리쳤다. 그러는 동안에도 건물은 서서히 무너져 내렸다. 강단 좌측 기둥이 흔들리자, 그때까지 유일하게 침착함을 유지하고 있던 지게차 운전자가 급한 대로 기둥을 지탱하기 위해 지게차를 몰아 건물에 바짝 붙였다. 하지만 기둥은 지게차의 반대 방향으로 기울어졌다. 좁은 문과 마주보는 벽을 지탱하고 있던 나머지 두 기둥도 천장의 하중을 감당하지 못하고 위태롭게 삐걱거리는 소리를 내고 있었다. 여행사 회장은 빨리 해결책을 생각해내라며 소장을 다그치다가, 이왕 망한 김에 그냥 유언장이나 작성하시라는 어느 건설 노동자의 농담엔 도움 안 되는 소리 말라고 소리를 질렀다.

이윽고 기둥들이 전부 부러지고 건물이 완전히 무너지는 순간, 더 이상 좁다고 할 수 없는 좁은 문은 제한 없이 몸집을 불리기 시작했다. 벽 속에 갇혀 있던 작은 구멍이 지구, 더 나아가 우주를 양분하는 평면으로 확장되고 있었다. 공간 전체가 분열하는 동시에 합쳐지는 거대한 변화 동안, 벽 바로 옆에 서 있던 소장을 포함해 팽창하는 '좁은 문'과 같은 평면상에 있던 모든 물체는 깔끔하게 잘려나갔다. 과학자들이 세계 곳곳에 설치해 두었던 중력파 감지기들은 이전에도 감지한 적이 없었고 앞으로 다시는 감지할 수 없을 만큼 강력한 신호를 기록했다.

좁은 문은 빛의 속도로 팽창했다. 서까래가 부러진 지 1초도 지나지 않아 지구는 눈에 보이지 않는 거대한 평면에 의해 반으로 갈라져 좁은 문 안의 행성과 완벽하게 맞붙었다. 그때까지도 교회 건물 밖에 서 있던 관리인은 눈앞에 펼쳐진 백사장을 보면서 낙원과 신의 진정한 강림이라고 환호성을 질렀다. 혼란 속에서 아무도 제대로 듣지 못했던 그 말이 그의 유언이었다. 관리인이 환호성을 지른 직후 교회의 첨탑이 그의 머리 위로 무너졌기 때문이었다.

세계가 반으로 갈라진 순간, 소장을 포함해 천 명가량의 사람이 팽창하는 좁은 문에 몸이 잘려 죽었다. 이후 3분 안에 관리인을 포함해 만 명이 넘는 사람들이 건물의 붕괴며 반으로 잘려나간 비행기의 추락 등으로 인해 죽었거나 천천히 죽어갔다. 10분이 지난 후, 전 세계의 뉴스 속보는 온통 좁은 문의 팽창에 관한 소식으로 채워졌다. 그 시각, 지옥문을 발견한 아이도 자신의 부모와 함께 뉴스를 보고 있었다. 충격적인 뉴스가 아이의 트라우마를 자극할지도 모른다는 생각에 부모는 얼른 TV를 껐지만, 이미 내용을 어느 정도 이해했던 아이는 작은 소리로 말했다.

"지옥문이 열렸나 봐."

아이의 부모는 그 말에 침묵으로 동의했다.

1시간 정도 지난 후, 어떤 나라의 바닷가에 있던 원자력 발전소 건물들이 갈라졌으며 개중 2호기와 4호기의 녹아내린 연료봉이 공기 중에 완전히 노출되었단 사실이 밝혀졌다. 벽들이 무너질 때 냉각수가 이미 빠져나갔기 때문에 1호기와

3호기 또한 위험했다. 몇 시간 후 3호기가 폭발했고, 그로부터 2분 후 1호기 또한 폭발했다. 지구의 이편과 저편에 각각 남겨진 원자력 발전소의 소장과 부소장은 서로에게 연락하기 위한 시도를 계속했으나 소용없었다.

사람들은 모든 재난의 책임을 다섯 명의 여행사 측 책임자들에게, 정확히 말하자면 이미 죽은 소장을 제외한 네 사람에게 돌렸다. 부당한 책임 전가는 아니었으나, 의미 있는 행동 또한 아니었다. 지구의 이편에서 한 명, 저편에서 세 명이 공개처형을 당한 후에도 상황은 전혀 나아지지 않았다. 모든 인력과 자원이 반으로 줄어든 상황에서 사상 초유의 재난을 맞이한 인간들은 원자력 발전소 건을 비롯한 수많은 사고를 수습하는 데에 그 어느 때보다 더한 어려움을 겪었다. 이제까지 구멍으로 돈벌이를 했던 사람들에 대한 테러가 이어졌고, 차라리 이 세계를 버리고 더 나은 곳을 찾아 떠나자며 세계 곳곳의 다른 구멍 속으로 들어간 수십만 명의 사람들이 실종되었다. 어느 지역이 먼저라고 할 것 없이 폭동이 끊임없이 일어나며 인간의 문명은 점차 쇠퇴했다.

수천 년이 지나는 동안 옛 지구 이편과 저편의 인간들은 점차 자신들의 행성, 절반은 각양각색의 지형이 존재하는 대륙으로 이루어져 있지만 나머지 절반은 하얀 섬들로만 이루어져 있는 세상에 적응해 갔다. 기상학과 지질학에 관심이 많은 사람이 대륙의 특이한 구조를 설명하기 위해 나름의 이론을 창조해냈고, 대부분의 사람들은 다소 억지스러운 구석이 있는 그 이론을 곧이곧대로 믿었다. 기록은 존재하나 유물은 없는 고대 국가들에 대한 이야기는 고대인들의 상상의 산물로 치부되었다. 여전히 세계 곳곳엔 정체불명의 구멍이 존재했고 그 구멍에 접근하는 건 금기였지만, 인간들은 그 이유조차 잊어버린 지 오래였다. 그저, 그런 구멍들을 통해 미지의 장소로 이동할 수 있지만 그 대가는 무척이나 혹독하다는 전설과, 구멍을 잘못 건드렸다간 심판을 받을 것이라고 예언했다던 고대의 어느 미치광이 예언자에 관한 이야기만이 입에서 입으로 전해져 올 뿐이었다. 이편의 사람들은 어느 야트막한 산 아래에 있는 구멍의 이름을 따 모든 구멍을 '무저갱'이라 불렀고, 저편의 사람들은 깊은 산 속 동굴 안에 있던 구멍의 이름대로 다른 모든 구멍을 '지옥문'이라고 지칭했다.

그러나 그들 중 어느 누구도 세계의 절반이 한때 휴양지라고 불렸단 건 알지 못했다.

1998년 2월생, 카이스트 전산학부 박사과정 대학원생이다. 취미로 가끔 단편 소설이나 수필을 쓴다. SF 소설과 공포 소설을 좋아한다. 가장 좋아하는 소설가는 테드 창이다.

제1회 미니픽션 가작

기술이 사람을 만든다

이 한 나

2024년, 민석은 A기업의 공개채용에 불합격했다. 자기소개서 전형에 합격한 뒤, 그다음 단계로 치른 비대면 온라인 직무적성검사에서 고배를 마셨다.

자신이 시험에 통과하리라 확신하며 면접을 준비하고 있던 민석은 도무지 그 결과를 받아들일 수 없었다.

물론 민석도 A기업에 지원한 사람들 중 스스로가 가장 뛰어나다고 생각하는 건 아니었다. A기업은 국내에서 누구나 이름을 아는 큰 회사였고 입사 경쟁도 치열했다. 시험에서 그보다 높은 성적을 보인 인원수가 합격정원 이상이라면 탈락이란 결과에 순응하는 게 마땅하다. 그러나 가채점 결과에 의하면 민석의 성적은 합격안정권에 무난히 드는 편이었다. 혹시 표기를 잘못했을까 되짚어 봐도 몇 번이나 확인한 답안지가 가채점 결과와 아주 동떨어져 있을 확률은 거의 없었다.

며칠간 고민하던 민석은 결국 휴대전화를 들었다. A기업 인사과에서 일하는 지인에게 연락하여 어느 부분이 부족했는지 한 번만 알아봐줄 수 없겠느냐며 간곡히 요청했다. 지인은 난처한 기색이었으나 민석의 집요한 부탁을 이기지 못했다. 잠시 기다려보라며 통화를 종료한 지인은 몇 분 지나지 않아 다시 전화를 걸어왔다.

"민석아, 너 0점이라던데."

"예?"

문제를 모두 틀린 게 아니라, 부정행위로 실격 처리되어 0점이라는 것이었다. 민석은 몹시 당황했다. 놀란 기색이 수화기 너머로도 전해졌는지 지인이 말을 덧붙였다.

"뭐 이상한 짓 안 했지? 시험관이라도 누군지 알면 슬쩍 물어나보는데 올해부터는 인공지능, 뭐 그런 거로 처리한다고 해서…."

민석은 전화를 끊고 한동안 멍하니 앉아 있었다.

장소 대여나 시험지 관리 등이 필요하지 않은 비대면 시험을 여러 기업이 채택하기 시작하면서 응시생의 부정행위를 감시하는 프로그램 개발이 활발히 이루어지고 있다는 사실을 민석도 알고 있었다. 하필 민석이 지원한 해에 그런 인공지능 기술이 처음 도입된 모양이었다. 첫 시도인 만큼 이런저런 시행착오가 있을 수는 있었다. 그러나 오해 살 만한 짓이라곤 전혀 하지 않은 민석은 정말이지 억울했다.

채용 절차가 까다롭기로 유명한 A기업은 온라인 직무적성 검사 하나에만도 굉장히 긴 가이드라인 문서를 제공했다. 해당 매뉴얼에는 시험응시와 관련된 지시사항이 상세히 적혀 있었다. 이를테면 온라인 시험을 보는 내내 카메라로 영상을 찍어야만 한다는 것과, 그 영상에서 본인의 상반신 전체와 양손, 문제를 푸는 모니터 등이 반드시 보여야 한다는 것, 또 음성도 모두 녹음해야 한다는 점과, 시험 도중 감독 프로그램이 종료되면 안 된다는 것…. 그리고 민석은 해당 매뉴얼을 꼼꼼하게 확인하여 처음부터 끝까지 충실히 따랐다.

그렇게 그날 자신의 행동을 가만히 되짚어보고 있으려니 민석의 머릿속에 문득 어떤 문구가 스쳐 갔다. 민석은 시험을 보기 전 제공됐던 매뉴얼 파일을 찾아서 열었다.

그 문서의 그림을 제외한 세 번째 페이지 두 번째 문장은 다음과 같았다.

> 시험 중 반드시 두 손이 모두 카메라에 비치도록 하며, 지정된 신체 일부가 일정 이상 화면을 벗어날 시 불이익이 있을 수 있습니다.

민석은 손이 달리지 않은 자신의 뭉툭한 왼쪽 손목을 힐끗 바라봤다. 불현듯 튀어나온 '두 손이 모두'라는 말이 그의 가슴을 쿡 찔렀다.

민석은 간단한 검색을 통해 A기업 입사 시험에서 사용된 인공지능 객체인식 서비스의 제공 업체를 찾아냈다. B라는 이름을 가진 그 회사는 다양한 목적으로 인공지능 기술을 개발하여 솔루션을 제공하는 스타트업이었으며, 특히 컴퓨터 비전 분야에서 주요 기술을 갖고 있는 듯했다. B회사는 비즈니스 제휴 전 미리 서비스를 체험해볼 수 있도록 기업 홈페이지를 통해 비대면 시험 감독 프로그램의 테스트 버전을 배포하고 있었다. 민석은 혹시나 싶은 마음으로 그 프로그램을 다운로드하여 실행해보았다. 비대면 시험을 치렀던 방에 앉아서 시험을 응시하는 척 행동했다. A기업에서 제공한 가이드라인을 모두 따랐지만 민석은 다시 한 번 실격 판정을 받았다.

그 뒤 민석은 비대면 시험에 응시했을 때와 최대한 동일한 환경을 조성한 뒤, 몇 명의 친구들에게 부탁하여 감독 프로그램을 테스트했다. 아니나 다를까 다른 사람들을 별문제 없이 통과시키던 감독 프로그램은 민석이 카메라 앞에 앉을 때만 실격이라는 메시지를 띄웠다. 문제는 명확했다. 인공지능 감시 시스템이 그의 '양손'을 인식하지 못하여 부정처리를 한 것이었다. 왜 이런 문제가 생기는지 전문가에게 물어보니 '테스트 과정에서 양손을 인식하여 정답 기준에 포함시키도록 설계된 모델이라면 충분히 그럴 수 있다'고 했다. 애당초 한 손이 없는 사람은 훈련 데이터베이스에 포함도 안 될뿐더러, 포함이 되었다 하더라도 아웃라이어로 취급받을 가능성이 크다는 것이었다.

그러나 해결책은 문제만큼 선명하지 못했다. 태어날 때부터 없었던 손 하나를 이제 와서 심거나 자라나게 할 수는 없었다. 민석은 오른손만으로 치른 시험의 성적으로 평가받아야 합당한 사람이었다.

민석은 알아낸 사실을 정리하여 A기업 인사지원과와 B회사의 개발부서 팀장에게 메일을 보냈다. 며칠이 지나 A기업에서는 '그런 일이 있었던 것은 유감이나 사측에서는 매뉴얼로 모든 공지를 했다'는 요지의 답신이 돌아왔다. B회사에서는 아무런 답이 없었다. 메일 수신확인 메뉴에 들어가면 읽지도 않은 것이 분명하다는 걸 알 수 있었다.

며칠 동안 답변을 기다리다 지친 민석은 누구나 볼 수 있는 B회사 Q&A 게시판에 글 하나를 올렸다. B회사가 제안하는 감시 프로그램 모델이 얼마나 허술한 데이터베이스로 훈련되었는지를 성토하는 구구절절한 글이었다. 민석이 작성한 글은 얼마 지나지 않아 통보 없이 삭제되었다. 그것까지는 예상한 바였으나, 예기치 못한 소득이 하나 있었다. 어떻게 그 짧은 시간 안에 글을 읽었는지 민석에게 취재 요청이 온 것이었다.

민석은 긴가민가하면서도 인터뷰 요청에 응했다. 며칠 지나지 않아 모 방송국 6시 뉴스에 민석의 사연이 방송되었다.

최근 이 기업은 비대면 온라인 시험을 채용 과정에 도입했습니다. 전형 진행 과정에서 예산을 아낄 수 있고 방역 면에서도 안전하다는 것이 비대면 시험을 치르는 이유인데요, 이처럼 '채용 과정에서 비대면 시험을 본다'고 응답한 기업의 수가 작년 대비 37퍼센트나 증가했습니다. 그런데 이처럼 보편적이 된 비대면 시험 방식에도 허점이 있습니다.

"취업 준비생(음성변조): 원래 없었던 손이 화면에서 안 보인다고 실격 처리를 당해…."

비대면 시험 감독을 위해 도입된 인공지능 감독이 일부 시험 응시생들에게 잘못 판정을 내리는 경우가 발생하는 겁니다.

…(중략)…

편하기 위해 도입한 기술이 차별로 이어지는 실정입니다. 소외된 약자들을 감싸 안는 기술에 대해 더 진중한 고민이 필요한 시점입니다.

뉴스가 끝난 후 A기업의 최대 경쟁업체인 C기업의 광고가 30초 넘게 송출되었다. 민석은 TV를 껐다. 분명히 원하던 대로 자신의 사정이 세상에 알려졌으나 마냥 기쁘지가 않았다. 어쩐지 A회사에서 탈락했다는 걸 알았던 날보다 더 술이 당겼다. 그는 편의점으로 달려가 맥주를 한 캔 샀다. 편의점에서 나오자마자 캔을 따고 알코올을 목에 부어 넣었다. 시원한 음료를 들이켰지만 뒷맛은 여전히 썼다. 민석은 이제껏 자신을 약자라고 느낀 적이 드물었다. 그간 별문제 없이 살아왔다. 자신이 원하는 일을 할 때 모자람을 느끼지 않았으며, 대면 시험이나 인공지능 감시 시스템이 도입되지 않은 비대면 시험에서는 실격의 시옷자도 볼 일이 없었다. 그렇다면 이 상황은 기술이 만들어낸 소외가 아닌가?

그러나 그런 민석의 고민은 알 바 없다는 듯 기사가 난 뒤로 인터넷 대형 커뮤니티들에 자극적으로 재편집된 그의 사연이 떠돌기 시작했다. 마침 타 기업의 채용비리가 적발되는 사건이 발생했고 민석의 이야기는 해당 이슈와 뒤섞여 여러 번 '인기 게시글'이 되었다. 평소 인터넷 커뮤니티를 잘 하지 않는 민석마저 그 화제성을 체감할 수 있었다. 인터넷에서 이슈가 되자 A기업이 채용 과정에 대해 두루뭉술하게 얼버무린 사과문을 발표했다. 모든 응시자의 사정을 다 살피는 것은 불가능하나 신경을 쓰지 못한 부분에 대해 전 국민에게 사과한다며, 추후 알고리즘 개선을 통해 해당 문제로 심려 끼치는 일 없도록 하겠다는 무난한 내용이 글 안에 길게 늘어져 있었다. B회사 역시 사과문을 발표했으며 동시에 홈페이지에서 A기업의 이름이 사라졌다. 그리고….

그리고 그냥 그게 끝이었다.

사람들의 관심은 금방 식었다. A기업과 B회사에서 각각 약속한 대처가 어떻게 진행되고 있는지는 회사에 연락을 취해도 알 수 없었다. 들리는 소문이라곤 A기업에서 내부고발한 사람을 찾아냈다는 말뿐이었다. 혹시나 지인이 피해를 입었는지 확인하기 위해 전화 연결을 시도해보았지만 수화기 건너편에선 무시무시한 연결음만 돌아왔다. 어쩌면 지인은 기사가 뜨던 시점에 진작 민석을 차단했는지도 몰랐다. 민석은 대답 없는 휴대전화 통화 버튼을 눌러 끄며 푹 한숨을 내쉬었다.

A기업 채용시험을 본 뒤로 눈만 깜박한 것 같은데 또 공개채용 시기가 돌아왔다. 민석은 차마 A기업에 다시 지원서를 넣을 생각은 하지 못했다. 그래서 A기업을 제외한 나머지 입사희망 기업의 채용 공고를 살폈다. 채용 전형마다 반드시 포함된 '비대면 온라인 시험'이라는 문구가 자꾸만 눈에 밟혔다. 그가 채용을 희망하는 업계에서 이미 비대면 시험은 보편화되어 있었다. 아마도 B회사처럼 다양한 AI 회사에서 개발한 기술이 사용될 터였다. 그리고 그 감독 프로그램에서 사용되는 알고리즘이 대체 어떻게 '정상'임을 판정하는지 석은 알 도리가 없었다.

고민하다 시선을 돌린 곳에 인터넷 팝업창 하나가 눈에 밟혔다.

'비대면 시험, 이거 하나면 문제없다! 진짜처럼 보이는 꿀아이템!'

몇 군데 기업에서 자기소개서 합격 통지를 받은 날, 민석은 결국 팝업 광고로 뜨는 제품을 하나 구매했다. 실제 손처럼 정교하게 보인다는 시험용 의수였다.

시험 전날, 카메라 테스트를 하며 민석은 화면에 뜬 가짜 손을 유심히 보았다. 의수인지라 미동도 하지 않는 그 손이 화면 안에서만큼은 진짜처럼 보였다. 이 정도면 멀쩡한 '사람'으로 인식되고 있는 것인가 싶어 민석은 팔목을 일부러 약간 흔들었다. 접합부에 닿는 까끌까끌한 감촉이 생경하고 살이 쓸려 아팠다.

서울에서 태어나 전자공학을 공부하고, 현재 인공지능 엔지니어로 일하고 있다. SF를 좋아한다. 무한한 공간 너머를 여행하며 항상 새로운 질문거리를 찾는 히치하이커로 살고 싶다.

제2회
단편소설
박인성 추천작

걸리버의 이상한 나라

이소희

에너지연구소 핵에너지부 핵분열 4팀 팀장 임주원 씨께, 라고 시작하는 메일은 흔했다. 업무용 메일은 보통 서두를 직함과 이름으로 장식하니까. 그러나 주원에게 그 메일을 보낸 사람이 유승원이라면 이야기가 달라졌다. 아주 어릴 적부터 봐서 공과 사를 잘 구분 짓지 못하는 탓에 가끔 상사 앞에서도 이름을 불러서 주원을 난감하게 한 적이 한두 번이 아닌 승원이, 주원을 팀장이라고 칭하며 메일을 보내왔다? 주원은 심호흡 한 번 하지 않을 수 없었다. 후우. 방금 자다 일어난 탓에 붕붕 뜬 머리도 손으로 대충 정돈해준 다음, 엄지손가락으로 화면 속 메일을 눌렀다. 스크롤을 내려가며 천천히 읽었다.

다 읽은 순간 든 생각은, 마음의 준비를 해서 다행이다, 였다. 대비하지 않았으면 기절했을지도.

나 업무용 메일입니다, 라는 티를 내는 첫 문장과는 다르게 횡설수설한 내용을 정리하자면 다음과 같았다. 주원아, 나 뭐 실험하다가 감마선과 중력자를 합성해서 무언가 만들었는데, 물건을 압축시킬 수 있어. 부피만 줄어드는 게 아니고 질량도 준다? 그래서 '스몰라이트'라고 부르려고. 빨리 와서 봐봐. 그리고 네 권한으로 연구실 좀 씀. 와서 승인 좀.

'내 권한을 남용시키지 말라고 분명 전에도 말했는데.'

주원은 화가 났다. 당장 전화해서 권위를 내세워 녀석을 혼내고 연구실에서 나오라고 소리 지를 수 있었다. 그럼에도 옷을 챙겨 입었다. 맨발을 운동화에 쑤셔 넣고 달렸다. 승원이 있을 연구실을 향해. 솔직히 주원은 기대가 됐다. 아무도 발견하지 못한 결과물을 먼저 접하게 되는 건데 어떤 연구자라도 안 설렐까.

기숙사에서 나와 연구실이 있는 건물까지 도착하는 데 5분도 걸리지 않았다. 평소에 걸어서 10분 넘게 걸리는 거리였다. 열심히 달려온 것을 증명하듯 주원의 온몸은 땀으로 젖었다. 만나는 사람이 승원만 아니었어도 사무실 문을 여는 것을 주저했을 것이다. 주원은 스스럼없이 문을 열었다. 시선을 사무실 안쪽, 정확히 말하면 연구실로 통하는 철문에 두었다. 그건 굳건히 닫혀 있었지만, 실험 중을 알리는 등은 켜져 있지 않았다. 연구실 안에 있을 거라고 생각했던 승원은 사무실을 바둑칸처럼 나누고 있는 책상에 기대 서 있었다.

"왔어?"

몸을 기댄 자신의 책상 위의 손바닥만 한 화분에 시선을 고정한 채로 승원이 느긋하게 물었다. 주원은 고개를 갸웃했다.

'저런 게 있었던가?'

문득 화분 속 식물이 주원의 눈에 들어왔다. 익숙한 형태로 잎을 뻗은 산세베리아였다. 주원은 사무실 모퉁이를 쳐다봤다. 4팀이 처음 만들어졌을 때 부장님이 줬던 산세베리아를 그곳에 놔뒀었다. 분갈이를 해줘야 하나 고민할 정도로 잘 자랐던 식물이, 없었다. 다시 책상 위를 봤다. 화분 속 흙에 꽂혀 있는 작은 카드에는 깨알 같은 글씨로 이렇게 적혀 있었다. '잘 부탁합니다. 4팀.' 부장님의 글씨체였다. 불쑥 손가락이 카드를 가렸다. 승원은 검지로 유난히 작은 잎을 하나 받혔다. 이거 봐, 라며 말을 이었다.

"보이는 생물이 이거밖에 없어서 했는데, 이파리도 분리되어 있어서 부분만 빛 쪼이기도 편하더라. 감마선이 쪼여지는 범위를 조절하면 일부만 작아지기도 하나 궁금해서… 근데 별로긴 해. 여기 잘린 거처럼 선 생긴 거 보여?"

주원은 어디서부터 지적해야 할지를 알 수 없었다. 허락도 없이 생물에 실험을 한 것도 그렇고, 방사능 피폭 위험을 알면서도 혼자서 실험한 것도 그렇고, 연구실 내에서 기르는 식물에 함부로 손댄 것도 그렇고…. 그러나 승원은 혼내봤자 자기 하고 싶은 대로 하는 애라는 걸 주원은 너무 잘 알았다. 보고나 듣기로 했다.

"그래서 살아 있는 건 맞고?"

"호흡하는 건 확인했어."

"일주일은 경과 지켜보자. 방사능 피폭 가능성도 있으니까."

"그 정도로 안 했어. 괜찮을걸."

"너는 진짜…."

*

산세베리아는 죽지 않았다. 오히려 새싹이 나왔다. 그동안 주원과 승원은 실험실 구석에 마련된, 해골무늬가 그려져 있는 거대한 연료통과 연결된 폭 3미터가량의 투명 부스 안에서 우주복 같은 실험복을 입고 여러 실험을 진행했다. 천장에는 도깨비 뿔 같은 것이 서너 개 달려 있었는데 그 뿔 같은 것으로 '스몰라이트'를 대상에게 쏘았다. 뿔을 돌리면 빛이 퍼지는 범위도 설정할 수 있었는데, 서류나 안경, 핸드폰 같은 작은 소품들로만 실험을 진행했으므로 사용할 일은 별로 없었다. 그 과정에서 실험 대상은 부피뿐만 아니라 질량도 같은 비율로 줄어들었다. 승원의 예상대로 눈에 띄는 변형 또한 일어나지 않았다. 이 실험의 상관 인자는 빛에 노출된 시간뿐이었다. 그러므로 둘이 얻은 결론은 간단했다. '동물 대상으로 실험해도 문제없을 확률이 높다.' 이제 이 사실을 타인에게 알릴 준비를 해야 했다. 밤을 새워 실험 내용을 정리하면 적어도 내일은 부장님께 이 논문을 가져다드릴 수 있겠지. 이건 주원에게 어려운 일이 아니었다. 주원을 머리 아프게 하는 건 따로 있었다. 승원의 말도 안 되는 주장이었다.

"세상 사람들 다 작게 하면 먹을 걱정은 없을 거라니까? 지금 존재하는 음식은 우리보다 크고, 그걸 다 먹는다 해도 땅은 지금보다 훨씬 더 넓어질 거고, 우리는 먹는 양도 줄걸."

"음식 먹다가 거기 붙어 있는 해충한테 죽을 일 있어?"

주원은 더 이상의 반박을 할 필요를 느끼지 못했다. 부장님 앞에서 그런 얘기하지 말라고 주의를 주고는 말았다.

언제 승원이 주원의 말을 들었던가? 승원은 기어코 보고를 올리러 간 주원의 옆에서 그 말을 입에 올렸다. 잠을 덜 자 반사 신경이 떨어져 있던 주원은 눈을 감고 다음 상황을 대비할 수밖에 없었다.

그런 주원에게 들려온 목소리에는 예상외로 분노가 전혀 섞여 있지 않았다. 오히려 진중하고 은밀한 톤으로 말했다.

사회의 지도층은 지구에 기대를 더는 걸지 않으며, 달로 떠나자는 의견이 과반수지만 국민을 모두 데리고 갈 수 없다는 자명한 사실에 실행을 유보했다고. 그러나 사람의 크기를 줄일 수 있다면, 다 함께 달에서 사는 것이 가능하다고 했다.

설명을 마친 부장은 핸드폰을 들어 둘의 앞에서 대놓고 통화했다. 그럴 만했다. 방금 둘에게 했던 얘기를 전화 상대에게 고대로 하고 있었으니까. 주원은 이 상황을 믿을 수 없었다. 전화가 끝나자마자 질문을 하지 않을 수 없었다.

"일단, 왜 달이에요?"

"우리에게 남은 시간이 얼마 없으니까. 대중에게는 알려지지 않았지만, 학자들은 지구의 수명을 5년, 우리나라는 약 4년 정도로 보고 있어. 우리나라의 굵직한 화산들이 그즈음 동시에 분화하여 국토가 초토화될 것이라 예상하거든. 땅 넓은 나라로 이민을 가봤자 1년 겨우 더 사는 것이니, 정부는 4년 안에 인류를 다른 천체로 이주시키는 쪽으로 각국 수장들을 설득했어. 그러려면 사람뿐만 아니라 자원도 어느 정도 옮겨야 하는데, 지구랑 가장 비슷한 화성은 갔다 오는 데 적어도 6개월은 걸리잖아. 왔다 갔다 하는 거리 때문에 그나마 가능성 있는 건 달이라는 결론이 나왔지. 환경 조성은 어려울지라도, 요즘은 다들 실내에서 사니까. 내부를 비슷하게 꾸미는 기술이야 쉽잖아."

"언제부터 논의된 건데요?"

"한, 10년 됐나. 우리나라가 독자적으로 제작한 로켓이 발사 성공하기 이전부터. 네가 걱정하는 게 뭔지 알겠는데, 윗분들께서 충분히 의논한 계획이야. 자료 보내줄게. 더 궁금한 거 있으면 그거 읽고 연락 줘. 그리고 승원이 너는 나랑 어디 좀 같이 가자."

부장이 승원을 데리고 떠난 후, 주원의 핸드폰으로 메일 알림이 왔다. 방금 부장이 말한 자료였다. 주원은 그것을 찬찬히 읽었다. 그런데도 지금 상황이 믿기지 않았다.

솔직히 지구의 꼴은 포기할 만했다. 빈번한 자연재해가 대지의 3분의 1을 불모지로 만들어버렸다. 동물은 거의 멸종했고 인구수는 4분의 1로 감소했다. 그나마 살아남은 사람들도 원인을 알 수 없는 질병의 연쇄적인 등장으로 거의 갇혀 살다시피 했다. 환경학자들만이 삼삼오오 모여 술이나 퍼먹었다. 자기들 말 무시한 인간들을 안주 삼아서. 어르신들, 이러다 뒈져요, 하고 공무원들이 말리면 그들은 말했다. 이러나저러나 지구가 뒈질 텐데. 이런 분위기이다 보니 인기 있는 매체는 하나같이 우주를 배경으로 하고 있었다. 웹소설도, 웹툰도, 게임도, 심지어 드라마조차 각본상으로는 지구가 아닌 곳에서 서사가 이루어졌다. 그렇지만 그건 창작물의 얘기였다. 현실에서 갑자기 달로 가서 살자! 라고 말하면 그 누가 좋아! 하고 따라나설까.

"나? 가기로 했는데?"

"나는 진짜 너를 모르겠다…."

승원은 이렇게 말하는 주원을 굳이 자신의 앞에 앉혔다. 그리고 높은 분들과 만난 이야기를 풀어놓았다. 나이가 있으신 분들인데도 냄새가 좋더라, 건물이 크고 넓더라, 우리가 필요로 하던 것보다 좋은 설비도 가득하더라, 연구하라고 내려오는 지원금이 얼마인지 아느냐, 거처는 내일 당장 옮기기로 했다 등등. 주원은 심통이 났다. 무심결에 그걸 나한테 왜 알려주는데, 하고 쏘아붙였다.

"너도 같이 가기로 했는데."

"왜?"

주원 생각에 그건 오로지 승원 혼자 만든 거였다. 인력으로 데려가는 거라고 하기엔, 세상에는 더 좋은 인재들이 많았다.

주원이 의문을 표하니 승원은 말했다.

“우리가 언제 떨어져 지낸 적 있어?”

“…그렇긴 해.”

어릴 때 승원은 주원의 집에 자주 맡겨졌다. 일 때문에 집을 비우는 승원의 어머니가 승원을 맡길 만큼 친한 사람은 주원의 어머니뿐이었기 때문에. 둘은 거의 쌍둥이처럼 자랐다고 해도 과언이 아니었다. 이제는 서로가 없으면 허전했다.

‘근데 그래도? 좀 과하지 않나?’

주원의 얼굴에 다시 한 번 의문이 떠올랐다. 승원이 말했다.

“정 뭣하면 내가 지금까지 너 이용해 먹은 값이라고 생각해.”

“가서 또 이용해 먹는 거 아니야?”

“그럴지도?”

그럼 그렇지. 녀석의 머리를 한 대 때렸다. 볼멘소리가 들려왔다. 아야.

*

옮긴 곳에서 둘이 맡은 일은 다음과 같았다. 승원이 만든 것을 다른 형태로도 설계하고, 여러 개 제작하기. 옮길 사람의 수만 따져도 약 20억 명인데 지구의 수명은 5년도 채 남지 않았다고 추정되었으니 당연한 지시였다. 스몰라이트팀의 팀장이 된 승원은 취임 행사 자리의 단상 위에서 군말을 하지 않았다. 앞으로 팀이 할 일을 안내하며 노트북을 꺼냈다. 그의 옆으로 스크린이 내려왔고 곧 그 위로 전 연구실에 있던 부스의 모양이 떠올랐다. 새끼발가락을 겨우 끼워 넣을 크기의 문이 마치 쥐구멍처럼 추가된 형태였다. 그게 사람이 나오는 출구라는 걸 알아본 사람은 이 팀의 일원들 사이에서 승원의 발표를 지켜보던 주원뿐이었다. 주원이 손을 들었다. 누군가 지나다니다가 소인을 밟는 사고가 일어날지도 모르니 작은 출입구와 우주선을 잇는 관을 하나 준비할 것을 제안했다. 승원이 고개를 끄덕이곤 발표를 이어갔다.

"부스는 생명체, 혹은 성인보다 큰 것들을 작게 만들 때 사용될 것입니다. 그보다 작은 물건들까지 부스를 통해 소형화시키는 것은 비효율적이므로 다음의 물건을 제작할 예정입니다."

언뜻 보면 총구가 세 개인 물총처럼 보이는 것이 화면에 띄워졌다. 아래 표시된 이름은 '스몰라이트건'이었다. 승원은 가늠쇠로 보이는 부분을 가리켰다. 정확히는 튀어나온 톱니였다. 이걸로 빛이 퍼지는 범위를 설정할 수 있다는 안내를 해주었다. 대상의 일부분만 작게 하는 행위는 금지한다는 말과 함께.

승원은 그 이후 '빅라이트'를 만드는 일에 투입되었다. 그러므로 다른 연구원들과 스몰라이트건 및 부스를 제작하고 그들과 함께 우주선의 운전석을 제외한 다른 좌석들을 작게 만드는 일은 주원의 몫이었다. 반복 작업이었으므로 주원은 일하면서 동료와 간간이 수다를 떨었다. 대화 소재는 늘 승원이었다. 그렇게 천재라면서요? 라고 시작한 대화는 항상 비슷한 문장으로 마무리되었다.

“이번에도 금방 만들겠죠?”

기다림이 1년이 되었다. 여전히 승원은 개인 연구실 안에 있었다. 승원의 이름 옆에 붙어 있던 천재라는 호칭은 서서히 흐려졌다. 주원만 가끔 그렇게 불렀다. 천재, 잘 돼가? 하고. 진심이었는데 승원은 주원이 놀린다고 생각했다.

오늘은 유독 그렇게 느꼈는지, 아니, 라는 대답 뒤에 한 문장이 더 붙었다. 풍선도 부는 게 더 어렵지. 이건 승원이 성질을 부리기 전에 나오는 위험 신호라는 걸 주원은 알고 있었으므로 서둘러 커피만 건네주고 나오려 했다. 그러나 실수로 액자를 치고 말았다. 바닥에 떨어지는 소리가 요란했지만, 액자 속 유치원 시절 승원을 껴안고 있는 승원 어머니의 모습은 한 치의 흠도 없이 멀쩡했다. 주원은 그것을 서둘러 주워 승원에게 건네주었다. 액자를 다시 책상 위에 올려둔 승원은 액자에 묻은 지문을 닦아내며 툴툴거렸다.

“사진, 이것밖에 없는 거 알면서.”

사진이 찢어지거나 유리가 깨지기라도 했다면, 이 정도로 끝나지 않았을 것이다. 승원에게 어머니는 특별한 존재였다.

현재 경호원으로 해외 출장 중인 승원의 어머니는 당시에도 경호원이었는데, 그때는 외국어에 출중한 인력이 더 적었기에 해외로 다녀오는 일이 최근보다도 잦았다. 어린아이가 있는데 어떻게 그러냐고 누군가는 혼을 냈지만, 그런 꾸지람을 하던 이의 딸보다 승원이 자신의 어머니가 돌아오면 더 격하게 반겼다. 그럴 수밖에. 승원의 어머니는 집으로 돌아오면 승원만 바라봤다. 그에게 맞춰 생활을 굴렸다. 우리 어머니가 전에 우스갯소리로 이렇게 말했을 정도였다. 너는 어째 집에 돌아온 뒤에 더 지치는 거 같니, 애 놀아주는 게 힘들긴 하지? 그때 승원의 어머니는 뭐랬더라. 승원이와 대화하는 게 재밌다고 했던가. 그때의 승원은 지금보다 말을 훨씬 못했는데, 솔직히 일곱 살짜리 얘기가 말해봤자 얼마나 한다고. 아마 승원의 어머니가 더 많은 말을 했을 거다. 세계를 돌아다니며 본 것, 사람을 지키는 일을 하면서 느낀 것 등 비교적 당시에 가까운 얘기나 세상을 떠난 아버지, 그 이전의 자신 등 더 이전의 과거를 섞어서 승원에게 늘여놓았으리라. 이건 단순한 추측이 아니었다. 어렸던 승원은 어머니가 떠나면 내게 그 이야기를 더듬더듬 하고는 했다. 나도 보고 싶다, 나도 하고 싶다와 같은 열망을 덧붙여서. 그가 들은 이야기는 어느새 그의 세계를 유지하는 중력이 되어 있었다.

주원은 최선을 다해 사과했다.

"미안."

짧은 대답에 승원은 눈썹을 찌푸렸다. 주원은 진짜 미안, 하고 한마디 더 덧붙여봤다. 승원의 심통이 난 표정은 풀리지 않았다. 주원은 한숨과 함께 방을 나왔다.

뉴스 소리가 복도를 타고 들렸다. 달로 떠난 사람들에 관한 것이었다.

승원이 멈춰 있던 1년 사이 지구촌은 뜨거웠다. 실제로 오른 온도 얘기가 아니라, 소인화와 관련된 논쟁으로 불이 붙었다는 소리다. 사람들은 작아지는 것을 두려워했다. 혹시라도 사고가 일어날까 두려워 인적이 드문 시골에 설치했다지만 그걸 참작하더라도 부스에 접근하는 사람은 적었다. 위쪽도 이러리라 예상했던 건지, 당근과 채찍을 활용해 달에 데려갈 인력을 뽑았다.

달에 인류가 머무를 수 있는 시설을 완성해놓아야 했으므로 주로 공학과 농업, 건설업 종사자들 위주로 먼저 선발했다. 뜨거운 뉴스를 놓칠 수 없는 기자들이 몇 명 자원했다. 그들은 다른 지원자들의 옆에 카메라를 든 채로 24시간 붙어 있다가, 토요일에만 다 같이 모습을 감췄다. 방영일인 다음 날 오후까지 촬영본을 편집하기 위해서였다. 주원은 딱 한 번 그 방송을 봤다. '특집 다큐멘터리: 달까지 가는 여정'이라는 언뜻 낭만적으로 보이는 제목 아래 지원자들이 달에 정착하는 모습을 담았는데, 빡빡했던 일정 탓인지 편집이 매끄럽지 못했다. 누가 봐도 소인화에 대한 여론을 긍정적으로 돌리려 힘쓰는 티가 났다. 그것이 오히려 반감을 품게 했던 걸까. 방영 한 달 후, 달의 도시는 예상보다 빠르게 완성되었는데 부스 근처에 얼씬거리는 사람은 이전보다도 줄었다.

결국 고위층은 강수를 두었다. 본인들이 작아지는 모습을 직접 보이기로 했다. 대규모의 취재진이 따라붙었다. 경호원이 필요하지 않을 수 없었다. 그 모두를 포함하니 탑승자 명단에 적힌 이름의 수는 우주선의 수용 가능 인원수를 초과했다. 관리자는 그 사실을 상부에 알렸지만, 당국은 그 누구의 이름도 빼지 않았고, 어떠한 조치도 취하지 않았다. 그저 부족한 인원수만큼 자리를 추가할 뿐이었다. 그러므로 우주왕복선 조종사가 한 나라의 대통령을 실수로 밟아 죽인 건 예견된 사고라 봐야 했다. 당연히 조종사는 억울해했다. 엉성하게 설치된 미니 의자가 출발할 때의 반동을 이기지 못하고 좁쌀 크기의 인간 하나를 자신의 발밑으로 날렸다는 걸, 앞만 보고 조종하고 있던 그가 어떻게 알았겠는가. 그러나 국제적인 문제였기에 그냥 넘어갈 수 없었다.

복도에 놓인 텔레비전 속 기자는 이를 브리핑 중이었다. 기자의 말이 끝나자 자료화면이 피해자인 여성의 초상에서 조종사가 신고 있던 구두로 전환됐다. 자세히 보지 않으면 모를 정도로 작은, 붉은 점이 신발 바닥에 찍혀 있었다. 모기를 잡으면 손에 남는 잔해와 비슷했다. 기분이 이상했다. 사람의 것이 맞나 싶은 순간 붉은 점이 확대됐다. 모자이크된 시체가 시야를 가득 채웠다. 흐린 경계 속에서도 무자비하게 짓이겨진 신체가 보였다. 주원은 속이 이상해져 사진으로부터 등을 졌다. 승원이 보였다. 텔레비전에 시선을 고정한 채 휴대폰을 귀에 대고 있었다. 처음에는 여유롭던 승원의 표정이 점점 굳어가더니 이내 빠른 걸음으로 자리를 떴다.

*

승원은 화면 속 얼굴을 개인적으로 알았다. 전에 어머니가 이번에 경호를 맡게 된 사람이라며 보내줬던 사진을 봤으니까. 의뢰인이 죽었으니 어머니는 상심했을 게 분명했으므로 승원은 위로를 하고자 전화를 걸었다. 받지 않았다. 다시 걸었다. 없는 번호라고 떴다. 혹시 달에 가서 연락되지 않는 것일까. 그러나 그쪽에도 기지국을 설치하였다고 들었다. 승원 또한 그쪽의 연구원과 핸드폰으로 연락을 자주 했으니, 그런 문제는 아닐 것이었다. 승원은 어머니가 소속된 회사로 전화를 걸었다. 누구를 찾느냐는 질문에 어머니의 이름을 말했다.

"그런 사람 없는데요."

"무슨 소리예요. 다시 찾아봐주세요."

"하지만 진짜 없어요."

승원은 어머니 동료의 이름을 몇 댔다. 퇴사했어요, 병가 냈어요, 라는 말이 짠 것처럼 쏟아졌다. 상대조차 이 상황이 이상하다는 생각이 들었는지 말꼬리를 점점 올렸다. 승원은 더 이상의 전화가 의미 없다고 생각했다. 통화를 끊고 택시를 잡았다. 택시 기사에게 방금까지 통화했던 경호 회사의 이름을 불렀다. 직접 찾아가 그 앞에서 죽치고 앉아 있어 보기로 했다. 그들이 회사에 나오지 않았는지 확인하기 위해서였다.

승원은 숨어 있을 자리를 찾지도 못하고 잡혔다. 당연한 일이었다. 경호원들은 하나같이 검은 정장을 차려입었지만, 승원은 평상복 차림이었다. 눈에 띄지 않을 수 없었다. 회사가 지나치게 외진 곳에 있었으므로 지나가는 길이었다는 변명도 통하지 않았다. 승원이 그냥 돌아가야 하나 생각하던 순간, 한 경호원이 승원을 건물 안으로 이끌었다.

승원이 가장 먼저 느낀 건 위화감이었다. 승원이 알기로는 이 층에는 로비만 있었다. 그런데도 경호원들은 각을 잡고 서 있었다. 마치 자신들이 임무 수행 중인 것처럼.

승원의 의심이 확신으로 굳어진 건 엘리베이터에서였다. 경호원은 4층을 눌렀다. 출입제한구역이라고 버튼 아래 분명하게 쓰여 있는데도.

— 4층입니다.

불투명 유리가 줄지어 있는 복도가 나왔다. 앞서 걷던 경호원은 가장 안쪽의 문을 열고 승원에게 고갯짓했다. 들어가라는 의미였다.

승원은 그때까지만 해도 어머니가 거기 있으리라 생각했다. 대통령의 측근이 경호에 실패한 책임을 어머니에게 묻고 있다는 상상까지 펼쳤다.

'그런 요구를 한다면, 납작 엎드려서 나도 함께 손이 발이 되도록 빌어야지.'

돈도 있는 만큼 드리지요, 라는 말을 영어로 어떻게 하더라. 조합된 문장을 입속에서 한번 굴려보고 나서야 승원은 방 안으로 들어갔다.

방에는 긴 테이블이 있었고, 그 길이를 강조하듯 열 몇 개의 의자가 놓여 있었다. 그러나 아무도 그 의자에 앉지 않고 뒷짐을 진 채 승원을 바라봤다. 테이블의 끝, 대체로 가장 높은 사람이 앉는 곳 뒤에 스크린이 내려와 있었다. 누군가의 얼굴이 선명하게 흰 천 위에 띄워져 있었다. 엄청나게 거대한 손목시계를 옆에 두고서. 그 시계가 가리킨 시각이 현재 시각이 아니었더라면 녹화된 방송이라고 생각했을 것이다. 왜냐하면 화면 속 인물이….

"대통령님?"

대통령이 승원의 부름에 고개를 끄덕였다. 뉴스에서는 분명 죽었다고 보도되었는데. 화면 속의 대통령이 뭐라고 말했다. 화면 끄트머리에 마이크가 걸려 있는데도 목소리가 작았다. 스크린 앞에 서 있던 남자가 용케 알아듣고 입을 열었다. 그 말은 대통령이 내뱉은 문장과 길이가 비슷했다.

"어머님의 부고를 안타깝게 생각합니다."

남자가 승원의 앞으로 다가왔다. 그리고 승원의 손에 새끼손톱만 한 주머니를 쥐여줬다. 승원이 매만지니 안에 든 가루가 바스락거렸다. 그 와중에 승원의 손에 무언가 걸렸다. 뒷면에 붙어 있는 견출지 스티커였다. 그 위에 승원의 어머니 이름이 적혀 있었다.

직업이 직업이다 보니 어릴 때 승원은 어머니의 죽음을 수없이 상상했다. 연락이 안 될 때면 울기도 했다. 그래도 어머니는 항상 돌아왔다. 언젠가부터 문자 한 줄 안 남겨도 승원은 초조하지 않았다.

'그래서 지금 눈물 한 방울조차 흘리지 않는 걸까.'

승원은 자신의 손바닥을 들여다봤다. 손 안에 든 어머니는 승원에게 너무도 가볍고 작았다. 여기에 죽음이라는 단어를 담을 수 있으리라 생각되지 않았다.

"임무를 다하신 명예로운 죽음이었습니다. 호화로운 장례를 치러 드리고 싶지만, 현재는 그럴 수 없는 사정이 존재합니다. 달에 가서 제대로 치러드릴 것을 약속드립니다. 너그러이 용서해주시길 바라면서 따님의 통장에 보험금 외에 보상금까지 넣어드렸으니 확인 부탁합니다."

이 모든 것이 가짜라기엔 승원의 위로 쏟아지는 단어들이 너무 무거웠다.

화가 났다. 장례를 치르지 못한다는 이유 때문은 아니었다. 승원은 대통령을 바라봤다. 대통령은 승원의 시선을 마주하는 것을 꺼리지 않았다. 심지어 승원을 내려다보고 있었다. 승원과 자신은 다른 위치에 있다는 것을 몸소 보여주고 있었다. 승원은 그 모습이 너무 재수 없었다. 승원이 그 앞에 침을 뱉었다.

건물을 나서는 승원에게 감시가 붙었다. 그 행동 탓은 아니었다. 그들은 승원이 기밀을 발설할까 봐 두려워하는 것이었다. 승원도 예상한 일이었으므로 따라오는 그림자를 발견했을 때 놀라지 않았다. 대신 어떤 사람이 자신을 따라오는지 관찰했다. 그냥 허술한 사람인 건지, 확실하게 승원이 자신들의 감시 아래 있다는 걸 알리기 위해서인지, 수상하게 보이지 않기 위해 캐주얼하게 입은 것이 무색하게도 그 사람은 승원을 티가 나게 따라오고 있었다. 일면식 없는 사람이 승원을 붙잡고 조심히 물을 정도였다.

"뒤에 누가 쫓아오는데 괜찮아요?"

질문을 받았을 때 승원은 감시자와 겨우 세 발자국 밖에 떨어져 있지 않았다. 여기서 승원이 진실을 말했을 때 얻는 이득은 어머니의 장례를 조금은 일찍 치를 수 있다는 것뿐이었는데, 이조차 승원의 바람이 담긴 긍정적인 전망이었다. 목숨을 잃게 될 확률이 높았다. 승원은 주저 없이 변명했다.

"괜찮아요. 저희 언니예요."

승원의 어깨에 팔이 둘러졌다. 뒤쫓아오던 이였다. 맞아요, 하하, 승원아, 가자, 하고 승원을 이끈 감시자는 자신을 정이현이라고 소개했다.

"그래, 언니처럼 여겨. 어차피 잠도 같이 잘 건데."

"뭔."

"내가 밀고 들어가면 막을 수는 있고?"

"……."

허투루 한 말은 아니었는지, 이현은 정말로 승원의 집까지 따라왔다. 집주인의 동의도 구하지 않고 집으로 들어오더니, 방문을 등지고 선 채로 승원이 인터넷으로 어머니의 유골함을 구매하는 모습까지 지켜봤다. 어느 사이트의 것이 괜찮은지 의견도 줬다. 무시하기엔 추천해준 홈페이지에 승원의 맘에 드는 함이 있었다. 대나무가 그려진 것이었는데, 크기도 작았다. 앞면에는 어머니 이름만 간신히 각인할 수 있을 정도였다. 출생일과 사망일을 뒷면에 새기려 하자 이현이 방해했다. 의심받을 수도 있다면서. 승원은 대체 누가 그래요, 라는 말을 삼켰다. 대신 질문했다.

"함을 납골당에 모시는 건 되죠?"

대답은 없었다. 승원을 따라 조용히 납골당까지 올 뿐이었다. 기차를 타고도 2시간 걸리는 거리였다.

승원의 집 근처에도 납골당이 있었다. 그러나 승원은 아버지와 어머니를 같은 납골당에 모시고 싶었으므로, 아버지가 안치되어 있는 이곳까지 왔다. 아버지의 고향이라 여기에 모셨다고 어머니가 전에 일러주었다. 하지만 승원과는 별로 상관없는 얘기였다. 아버지는 승원이 너무 어릴 적 돌아가셔서 승원에게는 별 기억이 없었다. 이곳도 어머니가 가자고 할 때가 아니면 승원은 딱히 들른 적이 없었다.

승원은 아버지가 모셔진 칸을 찾지 못해 한참을 헤맸다. 함은 발목보다 조금 위, 시선보다 한참 아래에 있었다. 유원영, 아버지의 이름 석 자가 또렷하게 적혀 있지 않았더라면 승원은 영영 찾지 못했을 것이다. 그 옆에 놓여 있는 건 가족사진뿐이었다. 유일하게 셋이 모두 나온, 승원이 아기 때 찍은 것이었다. 승원은 사진을 들여다봤다. 자신이 맞나 싶을 정도로 작고 뭉그러진 얼굴이 젊은 어머니의 손에 안겨 있었다. 책상 위에 놓여 있던 초등학생의 나 또한 후에 보면 이렇게나 낯설게 느껴지겠지. 그러나 그 낯섦은 어머니의 어깨에 팔을 얹은 사진 속 아버지에 비할 바가 아니었다.

'이렇게 생기셨던가.'

함께한 시간이 적으니 어쩔 수 없지, 라는 합리화 뒤로 승원은 문득 어머니를 다른 칸에 안치하면 찾지 못할지도 모른다는 두려움을 느꼈다. 어머니와 보낸 시간도 그리 긴 건 아니었으니까.

언젠가 낯설어지면, 함에 이름도 없는 우리 어머니는 어떻게 찾나.

무리가 되는 부탁인 줄 알면서도 승원은 관리자에게 어머니의 함을 아버지의 옆에 둬달라고 부탁했다. 많은 죽음을 지켜보면 입이 무거워지기라도 하는 건지, 관리자는 함이 왜 이렇게 작은지조차 묻지 않았다. 군말 없이 유리문을 열어줬다. 승원은 함을 그곳에 넣고 이현에게 말했다.

"오신 김에 인사해주세요. 장례도 못 치르는데."

국화 한 송이, 향 하나 없이 승원은 묵념만 했다. 그제야 눈물이 났다. 소리내어 울지는 못했다. 함에 날짜를 새기지 못하게 한 것과 같은 이유로 이현이 승원의 입을 틀어막았기 때문이다. 이현은 양손으로 승원의 입을 압박한 채 단호하게 말했다.

"울지 마."

승원은 주원을 떠올렸다. 어렸던 주원도 승원이 울 때마다 같은 말을 꺼냈었다. 어투는 달랐지만.

"울지 마…."

종래에는 같이 울어줄 거라고 마음먹기라도 했었는지, 그 목소리에는 항상 물기가 있었다. 그때는 성가시다고 생각했던 승원은 주원이 지금 여기 있다면, 까지 생각했다. 뒤의 문장을 잘라냈다.

같이 울어줄 이가 생기면 뭐가 달라질까.

✳

승원은 이현이 출근길까지 따라올 줄은 몰랐다. 이현은 심지어 자신의 수상함을 숨길 생각도 없었다. 위장 신분을 준비하지도 않고 승원의 뒤에 바짝 붙어 건물 안까지 들어왔다. 옆에는 누구예요? 라고 묻는 말에 할 변명은 승원의 몫이 되었다.

"일 같이 하시는 분이에요."

다행이라고 해야 할지, 그들은 더 이상 캐묻지 않았다. 연구자들이야 원래 자신들의 랩실에 콕 박혀서 안 나오는 족속들이고, 그나마 이런 질문을 하는 이들이 모인 로비 층에는 문의 전화가 빗발치고 있었으므로 물을 정신이 없어 보였다. 승원은 전화가 끝없이 오는 이유를 자신의 연구실이 있는 층에 도착하자마자 알게 되었다. 복도에 놓인 텔레비전에서 뉴스가 흘러나오고 있었다.

— 소인화로 죽었다는 사실을 은폐하기 위해 대통령을 죽였다는 추측이 퍼지고 있습니다. 담당자는 사실무근이라 해

명했으나 시신이 여전히 한국에 있다는 사실이 밝혀지며 해당 국가의 국민은 반발하고 있습니다.

다큐멘터리, 달에 간 주민의 생활 모습 등 긍정적인 이미지를 만들기 위해 힘쓴 홍보에 비해 소인화 신청이 전혀 늘지 않아 이상하게 여기던 차였다. 어머니의 죽음을 대통령의 죽음으로 치환하여 미지에 대한 공포를 극대화했으니, 낮은 지원율이 이해가 됐다. 이런 일을 벌인 목적이 뭔지는 길게 생각할 필요가 없었다. 그 해답은 승원의 연구실 책상 위에 놓여 있었다. 거의 완성된 빅라이트의 설계도. 이걸 제작하는 데에 투여될 이들을 모아놓고 부장은 말했었다.

“달에도, 지구에도 자원은 부족하다. 솔직히 인류의 이주가 성공적으로 마무리되더라도 이게 만들어지지 않는다면, 인류의 삶은 영위될 수 없을 것이다.”

빅라이트는 완성되지 않았다. 당국은 가짜 뉴스를 이용해 데려갈 인원을 줄이기로 한 것이 분명했다. 예고된 멸망까지는 2년여가 남아 있었다. 그 안에는 완성할 자신이 승원에게는 있었다. 승원은 부장을 설득하기 위해 설계도와 보충 자료들을 챙겼다. 부장실로 발걸음을 옮겼다. 문 앞에 선 순간 승원은 깨달았다. 이러는 것보다 현재 자신을 따라다니고 있는 이 사람의 상관에게 보고하고 사태를 수습해달라는 요구를 하는 쪽이 낫다는 사실을. 승원은 이현에게 대통령과의 통화를 요구했다. 감시자는 고개를 저었다. 승원은 강제로 전화기를 뺏으려 했다. 이현은 버텼다. 실랑이가 10분 정도 지속했다. 부장실 문이 열렸다. 지친 목소리가 문틈으로 새어 나왔다.

"거기서 그러지 말고 들어와, 둘 다."

부장은 연구실 의자에 앉은 채 승원의 뒤로 이현이 따라 들어오는 모습을 바라보기만 했다. 부장을 바라보던 승원의 눈매가 가늘어졌다. 그 시선을 느낀 부장이 말했다.

"나도 다 알고 있어. 네가 거기로 간다는 사실을 알린 게 나니까. 무슨 말을 하고 싶은데."

서운함을 드러낼 시간이 승원에게는 없었다. 승원은 빅라이트의 설계도를 내밀었다. 예상되는 결함과 이를 수정하는 시간을 포함해도 제작하는 데 6개월이 걸리지 않을 거라는 확신을 전달했다.

"그러니까 상황을 수습해주세요. 사람들을 남기고 떠날 수 없잖아요."

"그걸 만들기 전에 지구는 멸망해."

"네?"

부장은 키보드를 두들겼다. 책상 위 화면에 논문이 떴다.

"이건 최근 연구 자료야. 지표 아래의 마그마 활동이 활발해지고 있어. 곧 여러 화산이 동시에 활동을 시작할 거야. 그거 만들 시간 없어."

승원이 모니터에 손을 갖다댔다. 터치스크린은 승원의 손짓에 따라 화면을 움직였다. 승원은 그 속에서 내용의 빈틈을 찾고자 했다. 그러나 적힌 근거가 말하는 건 너무도 확실했다. 아무 말도 하지 못하는 승원에게 부장은 다시 물었다.

"이런데도 다 데려가겠다고 할 거야?"

"그렇다고 해도 이런 방식은 아니잖아요."

"그러면 어떡할까. 억지로라도 데려갈까? 그것도 그거 나름대로 난리 날걸."

"진실을 말해주면 되잖아요. 그럼 다들 따라나설 거예요."

"그걸로 상황을 수습할 수는 없어. 잘못된 정보는 마약과 같아. 정정 보도를 내도 이미 취한 사람들은 듣지 않아."

"살아 있는 대통령을 화면에 등장시키면 되잖아요!"

"그분이 짠 일인데, 나오겠어? 그리고 나와준다고 해도, 우리가 가짜를 만들었다고 매도할 거야."

희미하게 빛이 새어나오는 승원의 주머니에서 눈을 뗀 부장이 승원을 바라봤다. 무력함에 이미 찌든 눈이 승원을 안타까워하고 있었다.

"조용히 달에 가자. 네 주변이라도 챙기자. 그게 최선이야."

승원의 손에서 서류 뭉치가 떨어졌다. 승원에게는 주울 생각이 들지 않았다. 저것들은 이제 쓰레기에 불과했다. 승원은 그저 고개를 떨군 채 부장실을 나왔다. 감시의 발소리가 승원을 쫓아오지 않았다. 승원은 뒤를 돌아봤다. 이현이 부장과 대화하는 모습이 보였다. 질문이라도 받았는지 부장이 고개를 끄덕였다. 이현이 승원을 봤다. 등줄기가 오싹해진 승원이 뛰었다. 승원의 등 뒤로 들려오는 발소리가 가까워졌다. 승원은 연구실로 들어가 문을 닫았다. 잠그는 데 실패했다. 승원의 손에 잡히는 건 스몰라이트건뿐이었다. 열리는 문틈 사이로 승원은 이현을 겨눴다.

✴

위에서 명령이 내려왔다. 우주왕복선의 운행 간격을 넓히겠다는 내용이었다. 하루에서 일주일로. 승객의 수가 현재와 같으면 앞으로 생길 적자를 감당할 수 없다는 게 이유였다. 주원은 그 주장에 반박할 수 없었다. 할 수 있는 건 승원에게 이 내용을 전달하는 것뿐이었다.

주원은 승원의 연구실 문을 열었다. 내부는 엉망이었다. 구겨진 서류가 이리저리 흩뿌려져 있었다. 그 위 두 종류의 발자국도 선명했다. 가운데 서 있는 승원은 누가 봐도 방금까지 싸운 모양새였다. 머리카락은 여기저기 엉켰고 옷은 잔뜩 구겨졌다. 그러나 어디를 둘러봐도 상대가 안 보였다. 승원의 연구실은 구조적으로 가장 안쪽이었다. 나온 사람이 있었다면 주원과 마주쳤어야 했다. 주원은 승원의 손에 들린 물건을 바라봤다. 스몰라이트건이었다. 주원의 머릿속을 어떤 생각이 스치고 지나갔다. 설마.

"너 발 들어봐."

승원은 미동도 없었다. 주원은 소리쳤다.

"발 들어보라고!"

승원의 운동화가 땅에서 떨어졌다. 드러난 발자국이 붉었다.

"어쩔 수 없었어, 나를 죽이려 했단 말이야…."

승원은 손에 든 것을 놓고 얼굴을 감쌌다. 그 상태로 지금까지 있었던 일들을 말했다. 대통령이 아닌 어머니가 죽은 것부터, 감시자가 자신을 죽이려고 했다는 이야기까지. 살기 위해 이럴 수밖에 없었다는 자기변호도. 스몰라이트건이 바닥에 부딪히는 소리가 요란했던 탓일까. 주원은 귀가 먹먹했다. 승원이 하는 얘기를 알아들을 수 없었다. 마지막에 이르러서 승원은 이해할 수조차 없는 말을 했다.

"그래서 달도 떨어뜨리려고."

얼굴을 감싼 손이 풀어지고 드러난 승원의 시선은 곧았다. 승원은 망설임 없이 아까 떨어뜨렸던 스몰라이트건을 들었다. 톱니를 돌려 빛의 범위를 조절하더니 총구를 바닥으로 향했다. 그 모습은 어떠한 의문을 떠올렸다. 만약 지구가 스몰라이트로 인해 작아지면 달은 어떻게 될까? 답은 쉬웠다. 지구와 달이 서로 끌어당기는 힘, 중력은 질량에 비례하고 그 힘은 달이 지구의 주위를 돌게 하는 것을 가능케 하므로, 지구가 작아지면 달은 궤도를 이탈해 우주를 방황하게 되겠지. 그렇게 된다면, 달에 정착한 사람들은 혼란에 빠질 것이고, 동시에 지구 위 사람들은 다 죽는다.

그건 기술을 독점해 살인을 저지르는 행위였다. 찾아보면 다른 방법의 복수가 있을 터였다. 같이 찾아볼 시간은 존재했다. 주원은 승원을 설득하고자 입을 뗐다.

승원이 바닥을 향해 걸쇠를 당기는 것이 더 빨랐다.

주원은 눈을 감았다. 곧 찾아올 고통을 예상했다. 벽에 금이

가는 소리와 함께, 머리가 눌리더니, 그러다 말았다. 엥. 주원이 눈을 떴다. 그의 눈에 작아진 방과 내려앉은 천장이 들어왔다. 스몰라이트에서 나는 소리가 그 광경을 가로질렀다.

— 에너지가 부족합니다.

사람보다 작은 것들을 줄이기 위해 만들어진 물건이었다. 지구를 축소할 만큼의 연료가 담기지 않는 건 당연했다. 그 당연한 사실을 둘 다 잠시 잊고 있었다. 승원은 성질난 표정으로 기기를 던졌다. 주원은 다리에 힘이 풀려 주저앉았다. 그러나 이렇게 하염없이 앉아 있을 순 없었다. 이제 승원이 향할 곳은 뻔했으니까.

부스. 그건 지구를 작게 할 정도의 에너지를 품을 수 있었다. 승원이 가지 못하도록 주원이 앞을 막아섰다.

"아직 지구 안 부서졌어. 사람들 살릴 다른 방법 찾아보자. 넌 할 수 있어."

그 말이 끝나자마자 땅이 흔들렸다. 지진이었다. 주원은 손으로 머리를 감싼 채 주저앉았다. 승원은 주원을 지나쳐 문고리를 잡았다. 건물이 비틀렸는지 아무리 잡아당겨도 문은 열리지 않았다. 승원이 금 간 벽을 발로 찼다. 부피가 줄어들며 얇아진 탓에 벽은 쉽게 부서졌다. 승원은 연구실을 탈출했다.

"재 좀 누가 잡아봐요!"

주원이 힘껏 소리쳤으나 아비규환 속에서 승원을 붙잡았단 말은 들려오지 않았다.

건물의 흔들림이 잦아들자마자 주원은 지하 주차장으로

내려갔다. 다행히 주차장의 천장이 주저앉지도 차가 줄어들지도 않았다. 차에 무리 없이 탑승한 주원은 시동을 걸었다. 동시에 라디오가 켜졌다. 들려오는 첫 문장은 절망적이었다.

— 현재 시각 오후 3시 17분, 전 세계 30여 개의 화산이 동시에 폭발했습니다. 우리나라의 백두산과 한라산을 포함하여 일본의 후지산….

그 말을 증명하듯 주차장 출구를 통해서 보이는 하늘이 시커멓게 물들어갔다. 자잘한 돌멩이가 비탈길 위로 떨어졌다. 지구는 그야말로 부서지기 일보 직전이었다.

'이제 쟤를 어떻게 설득해야 할까.'

이런 주원의 마음을 모르는 내비게이션은 고민할 시간도 주지 않았다.

— 목적지에 도착했습니다.

주원은 차에서 내렸다. 부스가 있을 방향으로 고개를 돌렸다. 승원은 부스 앞에 쪼그려 앉아, 스몰라이트건은 바닥에 던져놓고, 어디서 주워왔는지 모를 바위로 부스의 바닥을 내려치는 중이었다. 주원은 승원에게 달려들었다. 도구를 뺏고 승원을 깔아뭉갰다. 발버둥치는 승원을 향해 소리쳤다.

"대체 왜 이러는 건데! 이게 다 무슨 의미냐고! 사람들 다 죽이고 싶어?"

승원은 주원의 마지막 말에 저항을 멈췄다. 그리고 머뭇거리다 대답했다.

"무력해지기 싫어."

눈물이 한두 방울 흘러내리더니 승원은 곧 엉엉 울었다. 흙 묻은 손으로 눈을 비벼가면서. 주원은 승원을 안았다. 승원이 주원을 밀쳤다. 주원이 소리를 지르든 말든 밀쳐냈다. 그러고는 다급하게 총을 들었다. 주원이 총을 뺏으려 들자 승원은 주원을 향해 겨눴다. 자신에게 쏠 리 없다는 걸 알면서도, 주원은 눈을 감아버렸다.

주원의 눈꺼풀 너머가 밝아졌다. 주원은 자신의 몸에서 느껴질 변화를 기다렸다. 아무것도 달라지지 않았다. 주원은 다시 눈을 떴다. 그가 마주한 건 승원이 겨눈 총구가 미묘하게 본인에게서 엇나간 모습이었다. 주원은 승원이 바라보는 곳으로 시선을 옮겼다. 주먹만 한 돌멩이가 주원의 이마를 때리고 바닥으로 떨어졌다. 맞은 곳을 문지르니 손에 화산재가 묻어났다. 잠시나마 승원을 의심한 자신이 부끄러워, 주원은 고맙다는 말 대신 투덜거릴 수밖에 없었다.

"에너지는 또 언제 충전했대."

"아까 여기 오자마자. 혹시 몰라서."

승원은 여전히 돌멩이를 바라보고 있었다. 문득 물었다.

"이걸로 화산 분출물의 양을 줄일 수는 없나?"

불가능하진 않겠지만….

"용암 같은 건 사방으로 퍼져나가잖아."

주원의 말에 승원이 고개를 들었다. 주원 또한 하늘을 바라봤다. 마침 헬기가 지나가고 있었다. 헬기는 방송국 로고를 달고 있었다. 승원이 무슨 생각인지 뻔히 보여서, 상황이 이런데도 웃음이 났다.

"안 할 거야?"

인상 쓴 승원에게 주원은 고개를 저어 보였다. 반대할 이유가 있을까. 뭐라도 하는 게 가만히 앉아 멸망을 기다리는 것보다는 나을 테니.

주원은 핸드폰으로 뉴스를 틀었다. 한라산으로 향하고 있다고 생방송에서 중계 중인 기자의 이름 아래 이메일이 나와 있었다. 승원은 핸드폰에 저장된 파일 몇 개를 그 메일로 발송했다.

'단독 취잿거리 더 제공해드릴 테니 지금 당장 헬기 내려서 저희 태워주세요.'

곧 전화가 왔다. 화면 속에서 들었던 목소리가 수화기 너머에서 흘러나오고 있었다.

— 이거 진짜예요?

"저는 달 이주 프로젝트 부서 내 빅라이트팀 팀장 승원입니다. 현재 목에 신분증도 걸고 있고요, 더한 자료들도 제 폰에 있습니다. 헬기로 백두산 상공에 데려다주신다면 다 건네드리도록 하겠습니다."

승원은 부스 옆에 광활한 공터가 있다는 사실을 전했다. 기자는 그곳에 헬기를 내리겠다고 했다. 전화를 끊은 뒤 주원이 물었다.

"대체 뭘 보낸 거야?"

"스몰라이트, 빅라이트 기획안, 부장님과의 대화 녹취 파일."

"그래도 돼?"

"응. 부장님도 알고 계셨을걸. 봐주신 거 같던데. 됐고, 움직이자. 온다."

상공에 떠 있던 헬기의 고도가 점점 낮아지고 있었다. 필요한 것들을 챙겨 탑승 지점까지 옮겨야 했다. 주원은 부스 옆에 설치된 천막 안으로 들어갔다. 관계자들을 위해 마련된 공간이었다. 시설이 고장 날 경우를 대비한 가벼운 공구박스가 놓여 있었다. 그것을 챙겨 나와 승원에게 내밀었다.

"에너지가 얼마나 쓰일지 모르잖아. 더 들고 가야지."

두 사람은 부스를 해체해 연료통을 들어냈다. 통과 총을 잇기 위한 게 필요했으므로 부스 입구에 설치되었던 관도 분해했다. 총의 연료를 모두 빼고, 통에 있는 연료가 관을 타고 총까지 끌어올려지는지 확인하기 위해 주먹 크기의 분출물을 쏘았다. 돌은 엄지손톱만 해졌다. 작동에는 문제가 없다는 걸 확인한 지금, 남은 것은 연료통을 헬기에 실을 수 있느냐였다. 부스에 들어가는 연료로 압축된 것을 사용했지만 그래도 부피가 보통 사람의 몸만 했다. 무게는 말할 것도 없었다. 둘이 붙어야 겨우 들어 올리는 수준이었다. 주원과 승원은 관리자 구역에 있는 통을 죄다 가져와 연료를 나눠 담았다. 가능한 만큼 들고 타기 위해서였다.

*

'연료통 하나조차 거절당할 줄은 몰랐는데.'

기자는 황망한 눈빛의 주원을 앞에 두고도 단호하게 안 돼요, 라는 문장 뒤로 설명을 덧붙였다.

"바람도 많이 불어서 안 그래도 헬기 조종사님이 힘들어하고 계세요. 중심 잡기 어렵다면서. 두 분은 태워드릴 수 있지만 이건 다 놓고 오셔야 합니다."

기자의 삿대질은 정확히 둘이 들고 있는 연료통을 가리켰다. 이러면, 계획이 성공할 가능성이 너무도 낮았다. 주원은 승원이 다시 지구를 작게 만들겠다고 길길이 날뛸까 무서웠다. 승원의 손을 감싸 쥐었다. 승원은 뿌리치지 않고 시선을 헬기의 바닥으로 내렸다. 헬기 기사에게 물었다.

"몇 킬로까지 태울 수 있습니까?"

"무게의 문제가 아니라니까요. 중심의 문제입니다."

"그럼, 그것만 해결되면 될까요?"

기자님은 미간을 좁혔다. 뭐가 다르냐는 소리였다. 승원은 들고 있던 걸 내려놓고 천막으로 향했다. 주원은 기사에게 어디가 무게중심이냐고 물었다. 기사의 의견을 참고하여 예상되는 위치를 의자와 겹치지 않도록 표시했다. 연료를 원래 담겨 있던 통으로 모으자 승원이 나타났다. 손에는 헬멧과 함께 공구박스처럼 생긴 기기가 들려 있었다. 자세히 보면 버튼이 있는 그건 용접기였다. 우리가 무슨 짓을 할지 눈치 챈 기사가 말렸다. 승원은 듣지 않았다.

"일 끝나고 배상하겠습니다."

눈 깜짝할 사이 승원은 연료통을 바닥에 붙여버렸다. 기사의 탄식이 들렸다. 주원은 중얼거리지 않을 수 없었다. 죄송해요.

헬기는 무리 없이 비상했다. 기자는 숨 돌릴 틈 없이 방송 준비를 진행했다. 좁은 좌석에 끼어 앉은 둘에게 방송 출연과 관련된 계약서를 쓰도록 지시하고 핸드폰으로 대본을 새로 작성하였으며 나머지 한 손을 뻗어 카메라를 체크했다. 그럴 수밖에 없었다. 안 그래도 생방송 중이었는데 갑자기 카메라를 끈 탓에 실시간 채팅창과 업무 메신저가 폭주 중이었다. 심한 덜컹거림 속에서 가까스로 사인한 서류를 내미니 누군가 슬레이트를 쳤다. 그에 맞춰 카메라가 켜졌다. 기자는 비장한 분위기 속에서 밝은 표정과 목소리로 멘트를 펼쳤다.

"안녕하십니까! 잠시 방송이 끊겼네요, 죄송합니다. 그만큼 대단한 정보를 들고 왔습니다! 사실 제가 들고 온 건 아니고, 제 옆에 계신 분들이 가지고 계십니다. 반드시, 제보해야겠다면서 저에게 메일을 보내신 분들인데요. 인터뷰를 진행해보겠습니다. 일단 보내주신 자료에 대해 설명 부탁해도 될까요?"

카메라는 팔짱을 끼고 앉은 승원에게 향했다. 승원의 대답은 간결했다.

"정신 사납습니다. 일 끝나고 합시다."

"아…, 네."

주원은 매몰차게 거절당한 기자를 안쓰럽게 바라보았다. 그 때문이었을까. 기자가 승원이 들고 있는 물건을 가리키며 주원을 향해 물었다.

"저분이 물총을 왜 들고 계시는지 여쭤봐도 될까요?"

"소, 소인화 과정에서 사용하는 광선은 인체에는 무해한 성분으로 구성되어 있습니다."

갑작스러운 질문에 당황한 주원은 예전에 기자회견용으로 외워놨던 대본을 읊었다. 카메라맨이 주원에게 그만하라는 손짓을 보냈다. 기자 또한 주원의 말을 가로막았다.

"아이쿠, 제가 먼저 소개해드리려 했는데 먼저 소인화를 언급해주셨네요. 시청자분들도 예상하셨다시피 이분들은 달 이주 프로젝트에 참여하고 계신 분들입니다. 그럼 제보 내용도 예상이 가시죠? 저희가 접근할 수 없었던 내막을 속속들이 말해주셨습니다. 앗, 속보가 또 들어왔네요. 잠시 보고 오겠습니다."

카메라의 불이 꺼졌다. 기자가 두 사람을 노려봤다. 화가 배인 목소리로 말했다.

"협조 좀 해주시면 안 되나요?"

"더 중요한 일이 있으니 그 뒤에 해드린다고 분명히 말씀드렸는데요. 여기는 어디쯤인가요?"

주원은 멈추라는 의미로 승원을 툭툭 쳤다. 승원은 입을 다물었다. 주원이 말려서는 아니었다. 돌아온 대답 때문이었다.

"한라산 상공에 거의 도착했는데, 대체 뭔데요? 얘기를 해주셔야 저희도 이해하죠."

승원은 주원을 바라봤다. 주원은 그 시선이 무슨 의미인지를 알았다. 창밖에는 둘이 딱 원하는 풍경이 있었다. 바람이 불어오는 쪽이라 시야가 가려지지 않으며 분화구 바로 위도 아니라 열기가 전해지지 않을 상공의 모습. 문가에 더 가까이 앉아 있는 건 승원보다 주원이었다. 기자에게는 너무 미안했지만, 주원은 행동하지 않을 수 없었다. 의자에서 일어나 문 손잡이를 잡았다. 몸에 줄이 묶여 있긴 했지만, 안전을 위해 기체에 고정된 손잡이도 잡았다. 최대한 큰 소리로 말했다.

"죄송하지만 문 좀 잠깐 열게요! 주변에 있는 거 잡으세요!"

문이 열렸다. 세찬 바람과 함께 열기 머금은 연기가 일부 들어왔다. 기자가 소리쳤다.

"무슨 소리…, 뭐하는 짓이에요! 쓸려나가겠어요! 문가에서 있으면 위험해요! 화산에 물총이라도 쏘려고요?"

승원은 대답하지 않았다. 그저 자리에서 일어서 주원의 허리를 감쌌다. 동시에 양손으로 스몰라이트건을 겨눴다. 총구의 방향은 연기가 자욱한 분화구를 향했다. 스태프들이 욕을 내뱉었다.

"당장 문 닫아!"

둘을 제압하기 위해 몇이 다가갔다. 아무 말도 않는 승원 대신에 주원이 애원했다.

"한 번만 해볼게요. 다 같이 살고 싶어서 이러는 거예요!"

카메라의 불이 들어오는 순간, 간절함을 담은 광선이 분화구를 향해 발사됐다.

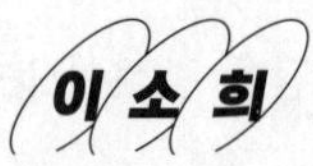

공모전 당시에는 기계시스템디자인공학과 4학년이었고 현재는 졸업한 상태다. 관심있는 분야가 많고, 하나하나 다 건드리다 보니 하나를 진득하게 해내지는 못하는 편이다. 그래도 이 소설은 다 썼다는 생각에 얼떨떨하다.

나무인간

3월이었다. 그런데도 도시는 어금니가 딱딱 부딪힐 정도로 추웠다. 꽃샘추위로 변명할 수준을 넘었다. 칼바람이 갈비뼈 사이를 가르고 들어왔다. 살가죽이 몽땅 사라진 것처럼 시렸다. 쓰러진 남자의 몸은 무릎이 맞닿은 바닥보다 더 차갑고 딱딱했다. 나는 무릎을 꿇자마자 심폐소생술을 하며 남자의 부릅뜬 눈을 확인했다. 이거 힘들겠는데. 사람들이 주위로 몰려들었다. 누군가 내 어깨를 두드리며 무슨 일이에요, 하고 물었다. 나는 숨을 헐떡였다. 피부가 완전히 굳어지는 느낌이 손바닥으로 전해졌다. 남자의 눈이 시간이 지났음을 알렸다. 동공이 아득해졌다.

도착시 사망, DOA 환자였다. 들것에 실린 남자의 몸 위로 흰 천이 덮였다. 의사가 아닌 내가 사망선고를 내릴 수는 없었으나 그동안 보아왔던 DOA 환자 중 신의 기적을 하사받은 사례를 본 적은 없었다. 이 남자는 죽었다. 동공반사 없음, 심장 기능 정지, 폐 기능 정지. 도착한 응급실에서 가운을 입은 의사가 사망선고를 내렸다. 오전 9시 46분.

사망한 남자의 이름은 안지훈, 올해 38세로 대학에서 만난 아내와 결혼해 자녀 둘을 둔 평범한 가장이었다. 15년간 가구회사 영업팀에서 근무했으며, 지나치게 뛰어나지도 형편없지도 않은 그저 그런 평판을 가졌다. 그의 죽음은 평범했다. 일상생활을 하다가도 알 수 없는 이유로 돌연사하는 사람들은 어디에나 있었다. 세간은 그런 죽음보다는 유명인의 죽음, 고의에 의한 죽음, 동시다발적인 죽음에 관심을 가졌다. 하지만 이번엔 이야기가 달랐다. 그 날 오전 9시 46분 이후, 안지훈의 죽음은 세계를 뒤흔들었다.

안지훈은 영안실 침대를 벗어나 바닥에 쓰러진 채로 다시 발견됐다. 숨은 끊어진 상태였다. 세상은 사망선고를 내렸던 의사를 비난했다. 응급구조사인 나를 비난하는 사람들도 있었지만, 그 숫자는 적었다. 모든 화살은 이제 막 레지던트 티를 벗은 젊은 의사를 향했다. 사람들은 '의사가 벼슬이냐'나 '당장 처벌하라', '성운병원 비리규탄'과 같은 문구가 적힌 피켓을 들고 병원 앞에서 시위를 했다. 사태는 쉽사리 가라앉지 않았다. 젊은 의사의 졸업사진과 신상정보가 인터넷을 떠돌았다. SNS엔 입에 담기도 어려운 욕설이 쏟아졌다. 의사의 모든 흔적에 '살인자'라는 수식이 붙었다. 결국 의사는 가운을 벗었다. 그럼에도 상황은 전혀 수습되지 않았다. 회피가 책임을 지는 행위가 될 수는 없었다. 의사가 마법이라도 부려 안지훈을 살려내지 않는 이상 이 땅에 발을 붙인 채 살아가기는 어려워 보였다. 살 수 있었던 사람을 방치해 다시 죽게 한 병원 측에 분노한 가족들은 안지훈의 부검을 신청했다. 어떻게 멀쩡한 가정을 박살 낼 수가 있느냐, 멀쩡한 사람을 죽여놓고 히포크라테스 선서를 했다고 말할 수가 있느냐. 이 끔찍한 의료사고는 기득권인 의사들이 얼마나 법으로부터 자유롭게 사는지 알려주는 예시가 될 것이다! 기자들은 양산형 기사들을 쏟아냈다. 하지만 진짜 시작은 따로 있었다. 정상참작을 부탁할 수도 없는 실수를 저지른 초보 의사와 그에 무너진 한 가정의 비극에서 끝날 줄 알았던 이야기는 뜻밖의 방향으로 흘러갔다.

…그러니까 이건 학계에서도 보고된 바가 없는 사례다, 이 말입니다. 인간은 음식물에서 동력을 얻는 것이 보통이죠. 하지만 충분한 빛과 깨끗한 물만 있었으면 굳이 병원을 가지 않았어도 됐을 겁니다. 나무한테는 인간이 필요로 하는 많은 것들이 의미 없으니까요. 아무튼, 의학과 연관 지을 일이 아닐 수도 있다 이 말입니다. 무슨 의미인지 아시겠습니까? 그쪽 전문가들이야 신종 바이러스의 출현일지도 모른다 말하지만 나는 이게 진화의 시작일 수도 있다고 봅니다. 사실 나무들도 인간처럼 사회를 이루고 언어를 사용하고 있습니다. 그들이 움직이지 않는 이유는 단지 움직일

이유가 없기 때문입니다. 하지만 햇빛과 물이 부족한 상황이 되면 말이 달라지죠. 그들은 영양분을 얻을 수 있는 쪽으로 몸을 뻗어 나갑니다. 그게 안지훈 씨가 쓰러진 채 발견된 원인일 겁니다. 하긴, 사람이 나무로 변한다는 이야기는 그리스 신화에서나 들어보긴 했지요. 다프네와 아폴론. 어쩌면 이건 태양신의 존재를 증명하는 일일 수도 있겠군요. 때로는 과학이 설명할 수 없는 부분을 신이 말하곤 하지 않습니까? 일단 이 사건을 설명하려면 동물세포와 식물세포의 차이에 대한 이해가 필요한데요, 엽록체는 식물세포가 고유적으로 가지고 있는 기관으로 광합성을….

라플란드 남부에서 너도밤나무를 연구해온 전문가의 인터넷 방송은 전 세계를 타고 퍼져나갔다. 온 세상이 혼란에 휩싸였다. 그동안 과학자들이 쌓아온 데이터를 깡그리 무시하는 사건이었다. 사람이 나무가 되다니. 1990년대 B급 영화의 소재라 해도 혹평을 받을 만큼 현실감이 없었다. 안지훈은 죽지 않았다. 사망 선고를 받을 당시에도, 내가 심폐소생술을 시도했을 때도, 그 어느 때도 죽은 적이 없었다. 의료행위들이 필요하지도 않았다. 단지 조금 변했을 뿐이었다.

안지훈은 사람이었고 사람으로 죽어 기록되었지만 '피부였던 것'과 '장기였던 것'을 이루는 세포들은 광합성을 준비했다. 안지훈은 고통을 느끼고, 말하고, 생각하고, 경제활동을 할 수도 할 이유도 없었다. 그냥 나무가 되었다. 그것도 아침 식사를 끝내고 아내의 배웅을 받은 뒤 문밖을 나서 출근하러 가는 길에.

그가 변해버린 이유를 설명할 수 있는 사람은 없었다. 모두의 의견이 달랐다. 몇몇 종교단체에서는 신의 재림이 머지않았다며 연설과 함께 거리를 휘저었다. 이번 사건의 목적은 미숙한 의사를 심판하는 일에서 안지훈이 겪은 증상의 전염성과 유전성 여부를 규명하는 것으로 조정됐다. 전염성이 있을 수도 있다는 의견이 힘을 얻자 몸이 간지럽고 무기력하다든가 피부가 딱딱해진 것 같다는 증상을 호소하는 환자들의 전화로 병원은 아수라장이 됐다. 아직까지 밝혀진 것이 없다는 사실이 사람들의 분노를 공포로 뒤바꾸었다. 전염성이 있다는 주장을 뒷받침할 근거는 늦지 않게 등장했다. 물러난 의사가 두 번째 나무인간으로 발견됐다. 자기 집 침실에서, 두 눈을 부릅뜬 채 일자로 누워 온몸을 빳빳하게 굳히고서. 정체를 알 수 없는 알약들이 의사의 침실 바닥을 어지럽혔다.

나는 언젠가 포스트 아포칼립스나 디스토피아 세계관에 따라 변해버린 세계를 상상한 적이 있었다. 영화에서처럼 살인과 강탈이 난무하고 도덕은 이론으로도 가치 없는 것이 될까. 사람들은 자포자기를 할까, 마지막 순간까지 삶의 가치를 찾으려 몸부림칠까. 당장 내일의 내가 어떤 모습인지조차 확신할 수 없다면 사람들은 편집증에 걸리지 않을까? 혹은 인간의 동물적 감각이 기지를 발휘해 냉정을 유지할 수 있을지도 모른다. 한 가지 확실한 건 내가 존재하는 현재는 정상 궤도를 완전히 이탈했다는 점이다.

이제는 두 부류의 인간이 있었다. 나무인간과 인간. 나는 운 좋게도 아직 인간이었다. 의사가 나무인간으로 모습을 드러낸 지 30분도 지나지 않아 세 번째, 네 번째 나무인간이 존재를 밝혔다. 그들은 일면식도 없는 사이였다. 안지훈과 응급실 의사도 일면식이 있다고 말하기엔 어폐가 있지만 세 번째 나무인간과 네 번째 나무인간은 전혀 관련이 없는 사람이었다. 서로의 존재도 모르는 사람들이었다. 노량진에서 경찰공무원시험을 준비하던 공시생과 7년 차 연극배우. 배우가 연극 도중에 나무로 변하는 바람에 극장은 문을 닫고 말았다. 그가 7년 동안 연기해왔던 에피소드형 연극은 그렇게 막을 내렸다. 몇 안 되는 단골 관객이 배우를 기렸다.

그 후로 시간이 어떻게 흘렀는지 모르겠다. 식당에서 나와 다섯 걸음도 걷지 못하고 나무로 변해버린 사람, 집에서 비디오를 보다 소파 위의 나무가 되어버린 사람, 먼저 나무가 된 가족에게 물을 주다 처지가 비슷해진 사람…. 겁에 질려 병원을 그만둔 동료들이 늘었다. 나는 몸이 백 개라도 모자랄 지경이었다.

생각나는 건 어두운 자취방, 쌓인 빨래와 냄새가 나는 냄비, 눈을 감았다 뜨면 나를 찾는 메시지로 가득한 휴대폰들. 숨이 막혔다. 할 수만 있다면 도망치고 싶었다. 해외라고 사정은 다르지 않았다. 나무인간들은 갈수록 방치되었다. 어떤 섬나라의 대통령은 이 혼란 속에서도 희망은 있다는 격려의 연설에 열을 올리다 몸이 딱딱하게 굳었다. 개선의 여지란 없어 보였다. 국가는 모든 걸 포기했다. 어떤 병원에서도 나무인간을 인간으로 돌려놓지 못했다. 더 이상의 치료는 없었다. 수용만 있을 뿐이었다.

집 밖에서 나무가 되거나 돌봐줄 사람이 있는 나무인간들은 사정이 나았다. 그들은 햇빛과 물을 누렸다. 영양제를 맞기도 했다. 원예업계 사람들은 일이 늘었다. 비룟값은 끝을 모르고 치솟았다. 나무의 가족들은 어떤 방식으로든 함께하기 위해 비싼 값을 치렀다. 도둑질도 기꺼이 했다. 하지만 이 모든 게 의미 없는 싸움에 불과했다. 시간이 지나 지금에 이르자, 나처럼 나무로 변하지 않은 사람들은 거의 없는 수준이 되어 어느 시장이 쇠퇴하고 활발해지는지, 어떤 범죄가 일어나는지는 중요하지 않게 되었다. 움직임이 가능한 인간의 비율이 0에 수렴했다. 세상은 고요해졌다. 전기와 수도는 끊긴 지 오래고 물이 차는 건물이 늘었다. 침묵에 휩싸인 도시는 움직이지 않는 나무인간들이 지켰다. 굳어버린 몸에 붙은 쪽지와 사진들은 돌보는 이 없이 거리를 떠돌았다. 그 말과 추억들을 전달할 방법은 없었다. 내가 할 수 있는 일은 그늘에서 굳어버린 몸을 해가 드는 자리로 옮기고 물을 뿌리는 것뿐이었다.

*

"난 언제 죽어?"

가야가 물었다. 이제 막 아홉 살 먹은 초등학생이 할 말은 아니었다.

“죽는 게 아니라 변하는 거지.”

“그럼 언제 변해?”

“그건 모르지.”

“누나는 의사잖아.”

“응급구조사야.”

“그거나 그거나. 어쨌든 공부 많이 해야 되는 거네.”

가야가 입술을 쭉 내밀고 빈 물뿌리개를 흔들었다. 요 며칠 비가 내리지 않아 흙 돌처럼 단단했다. 삽을 못처럼 때려 박아야 할 정도였다. 가야가 나를 따라다니면서 흙 위로 물을 뿌리면 나는 부드러워진 흙을 파내 구덩이를 만들었다. 이 작업은 해가 떨어지기 직전까지 반복됐다.

“물만 먹으면 맛없겠다.”

“그만 투덜거리고 이 사람 다리 좀 잡아.”

가야는 순순히 나를 도왔다. 나무인간은 흙 위에 세워둘 때 가장 잘 자랐다. 굳이 영양제를 쓸 필요도 없었다. 그냥저냥 비슷한 친구들끼리 모아두면 알아서 자리를 잡고 양분을 만들었다. 물을 빨아들이고 산소를 뱉었다. 이른 아침에 가면 안개와 피톤치드를 즐길 수도 있었다. 그들의 일상은 우리가 처한 상황을 잊게 만들 정도로 평화적이었다.

이 작은 꼬마는 반년 전에 만난 인간이자 내 룸메이트였다. 처음 만났을 당시의 가야는 간판이 떨어져 나간 사탕가게 구석에 잠들어 있었다. 타일이 박살 난 바닥 위로 사탕 껍질

무더기가 산을 이뤘다. 식탁으로 보이는 나무상자 위엔 글씨를 알아볼 수 없는 현수막이 덮였고, LED 조명 기능이 탑재된 자명종 시계가 램프 역할을 했으며 테이프로 감싼 종이컵엔 빗물이 고여 있었다. 들어온 문 뒤로 찬바람이 빗발쳤다. 인기척을 느낀 아이가 눈을 떴다. 살이 내려 홀쭉해진 볼, 설탕이 묻어 번들번들해진 입, 아무도 잘라주지 않아 멋대로 자란 얇은 머리카락. 아이는 삽으로 제 머리통을 후려치고 얼마 없는 살림을 훔쳐가러 온 강도쯤으로 나를 오해했던 것 같았다. 머리를 다리 사이에 처박고 벌벌 떨었다. 나는 그대로 서 있었다. 삽도 바닥에 내려두었다. 짤강, 하는 소리에 아이의 마른 어깨가 움찔거렸다. 나는 바닥을 굴러다니는 사탕 하나를 집어 입에 넣고 씹었다. 놀랄 정도로 달았다. 오독오독 사탕 씹는 소리만 울렸다. 가루가 된 설탕 덩어리를 목구멍으로 넘겼다. 두 번째 사탕 껍질을 벗기자 아이가 고개를 들었다. 나는 사탕을 내밀었다.

적지 않은 시간이 흘렀지만 나는 가야에 대해 제대로 아는 바가 없었다. 그건 그 애도 마찬가지였다. 나는 많은 걸 묻지 않았고 가야도 불만이 없었다. 우리는 정말 룸메이트 정도의 사이를 유지했다. 친구라고 부를 만큼 친하지도 않았다. 그동안 가야를 스쳐 갔을 크고 작은 생채기들을 들여다볼 만큼 나는 섬세하지 못했다. 나는 그런 어른은 되지 못했다. 그 애도 그걸 아는지 울고불고 소리를 지르거나 엄마를 찾으며 공황에 빠지지 않았다. 나와 같이 하루를 시작하고, 나무인간들에게 물을 주고, 시시콜콜한 이야기를 하고, 책을 읽었다. 그래도 말끝마다 물음표를 붙이는게 그 나이다운 것이 이 아수라장 속에서도 아이는 자란다는 걸 알려줬다. 며칠 전 식탁에 가지런히 올려둔 유치나, 소매가 짧아져 천을 덧대야 하는 셔츠가 흐르는 시간을 말했다.

어딘가에도 우리처럼 변하지 않은 인간들이 있겠지. 하지만 나는 가야만으로 충분했다. 아직 몸을 움직일 수 있는 인간들의 근황이 궁금하지도 않았다. 가야는 무해한 인간이었다. 그 애를 먹일 음식을 구하고, 화덕에 불을 지피고, 텃밭을 가꾸고, 나무인간들을 돌보는 것만으로도 하루는 짧았다. 시간이 더 주어진다면 소파에 누워서 보내고 싶었다. 영웅처럼 이 상황을 중재해볼 마음도 없었다. 가야와 심심한 하루를 보내고 그 애가 하루가 다르게 자라나는 걸 지켜보는 게 적지 않은 만족감을 가져다주었다. 내 일상이 싫지 않았다. 나무인간들에겐 물음이 없었다. 공격도 비난도 스트레스도 없었다. 그 간단한 사실이 좋았다. 어쩌면 나는 실감이 나지 않은 게 아닐까. 도움이 될까 싶어 모아둔 식물에 관한 서적들도 보는 둥 마는 둥 했다. 지식을 쌓는 일 자체가 내키지 않았다. 나보다 이 작은 꼬맹이가 인류가 처한 상황을 더 이해하고 있을지도 모른다.

“물 주는 거 재밌어?”

“재미있지는 않지.”

“누나는 이 사람들 왜 도와줘?”

"그게 내 일이야. 원래도 사람들을 도와줬거든. 다친 사람들 병원에 데려다주고, 아프다고 막 때리면 좀 맞아주고."

"근데 돈 안 줘도 하는 거야? 왜?"

"음… 아무것도 안 하면 심심하니까. 그리고 이 사람들은 얌전하니까?"

"어른들도 심심해?"

"매일 심심할걸."

"그래서 나무가 된 거야? 심심할 거 몰아서 심심해버리는 게 낫잖아."

"그럴지도 모르겠다."

"누나."

"응."

"나무 될 거면 미리 말해줘."

"그래."

"아니야. 그냥 되지 마."

"그럴게."

"……."

"……."

"꼭."

"알았어."

가야는 뒷정리를 귀찮아했다. 내가 잔소릴 할까 봐 치우는 척만 하다 화단 구석으로 걸어가 털썩 앉아버렸다. 가야는 종종 빌딩 숲 너머로 넘어가는 태양을 바라봤다. 가야의 습관

중 하나였다. 나는 그런 가야의 옆얼굴을 보는 걸 좋아했다. 하루 중 가장 다정해지는 순간이었다. 빛을 받아 투명해진 갈색 눈동자가 유리알처럼 반짝였다. 그 안엔 한 톨의 부도덕함도 없었다. '본다'와 '담는다'를 제외한 기능 따위는 없다는 듯 보였다. 손을 뻗으면 닿을 수 있을 듯 커다래진 태양이 거리를 화염 속으로 몰아넣었다. 그 빛을 온 얼굴로 받은 가야가 실시간으로 낯빛을 바꾸며 눈을 감았다. 물기를 머금은 바람이 피부를 긁고 지나갔다. 축축하고 선선한 저녁이었다.

근방 식료품 가게나 빈 가정집에서 가져온 통조림들이 바닥난 이후로 우리의 주식은 감자였다. 가야는 편식도 하지 않았다. 식사예절도 완벽했다. 나는 그런 가야의 조숙함이 편안했지만 때때로 신경 쓰였다. 무엇이 이 아이를 이렇게 만드는지를 생각하게 했다. 내가 가야에게 주었던 건 좀 더 나은 잠자리와 음식이 전부였다. 아직 한창 어리광을 부리고 공교육의 보호 속에서 자라야 할 아이가 아닌가. 유일한 보호자가 충분한 어른이 아니라는 걸 이 아이는 어떻게 눈치채고 있는 걸까. 가야의 양육자가 되려면 그 애의 역사와 전쟁, 생존의 맥락을 읽어야 했다. 그렇게 되면 나는 마음 한편에 '현실'이나 '책임감'이라는 문패를 붙인 방을 추가하게 되겠지. 이 단조롭고도 지루한 일상이 평생 지속되지 않으리라는 걸 알면서도 회피하고 싶었다. 나는 그런 걸 기꺼이 해낼 수 없었다.

나는 아마 아무것도 지킬 수 없는 사람이겠지. 아주 사소한 것도 마찬가지였다. 나는 가야에게 영원히 룸메이트 이상의 존재가 될 수 없었다. 나중을 계획할 자신감도 미래와 맞설 자신감도 없었기 때문이었을까. 나와 가야가 오늘 인간이라 해서 내일도 인간으로 남을 수 있을지는 모르는 일이었다. 다음을 생각하면 항상 두려운 마음이 들었다. 내일을 부정한다고 해서 먹을 것이 줄어들고 아이가 자라는 것을 막을 수는 없었지만 지금 당장은 눈앞에 놓인 것만 보고 싶었다. '내일도 오늘과 같을 수 있을까?'는 무의미한 질문이었다. 내가 나무가 되지 않으면 오늘처럼 살면 될 일이고, 나무가 되면 고민 같은 건 없을 테니까. 나는 이 생활이 편했다. 오히려 그전이 더 최악이지 않았나. 스트레스도, 출근도, 끝없이 들이닥치는 환자들도.

하지만… 가야는? 가야가 혼자 남겨진다면? 가야는 누가 돌보지? 사고의 흐름이 가야에게 닿으면 상상 속 미래는 일정 선 이상을 넘어가지 못하고 흐려졌다. 나는 나쁜 생각은 되도록 하지 않으려 했다. 내 안에서 딱딱하게 굳어버린 묵은 피로가 그걸 막았다. 어떤 것도 정상적이지 않았지만 어떤 것도 안위를 위협하지 않으니 불안은 애매한 것이었다. 그래서 타협했다. 이것은 부드러운 재앙이라고. 인류의 종말일지 진화의 시발점인지 모를 이 시기에 우리는 이상할 정도로 평범하게 살아가고 있었다.

"내일 안 나갈 거지?"

가야가 화장실에서 외쳤다.

"어. 비 올 것 같아."

"그럼 물 안 줘도 되겠다."

"하고 싶은 거 있어? 같이 서점 다녀와?"

나는 짐짓 어른스러운 목소리를 냈다. 소름이 돋을 정도로 어색했다.

"아니. 그냥 안에 있을래."

대꾸하는 목소리가 심드렁했다. 나는 셀로판지로 마감한 창문을 열었다. 바람이 거세지는 모양이었다. 맑은 날씨를 기대하긴 어려워 보였다. 기온이 떨어진 밖에서 피톤치드 향이 살랑였다. 인기척은 없었다. 안개로 자욱한 도시는 아무 일도 일어나지 않을 것만 같이 고요했다.

*

가야를 데리고 옥상으로 올라가 물이 빠질 때까지 기다렸다. 뭐가 날아올지 모르니 아직 말랑한 두개골을 감싸 안고 몸을 웅크려야 했다. 원래대로라면 그랬어야 했다. 감당하지 못할 정도의 강수량은 아니었으나 물 찬 빌딩 숲이 우거진 이곳은 작은 태풍에도 앓는 소리를 냈다. 이래선 집 안에서 익사할 판이었다. 우리는 수영장으로 변해버린 보금자리에 갇혀 이리저리 흔들렸다. 나는 가야를 안아 올렸다. 가야도 겁이 나는지 내 목을 끌어안은 채 말이 없었다. 물의 수위는 벌써 내 가슴팍까지 올라와 가야는 정수리까지 몽땅 잠길 위기였다. 가야의 힘이 빠지기 전에 창문을 깨고 나가든지, 물이 완전히 찰 때까지 기다렸다가 문을 열고 나가든지 해야 했다.

불가능해 보이진 않았다. 가야는 똑똑하고 몸집도 날렵하니까. 문제는 나였다. 곧 나는 어디선가 떨어져 나온 유리판에 머리를 맞고 물 밑으로 처박혔다. 한 번 중심을 잃자 다시 일어날 수가 없었다. 요즘 잘 자고 잘 먹었다고 정신이 빠졌던 걸까. 팔도 묶이고, 다리도 묶이고. 입 안으로 들이닥치는 물이 기도를 타고 몸 안으로 쏟아졌다. 폐가 물을 먹어 몸이 가라앉았다. 살인자에게 쇠사슬로 목이 졸리는 게 이 상황보단 편할 듯싶었다. 검은 화면 위로 나무인간들이 부서지는 장면이 재생되다 툭, 하고 흩어졌다. 가야의 얼굴이 고양이처럼 바뀌었다가 내 얼굴로 바뀌었다가 했다. 질소 중독이었다. 위험신호였다.

숨이 넘어가기 직전에 나는 멱살이 잡혔다. 순식간에 수면 위로 떠올려졌다 다시 가라앉았다. 나는 숨을 헐떡였다. 난장판이 된 집이 시야에 걸려들었다. 이건 현실이야. 가야가 내 어깨를 잡고 세차게 흔들었다. 정신 차려, 눈 감지 마! 그러고는 나를 물 밖으로 꺼냈다 놓치기를 반복했다. 나는 몸 절반이 고장 난 채로 허우적거렸다. 체온은 걷잡을 수 없는 속도로 떨어졌다. 좀 심하다 싶을 정도로 얼굴이 차다고 느꼈을 땐 나도 모르게 창문 밖으로 고개를 내밀고 있었다. 내가 물을 토해내는 동안 가야가 내 뒷목을 잡아 눌렀다. 자기는 다리가 바닥에 닿지도 않으면서 그렇게 했다. 심장까지 토해낼 기세로 기침이 터져 나왔다. 몸 안을 차지하던 물들이 도로 빠져나갔다. 물이 날이라도 선 듯 내장을 죄 할퀴는 기분이었다. 그리고 추웠다. 어금니가 딱딱 부딪힐 정도로 추웠다. 섬멸하는 허공에 가야가 나를 부르는 소리가 스몄다. 어린아이의 맑은 목소리로 어둠을 울렸다.

“일어나, 일어나, 일어나!”

나는 발작하듯 몸을 일으켰다. 몸은 여전히 축축했지만 비바람은 멈췄다. 등이 닿았던 바닥도 따뜻했다. 오렌지색 하늘 위로 구름 덩어리가 송골송골 맺혔다. 비구름은 아니었다. 몸은 출처를 알 수 없는 전선줄과 꺼끌꺼끌한 모래로 범벅이었다. 손바닥은 까지고 긁힌 자국투성이였다. 가야는 멀지 않은 곳에 있었다. 내가 누운 쪽을 한 번 쳐다보곤 다시 옥상 밑을 내려다봤다. 뭔가를 생각하는 것 같았다. 표정은 온화했다. 그 난리통을 겪어놓고 의젓한 것인지 체념한 것인지 저 아이의 판단력과 정신력이 놀라웠다.

“저기 좀 봐.”

관절 마디마디가 비명을 질렀다. 가장 멀쩡하지 않은 머리와 위장엔 약한 전기가 흐르는 듯했다. 목소리도 어눌하게 나오는 것 같았다. 나는 최대한 아무렇지도 않은 척 가야 옆에 앉았다.

“바깥에 있던 사람들은 다 쓰러졌어.”

가야의 손끝이 나무인간들을 가리켰다. 외곽 쪽에 심어두었던 나무인간들 몇 명이 보이지 않았다. 그나마 남아 있는 사람들은 바닥에 쓰러져 있거나 여기저기 상처를 두른 채 널려 있었다. 그에 비해 중심부는 거의 피해가 없었다. 나무인간들은 서로의 팔을 엮어 붙든 채 폭풍을 이겼다. 내가 파놓은 구덩이보다 더 깊은 곳으로 몸을 밀어 넣고.

"그래도 많이 살았어."

"그러게. 나보다 괜찮아 보인다."

나는 입 안으로 들어간 정체 모를 흙먼지들을 뱉어내며 대꾸했다. 넌 괜찮으냐고 물어야 할까. 입이 떨어지질 않았다. 가야는 잘 움직였다. 나더러 많이 다쳤으니 오늘은 아무것도 하지 않아도 된다는 어른스러운 말도 했다. 물이 빠진 집 안은 난장판이었지만 원체 살림을 쌓아두고 살지 않아서인지 조금 젖었다는 것 말고는 별 다를 게 없었다. 움직이지 말고 앉아서 뜨거운 물이나 마시고 있으라는 룸메이트의 명령을 받들어 가야가 혼자 삽을 들고 나가는 걸 지켜봤다. 창문 아래로 젖은 흙을 주워 모으는 가야의 작은 정수리와 손이 보였다. 아이다운 구석. 가야는 야무진 손길로 폭풍이 준 선물을 한데 담아 나무인간과 작물들을 덮어주었다. 혹여나 내가 내려와 참견할까 봐 평소에는 설렁설렁하던 마감처리도 똑 부러지게 해냈다. 나는 가야의 걱정하는 얼굴을 보았다. 파렴치한 어른이 된 기분이었다. 자기 몸 하나 건사하지도 못하고 애를 일하게 하는 뭐 그런 어른 말이다. 긴장이 풀리자 내가 꽤 다쳤다는 게 느껴졌다. 양 볼엔 핏자국이 말라붙어 흉한 흔적을 남겼다. 가야는 이 꼴을 한 나를 옥상으로 끌고 가면서 무슨 생각을 했을까. 만신창이가 된 룸메이트와 쓰러진 나무들, 도시를 가루로 만들어버릴 기세로 쏟아지는 비. 아직 어린 아이에게 일어나선 안 될 일들이었다. 묵묵하게 할 일을 하는 가야에게 연민을 느꼈다. 죄책감이 들었다. 하지만 동시에 안도했다. 내가 아직 그대로이고 저 애가 움직일 수 있어서 감사했다. 이 모습을 오래오래 담아두고 싶었다. 그 어느 때보다 그러고 싶었다.

"대충 하고 올라와. 나 배고프다."

괜히 가야의 주목을 끌어봤다. 가야가 삽을 내려놓고 나를 올려다보았다. 가야는 웃고 있었다. 안심하고 있는 것 같았다. 나도 덩달아 어색하게 입꼬리를 올렸다.

"나도 배고파."

순간 차가운 몸속을 천천히 태우던 영혼이 가야에게로 뻗어 나가는 것을 느꼈다. 이름을 붙일 수 없는 감정의 장작이 나를 불구덩이로 몰아넣었다. 눅눅하고 더운 여름 저녁이었다. 나와 가야 사이에 보이지 않는 뿌리가 서로를 옭아맸다. 오늘은 왜 달라 보일까. 잔뜩 부어 욱신거리는 목 안쪽으로 뜨거운 것이 치고 올라왔다. 그 온기만큼 붉은 태양이 가야와 그 주위를 환하게 감쌌다. 저 애를 깊게 들여다본 적도 없으면서 막상 웃는 얼굴을 보니 기분이 묘했다. 혼란스러운 세상 속에서 언어와 표현을 공유할 수 있는 사람과 함께하는 건 꽤 축복할 일이 아닌가, 싶어서. 내일이 오늘과 비슷할 수 있다면, 저 착하고 죄 없는 인간이 어른이 되는 걸 지켜볼 수 있을 만큼 시간이 남는다면, 그것으로 다 괜찮을 것 같았다. 아무것도 바라지 않을 수 있었다.

*

나무를 심을 땐 뿌리의 두세 배는 더 깊게 땅을 파야 한다고 했던가. 제대로 심어본 적이 없으니 알 도리가 없었다. 나무인간은 어디서부터가 뿌리고 어디서부터가 줄기일까. 이것도 생각해본 적이 없었다. 그렇게까지 살펴 가꾼 적이 없었다. 나무를 튼튼하게 키우려면 주변에 널린 작물부터 뽑아야 한다던데, 그러기엔 공간이 부족하니 그건 건너뛰기로 했다. 경쟁자도 없이 자란 나무는 빛 좋은 개살구가 아닌가. 나무라고 부를 수 있나. 목재나 열매를 얻을 목적이라면 이야기가 달라지겠지만 그럴 생각은 없었다. 나무인간들에게선 어떤 자원도 얻을 수 없었다.

"나는 같이 있었으면 좋겠어. 혼자 있는 게 더 싫어."

언젠가 가야와 함께 도시 외곽으로 나갔을 때, 그곳에서 혼자 낮을 견디는 나무인간을 보고 가야가 말했다. 땅을 파면서 나는 그 말을 생각했다. 나는 가야의 단순함과 조숙함, 잔병 없는 튼튼함을 좋아했지만 가끔 나와 다르게 만약을 말할 때마다 거슬리는 불안을 느꼈다. 가끔은 가야가 아이인 척하는 노인이 아닐까 시답잖은 의심도 했다. 인간이 나무가 되는 세상에서 노인이 아이가 되는 게 불가능할까. 다 큰 성인 여자와 열 살도 안 된 아이 중 한쪽이 다른 쪽을 의심하고 경계해야 한다면 가야가 해야 마땅할 텐데도 그랬다.

일주일 전, 나는 룸메이트를 잃었다. 해가 바뀌고 생활이 바뀌는 걸, 성인이 되고 환경이 달라지는 걸 제대로 알지도 듣지도 못하고서였다. 가야는 새벽녘 집 앞 화단에서 깊은 잠에 빠졌다. 나름의 최선을 다했고 그만큼을 돌려받았지만 교감은 충분하지는 않았던, 짧지도 길지도 않은 공존은 그렇게 끝이 났다. 가끔은 처음 만났을 때보다 더 데면데면하고 내가 이 아이를 언제까지 돌볼 수 있을지 모를 정도로 확신이 서지 않을 때도 있었지만 가끔은 가족만큼 가까웠다. 같이 보내는 시간을 아꼈다. 그 애의 '자람'이 인류의 존속을 의미한다고 생각할 때도 있었다. 이제는 쓸데없는 생각이 되었지만 당시엔 그랬으니까 뭐, 앞으론 내 몸 하나만 건사하면 될 일이었다. 노동이 줄 테고 신경 쓸 일도 적어지겠지. 그건 쉬운 일이었다. 하지만 가야와 함께 거리를 걸어 다닐 수도, 화단을 돌볼 수도, 사소한 질문을 들을 수도 없게 됐다. 그 사실을 받아들이는 건 어려웠다. 화단 중심에 가야를 심으면서 그 애의 머리를 쓰다듬었다. 늘 하던 것처럼 관심을 실어 오랫동안 손을 머물렀다.

가야는 사방에 나무인간들을 거느릴 수 있었다. 혹여나 바람에 쓰러질까 봐 지지대도 몇 개 놔주었다. 집으로 돌아온 뒤의 기억은 드문드문 구멍이 나 있다. 밤, 침대, 그리고 또 밤. 나는 오래 잤다. 입맛도 기력도 없었다. 그렇게 신경 써서 묻은 가야에게 물을 주러 가지도 않았다. 다른 나무인간들도 마찬가지였다. 물을 제공받지 못한 나무인간들이 어떻게 되었는지 다 봤는데도 그랬다. 아무것도 할 수가 없었다. 모든 게 귀찮았다. 가끔은 더러워져 밖이 보이지도 않는 창문에 손가락을 문질러 물방울이 맺히는 걸 봤다. 바뀐 건 인류지 세상의 이치는 아니었다. 나 빼고 모든 사람이 다 변해버린 것만 같은 이 지구에서 수증기는 여전히 차가운 표면을 더듬는다.

"닦아도 안 없어져."

가야의 은은한 목소리가 떠올랐다. 가야는 대충 만든 창문을 닦아내는 데 많은 시간을 썼다. 습기가 잘 빠지지 않아 닦아도 닦아도 부예지는 걸 어떻게든 닦겠다고 유리를 문질렀다. 비누를 발라 깨끗한 창을 보는 법을 알려주었을 땐 얼마나 좋아하던지, 그런 작은 사건들이 변수 없는 우리의 일상에 다른 색채를 가져와 내일을 살 이유를 만들었다. 그럴 땐 괜히 이유도 없이 옷을 챙겨 지겹도록 걸어 다닌 옛 번화가라도 한 바퀴 돌고 오는 것이었다. 나는 내가 없는 가야를 걱정한 게 아니라 가야가 없는 나를 걱정한 게 아니었을까. 그동안 나를 짧은 인연을 갖고 나무가 되어버린 수많은 사람들처럼 가야를 같은 이유로 겁냈을지도 모르겠다. 가야와 나 사이에 실용성을 뺀 나머지가 오가는 일이 생겨선 안 되었다. 그러면 나중이 너무 힘들어지니까. 무력하다고 느끼니까. 뭔가를 남기니까. 어찌 되었건 남겨진 건 내 쪽이었다. 우리가 통하고 있다고 느꼈던 그 날도 이제는 잠깐씩 떠올릴 추억거리가 되겠지. 늦여름인데도 몸이 으슬으슬 떨렸다. 물에 거꾸로 처박혀 죽을 뻔했을 때보다 더 추웠다.

시간의 흐름을 자각할 때쯤 나는 내가 아주 배가 고픈 상태라는 걸 깨달았다. 수확한 감자들은 몽땅 싹이 나버렸고 텃밭을 들여다본 마지막 날은 전생 같았다. 폭풍이 지나간 날 이후, 비는 발걸음을 끊었다. 우리가 받아둔 물도 서서히 바닥을 보여 화단을 가꾸기는커녕 내가 마실 물도 없었다. 이러다 진짜 나무처럼 바싹 말라버리는 게 아닐까. 가야까지 변해버리고 나서야 나는 내가 마지막 인간임을 인정했다. 그냥 알았다. 나는 유일한 인간이었다. 최초의 나무인간과 제일 먼저 접촉한 사람이 난데, 그때 면역이라도 생긴 걸까? 참 쓸데없었다. 내 사정이 나무인간에 비해 나은 점이 뭐가 있지? 아무것도 하고 싶은 생각이 없는데 사람이니까 밥을 먹어야 하고 햇빛과 물로는 살 수 없고 끔찍하게 지루한 낮과 우울한 밤을 보내야 했다. 나무에겐 그런 것들도 없겠지. 어제와 오늘이 같길 바랄 필요도 없고. 이쯤 되니 인간으로 남아 있어 봤자 좋을 게 없었다. 나는 앞으로 늙어만 갈 텐데 기력이 떨어지고 침대 밖으로 내려오는 것조차 힘들어질 땐 나를 도와줄 사람조차 부를 수 없게 될 것이다. 그 당연한 사실이 짜증스러웠다. 정말 신경질이 나서 견딜 수가 없었다.

배는 점점 더 고파왔다. 숨을 마시면 수십 개의 바늘이 기도를 찔렀다. 집 안에 먹을 게 하나도 없었다. 아주 조금도 남아 있지 않았다. 어쩔 수 없이 겉옷을 걸쳤다. 지금쯤 기온도 꽤 떨어졌겠지. 익숙한 삐걱 소리가 나는 문고리를 잡아당겼다. 묵고 퀴퀴한 공기 사이로 화한 바깥 공기가 치고 들어와 허파 안쪽을 간지럽혔다. 이상할 정도로 맑다고 느껴졌다. 밖으로 한 발짝 내딛자 힘없이 바스러지는 바닥에 몸이 기울었다. 바닥재가 가루가 되어 흩날렸다. 싸구려 회반죽이 섞인 콘크리트는 균열을 견디지 못하고 돌멩이가 되어 바닥을 굴렀다. 한참을 관찰하고 나서야 그 균열이 화단 쪽에서 시작되었음을 알았다. 화단을 중심으로 도보, 도로 할 것 없이 바닥은 금투성이였다. 운석이라도 떨어졌던 건가. 가야를 심었던 화단에 가까워질수록 나무인간 특유의 냄새가 코를 아프게 찔렀다. 정신이 가물가물해졌다.

느릿한 다리를 끌고 화단 앞에 도착했을 땐 입을 벌리고 위를 올려다봐야 했다. 부연 안개 사이로 존재감을 보이는 나무인간들의 머리카락이 바람에 나부꼈다. 그건 완벽한 나무의 형상이었다. 가야를 중심으로 나무인간들은 서로의 손을 잡고 몸을 지탱해 꽃, 줄기, 뿌리가 되었다. 한 명의 낙오자도 남기지 않은 채, 도끼나 태풍으로는 넘어뜨릴 수 없을 정도로. 그들의 연결고리는 촘촘하다 못해 원래부터 하나였던 것처럼 이질감이 없었다. 나무의 사회란 말하지 않아도 지켜질 수 있는 것일까. 어떤 것이 그렇게 만드는 걸까. 아득한 얼굴로 고개를 젖혔다. 최후의 인간으로서 아무것도 이해하지 못한 채. 꽃의 자리를 차지한 가야의 머리 뒤로 타오르는 태양이 내려앉았다. 역광 속에서 나는 가야를 보았다. 그 무섭고 신기한 광경에 압도당했다. 가야의 눈은 언제나처럼 평온했다. 오늘과 내일이 같고 아무 일도 일어나지 않을 것처럼. 그 애를 더 가까이 보기 위해 발을 내디뎠다. 쏟아져 내리는 태양 빛의 장막이 나를 끌어당기듯 감싸 올렸다. 뿌리인간들이 나를 위해 길을 열었다. 맞닿은 살이 떨어지는 소리가 부드러웠다. 누군가 내 어깨에 손을 얹었다. 줄기인간 중 하나는 내 손을 잡아 끌어당겼다. 시야에서 가야가 사라졌다. 나는 저항 없이 그들이 하고 싶어하는 대로 내버려두었다. 위산에 신음하던 속이 편안하게 풀어졌다. 몸은 다시 태어난 듯 가벼웠다. 뭐야, 누나 괜찮잖아. 가야의 목소리였다.

무성한 숲의 나무는 명줄이 길었다. 나는 그들의 군락을 보았다. 나무는 움직임을 주저하지 않았다. 침묵하지 않았다. 각자의 뿌리를 이어 하나로 엮었다. 누구도 물과 빛을 독식하지 않았다. 서로의 몸을 붙들어 당겼다. 바싹 마른 숲 외곽 나무 위로 새살이 돋고 껍질이 덮였다. 가뭄에 말라비틀어지던 부지깽이들도 살이 올랐다. 그들은 신의 가호를 받은 세계수처럼 하늘을 바라보았다. 깊어진 향은 긴장을 누그러뜨렸다. 그들의 언어는 그런 식이었다. 방해도, 억압도, 훼손도, 아주 작은 생채기도 받아들이지 않겠다는 듯. 하지만 누구도 해치지 않고 누구도 해칠 수 없을 것 같은 비폭력적인 방식. 태양은 완전히 넘어갔다. 주위가 어두워졌다. 영원히 지속될 것 같은 어둠 속에서 나는 이름 모를 나무의 손을 잡았다. 나무란 원래 그런 것이었다.

학업, 졸업, 자기소개서, 취업, 기사자격증과 토익시험. 인턴 일로 바쁜 나를 이루는 직관적인 단어들은 때때로 벅찼다. 현실적인 고민으로 피곤해질 땐 인간이 아닌 다른 유기체로 다시 태어나는 상상을 했다. 고차원적인 생각 같은 건 안 해도 좋았다. 더 많은 해를 쬐고 빗물을 마시는 일 말고는 관심도 주지 않는 나무처럼.

심사용

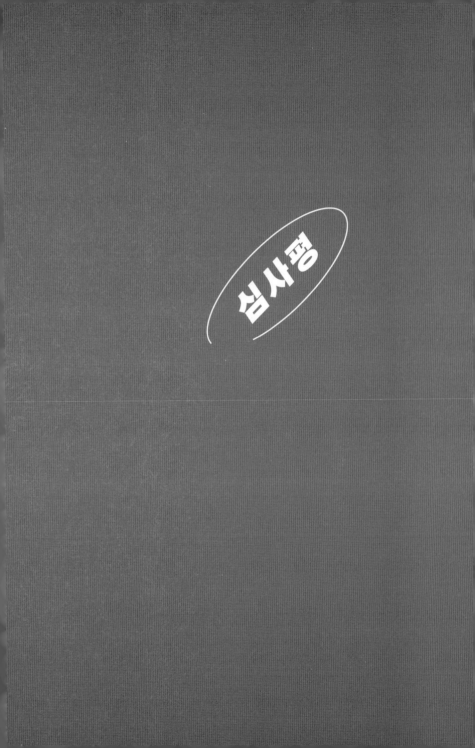

제1회 포스텍 SF 어워드 심사평

심사위원

김초엽 · 정보라 · 박상준

대부분 작품에서 가상의 과학기술에 대한 디테일한 묘사가 돋보였다. 특히 연구 현장과 인물간 대화에서 기술 개발 및 연구의 과정이 상세하게 잘 드러나는 작품이 많았다. 이공계 학생들을 대상으로 하는 공모전인만큼 많은 응모자들이 과학기술에 대한 풍부한 지식을 지닌 강점이 있음을 느꼈다. 아쉽게도, 그런 세부사항이 소설의 완성도로 이어지는 경우는 많지 않았다. 배경지식을 소설에 녹여내는 일은 또 다른 부단한 연습과 훈련이 필요한 일임을 실감했다. 한편으로는 이를 이제 막 소설 쓰기에 도전하는 이공계 출신 작가들이 많아졌다는 긍정적인 방향으로도 해석할 수 있다.

수상작의 조건으로는 무엇보다 소설로서의 완성도를 가장 중요하게 보았다. 단편소설 부문 당선작 〈어떤 사람의 연속성〉은 상위 차원이라는 아이디어를 서정적으로 잘 풀어나갔고 독자에게 울림을 주는 결말에 도달하여 좋은 작품이라고 평가했다. 가작 〈구멍〉의 경우 지구에 갑자기 구멍이 나타난다는 도입부의 아이디어는 다소 평범했지만 설정으로부터 이어지는 다양한 사건들을 재미있게 펼쳐냈다.

미니픽션 부문 당선작 〈식(蝕)〉은 짧은 분량 안에 잘 짜인 이야기와 반전을 갖춘 소설이었다. 가작 〈기술이 사람을 만든다〉는 동시대의 중요한 문제의식을 담고 있으면서 동시에 흥미진진하게 읽혔다.

— **김초엽**, 소설가

이미 미래가 현실이 된 시대에 SF를 쓴다는 것은 어려운 일이다. 거의 모든 것이 상상되고 발명된 이후라 아주 새롭고 기발한 생각을 해낸다는 자체가 힘들어졌기 때문이다. 그럼에도 불구하고 이공계 전공자들이 집필한 SF답게, 응모작 대부분이 뛰어난 지식과 돋보이는 과학적 발상을 특징적으로 보여주어 읽는 내내 매우 흥미로웠다.

그러나 과학적 발상을 이야기로 써낸다는 것은 힘든 일이다. 아무리 기발하고 새로운 생각이라 해도 독자를 이해시키지 못하면 이야기로서 성공했다고 말할 수 없다. 그리고 SF

는 어쨌든 '문학'이다. 과학기술적 발상의 신선함과 기발함만을 평가하고자 했다면 SF가 아니라 프로젝트 기획서를 공모했을 것이다. 문학에는 주제의식이 있어야 한다. 그리고 소재와 주제의식을 기승전결의 구성과 전개를 이용하여 독자에게 전달해야 한다. 논설하지 않고, 강연하지 않고, 이야기를 해야 한다. 이것이야말로 가장 어려운 목표일 것이다.

그 부분에 중점을 두고 심사를 진행했다. 새롭고 기발한 발상, 그러한 발상의 배경이 되는 과학적 현상, 사실에 대한 깊은 지식은 대부분의 응모작품에서 발견할 수 있었다. 그러나 그러한 발상과 과학지식을 대하는 태도, 인간에 대한 세심하고 따뜻한 관점, 그리고 이야기꾼으로서 작가의 능력을 보여주는 작품은 흔치 않았다. 언제나 흔치 않다.

단편소설 부문 당선작 〈어떤 사람의 연속성〉은 소재나 발상 자체는 아주 새롭다고 할 수 없지만 인간을 대하는 태도와 이야기를 만드는 능력이 돋보이는 작품이었다. '다름'에 대한 포용의 문제, 수도권과 지방의 지역 차별에 대한 비판적 의식, 재난을 대하는 사회적 태도에 대한 날카로운 시선이 주인공 사이의 강한 감정적 관계에 대한 섬세한 묘사와 대비되었다. 결국은 주인공이 자신의 능력을, 그 '다름'을 이용하여 문제를 해결하리라고 예상할 수 있었지만, 식상하지 않은 결말로 독자에게 만족스러움을 안겨주는 작품이었다.

단편소설 부문 가작 〈구멍〉 역시 다른 세계로 통하는 구멍이라는 발상 자체는 SF에서 흔하게 볼 수 있는 소재였다. 그러나 개인적으로 이야기꾼으로서 작가의 능력이 가장 돋보이는 작품이었다고 평한다. 길지 않은 분량 안에서 연속적인 사건들이 박진감 있게 연결되고 결말까지 독자를 쥐락펴락하며 끌고 가는 필력이 만만치 않아 읽으면서 가장 즐거웠던 이야기였다. 문학상을 수여한다는 사명감을 가지고 심사했으므로 주제의식이나 세계와 인간에 대한 관점 등을 고려해야만 했으나, 뛰어나게 재미있는 작품이라는 점에서는 심사위원들 사이에 이견이 없었다고 생각한다.

유독 세계종말이나 지구 종말, 세상의 위기에 대한 응모작이 많았다. 팬데믹이나 기후위기 등 현재의 상황을 반영한 경향이라고 생각하는데, 위기나 재난 상황을 게임 속의 퀘스트처럼 대하는 작품에는 공감하기 힘들었다. 재난영화나 슈퍼히어로 영화에서 흔히 보는 방식으로 빠르지만 진부하게 줄거리를 전개하는 경우도 마찬가지였다. 팬데믹의 시대를 살고 있는 우리 중 누군가는 코로나19 때문에 사업이 망했고, 누군가는 병에 걸려 죽을 고비를 넘겼으며, 대부분의 일상이 어떤 식으로든 변했고 변할 수밖에 없었다. 그런데 그러한 상황을 팔짱 끼고 구경하면서 즐기는 사람이 있다면 분노하지 않기는 힘들 것이다. 재난이나 위기는 신문의 뉴스 한 줄, 화면의 영상 몇 초로 끝나는 개념이 아니다. 실제로 여러 사람이 죽고 다치고 병들고 고통 받기 때문에, 그리고 그 후유증이 개인과 공동체에 오랫동안 상처를 남기기 때문에 문제가 되는 것이다. 재난 SF를 쓸 때는 이 점을 기억해야 한다. 재난이나 위기를 그저 흥미롭게만 묘사하는 경우 일반 출판사의 투고작이었다면 잘 팔릴 만한 작품으로 출간할 수도 있겠지만 문학상을 수여하기는 힘들다.

여기에 더하여 미니픽션의 경우 작품 분량이 짧기 때문에 줄거리 구성의 문제가 더욱 중요하게 부각되었다. 최종 심사 회의에서 나온 의견을 인용하자면 "짧은 분량 안에 설정만 늘어놓다가 끝나는" 응모작들이 많았던 것이 사실이다. 분량이 짧다고 해서 쓰기 쉬운 건 절대 아니다. 오히려 분량이 짧으면 그만큼 완결된 이야기를 만들기 어려워진다.

미니픽션 부문 당선작 〈식(蝕)〉은 그런 점에서 작품의 완결성과 이미지의 선명함이 돋보인 수작이었다. 짧기 때문에 더욱 강렬했고 한 번 읽고 나면 절대로 잊을 수 없는 인상을 남기는 작품이었다. 종말을 앞에 둔 인간의 절박함과 용기, 치명적으로 위험하기 때문에 더욱 아름다운 존재의 신화적인 모습을 과학적으로 짧지만 명료하게 설명한 필력도 훌륭했다. 같은 작가의 작품 〈유리수가 꾸는 꿈〉은 기발한 발상을 마치 실제로 연구된 보고서처럼 천연덕스럽게 이야기하는 구성력이 즐거운 작품이었다. 미니픽션 부문에 세트로 제출된 두 작품이 서로 전혀 다르면서도 완성도 차이가 거의 없어 심사위원들이 별 이견 없이 당선작으로 선정했다.

미니픽션 부문 가작 〈기술이 사람을 만든다〉는 주제의식과 설득력 있는 전개가 돋보이는 작품이었다. 응모작 중에 장애인을 포함하여 소수자를 등장시킨 작품은 여럿 있었으나 장애당사자의 입장에서 정상성에 의문을 제기하는 비판적인 의식을 전면에 내보인 작품은 〈기술이 사람을 만든다〉가 유일했다. 주류의 입장에서 기술이나 과학을 마치 소수자에게 은혜를 베푸는 것처럼 사용하며 자기도 모르게 소수자를 내려다보는 관점을 내비치는 작품은 이제 받아들일 수 없는 시대가 되었다. 〈기술이 사람을 만든다〉는 그런 측면에서 미니픽션의 짧은 분량 안에 당사자인 소수자가 겪는 어이없는 상황을 매우 현실적으로 묘사했다. 주인공이 결국은 주류의 요구를 받아들여 일방적인 '정상'의 기준에 자신을 맞출 수밖에 없는 상황이 독자로서 대단히 공감이 가는 방식으로 전개되어 씁쓸하면서도, 아주 짧은 분량 안에서 하나의 상황에 초점을 맞추어 차별의 문제를 전면에 내보이는 작가의 필력에 감사했다.

멋진 작품들이 선정되어 보람찬 심사 과정이었다고 조금은 자화자찬하고 있다. 우수한 작품들을 응모해주신 작가님들께 감사드리며, 선정되신 분들도, 그리고 이번에 아쉽게 기회를 놓치신 분들도 모두 계속해서 연구와 집필에 정진하시기를 기원한다. 세상에 이야기는 많지만, 앞에서 말씀드렸듯 정말 새롭고 정말 좋은 이야기는 만나기 어렵기 때문이다.

— **정보라**, 소설가

새롭게 시작하는 공모전에는 늘 새로운 기대라는 설렘이 있다. 특히 이번 포스텍 SF 어워드는 전통적인 단편소설 외의 '미니픽션 2편 세트'라는 공모 분야, 그리고 이공계 학부 및 대학원생으로 특정된 응모자격이 흥미로웠다.

예심을 진행하면서는 좋은 아이디어들에 비해 글 쓰는 기본기가 아쉽다는 인상을 가장 먼저 받았다. 단편 및 미니픽션 분야가 공히 그러했다. '소설'은 문장, 구성, 인물 등 문학 작품으로서 당연히 갖춰야 할 기본적인 요건들이 우선 일정한 수준에 올라있어야 한다. 이런 조건을 충족한 상태에서 그다음 단계로 독창성이나 이야기 전개 등에 주목하게 하는 작품은 많지 않았다. 결과적으로 일독하자마자 '본심에 올릴 만한 수작이다' 싶은 작품은 사실상 찾아보기 힘들었다.

고심 끝에 단편 분야에서 〈메쉬〉, 〈완벽한 번역〉, 〈하민 그리고 제레의 취미〉 세 편을 본심에 올렸다. 동영상 플랫폼의 알고리즘이 강한 인공지능으로 발전한다는 내용의 〈메쉬〉는 잘 정제된 글은 아니었지만 힘 있는 이야기가 주제를 비교적 잘 전달하는 작품이었다. 〈완벽한 번역〉은 흥미로운 아이디어에 비해 전반적으로 짜임새가 부족했다. 〈하민, 그리고 제레의 취미〉는 색다른 분위기를 견지한 점이 관심을 끌었지만 흡인력은 기대에 못 미쳤다.

미니픽션 분야에서는 〈2^23〉과 〈기억추출학연구실〉, 그리고 〈스노우맨〉과 〈New Fresh Meat〉를 본심에 올렸다. 두 세트 모두 한 작품이 그나마 신선한 아이디어를 담은 반면 나머지 한쪽은 그에 못 미치는 수준이라 아쉬움이 컸다. 〈2^23〉과 〈New Fresh Meat〉가 각각의 세트에서 상대적으로 돋보였다.

본심 과정에서는 단편 분야의 경우 심사위원들 간에 의견이 꽤 갈리는 편이었다.

〈시베리아의 우주선〉은 이야기를 끌어가는 능력이 돋보였지만 개의 지능 설정 부분에서 설득력이 떨어진다는 치명적인 문제가 있었다. 차라리 동화나 우화 형식이었다면 핍진성이 좀 느슨하게 적용되어도 괜찮았을 거라는 안타까움이 남는 작품이었다.

〈거의 모든 세상〉은 흥미진진한 아이디어를 담고 있는 데 비해 캐릭터가 낡은 스타일인 것이 약점으로 지적되었다. 기본 설정은 살리되 새롭게 다시 쓴다면 더 나은 작품이 될 수 있을 것이다.

〈구멍〉은 SF에서는 별로 낯설지 않은 설정을 택해서 비교적 이야기를 잘 끌어나갔다. 좀 거친 면면들은 있었으나 논의 끝에 가작으로 정했다.

〈어떤 사람의 연속성〉도 설정은 참신한 편이 아니었지만 인물이나 구성 등이 전반적으로 양호했다. 심사위원진 다수의 지지를 얻어 당선작으로 낙점되었다.

미니픽션 부문 본심에서는 〈식(蝕)〉과 〈유리수가 꾸는 꿈〉이 별 이견 없이 당선작으로 선정되었다. 특히 〈식(蝕)〉은 이번 공모전의 최대 성과라 해도 될 정도로 돋보였다. 도입부는 상투적이었으나 곧장 이어지는 내용에서 강렬한 반전이 기다리고 있었다. 독자의 눈앞에 생생한 장면이 떠오를 정도로 압도적인 이미지 묘사가 훌륭했다. 미니픽션이라는 형식에 최적화된 작품이라고 생각한다.

〈기술이 사람을 만든다〉는 설득력이 좀 아쉬웠지만 문제의식의 의미심장함이 심사위원진의 고른 지지를 얻어 가작에 올랐다.

이밖에 〈그가 자해를 한 이유〉는 대칭성 파괴라는 발상이 주목을 끌었고 〈자각〉이나 〈꿀벌이 사라지는 날에 우리는〉도 각각의 스타일과 메타포가 흥미로웠다. 〈유성의 주인〉은 눈길을 끄는 아이디어를 담고 있었으나 처음에 〈게 가공선〉의 구절을 인용한 의도는 잘 이해할 수 없었다.

아쉬움도 남지만 향후를 기대할 만한 품격의 당선작을 내어 기쁘다. 이공계 전공자라 하더라도 삶을 영위하는 과정에 있어 스토리텔링 능력은 중요할 터이다. 이번 공모전에 응모한 것 자체가 이미 소중한 경험이니만큼 그 감흥을 잊지 말았으면 좋겠다. 상상력은 세상을 바꾸기 전에 먼저 우리 자신부터 바꾸는 놀라운 힘을 갖고 있다.

— **박상준**, SF 평론가

제2회 포스텍 SF어워드 심사평

심사위원

김초엽 · 정소연 · 박인성

작년에 비해 글쓰기의 기본기를 탄탄히 갖춘 응모작이 많았다. 예심에서 심사위원마다 두 작품을 골라 본심에 올리기로 했지만, 실제로는 서너 편의 작품을 두고 무엇을 본심에 올릴지 오래 고민해야 할 만큼 작품의 질이 고르게 높았다. 제1회 어워드 당시에는 처음으로 소설을 써본 듯한 응모자들의 작품이 많았던 반면, 이번에는 습작 경험이 있거나 소설 쓰기의 방법을 고민한 흔적이 엿보이는 소설이 많아 차기 어워드를 더욱 기대하게 했다.

소재 면에서는 가상현실, 인공지능, 로봇 등 여타 SF 공모전에서도 인기 있는 소재들이 자주 보였는데, 이들은 흔한 소재인 만큼 능숙하게 활용하지 못하면 오히려 작가만의 개성을 담기 힘든 소재다. 같은 소재를 이용하더라도 디테일에서는 새로운 아이디어가 더해질 필요가 있다. 그런 점에서 소형화 광선을 발사하는 '스몰라이트건'이라는 설정을 이용해 끝까지 속도감 있게 이야기를 밀고 나간 〈걸리버의 이상한 나라〉가 예심에서 눈길을 끌었다.

단편소설 부문 당선작 〈리버스〉는 '가상세계 안의 가상세계'라는 설정을 뛰어난 장면 연출과 완성도 높은 구성을 통해 매끄럽게 펼쳐나가는 작품으로 심사위원 모두의 높은 평가를 받아 만장일치로 당선작에 선정되었다. 중심 아이디어가 기존 가상세계를 다룬 작품에서 자주 등장하는 아이디어라는 것, 그리고 제시되는 주제가 전형적이라는 점은 아쉬움이 남았지만, 익숙한 소재도 작가의 역량에 따라 충분히 매력적으로 풀어나갈 수 있다는 사실을 새삼 확인하게 했다.

단편소설 부문 가작 〈잇츠마인〉은 신체 대리 운용 장치가 보편화된 세계에서 발생할 수 있는 여러 문제를 긴장감 넘치는 문체로 스케치하듯 그려 보인다. 하나의 기술이 사회에 미칠 수 있는 영향과 그로부터 파생되는 이야기들이 설득력 있게 다가왔다. 완성도 면에서 다소 거친 점이 있으나 다듬어진 이후의 차기작이 기대된다.

예심에서 검토한 단편소설 〈외딴 섬 뉴런〉은 주요 설정이 충분히 설명되지 않고 개연성이 아쉬워 최종 선정작으로는 올리지 못했으나, 물에 잠긴 듯한 분위기와 서정성이 돋보이는 좋은 작품이어서 심사위원 추천작에 올렸다.

미니픽션 부문의 경우, 한정된 분량에 담을 수 있는 적절한 소재를 선택해 개성 있게 풀어나간 작품들이 눈에 띄었으나, 한편으로는 짧은 분량에 담을 수 없는 과한 이야기를 힘겹게 구겨 담으려는 작품들도 많아 아쉬움도 남았다. 아무리 짧은 소설이라고 해도 설정을 단순히 나열하는 것만으로는 독자를 끝까지 붙잡을 수 없다. 분량에 어울리는 소재와 인물을 고안하거나, 혹은 같은 이야기라도 형식을 바꾸어 표현해보는 등의 시도가 필요하다. 최종 수상작으로 선정된 작품은 이러한 분량과 장르에 대한 깊은 이해와 고민이 바탕이 된 작품들이다.

당선작으로 선정한 〈인간이라는 동물의 감정 표현〉, 〈누구냐, 거기?〉는 작가가 미니픽션의 제약과 가능성을 잘 파악하고 그 안에서 짧은 소설의 매력을 최대한으로 살려낸 좋은 작품이었다. 〈인간이라는 동물의 감정 표현〉은 감정 표현과 언어의 개별성이 이어지는 마지막 장면이 아름다웠고, 〈누구냐, 거기?〉는 한 편의 연극처럼 재치있게 오가는 인물들의 대화, 그리고 결말에서의 위트가 돋보였다.

가작 선정작인 〈인면화〉, 〈허물〉 역시 완성도가 상당히 높아 대상과 가작을 최종 결정하는 과정이 쉽지 않았음을 언급하고 싶다. 〈인면화〉는 중요한 문제의식을 강렬한 유화처럼 감각적인 표현으로 그려낸 독창적인 작품이다. 〈허물〉 역시 충격적인 설정을 끝까지 생생한 묘사로 잘 풀어내 흡인력이 있었다.

— **김초엽**, 소설가

수준이 고르고 소설로서의 꼴을 잘 갖춘 응모작들이 많았다. SF라는 장르를 이해하고, 장르적인 완성도를 추구한 작품들이 많다는 점이 고무적이었다. 다만 응모작 전반에서 교수-학생, 교수-연구원, 전문가-비전문가 구도의 정형성이 두드러지는 점이 다소 아쉬웠다. 이러한 아카데미아적이며 수직적인 관계 설정이 필요하지 않은 작품들조차도 이러한 구도를 택했는데, 해당 공모전의 응모자격을 생각하면 자연스러운 일일 수 있지만, 다음 공모에서는 '나에게 익숙한 관계와 연령대'를 넘어선 응모작을 더 많이 볼 수 있었으면 한다.

단편소설 부문에서 본심에 오른 응모작들은 작품 간 격차가 크지 않았다. 선명한 이미지, 뚜렷한 주제의식, 창의적인 SF적 발상 등 장점이 돋보이는 작품들이 많았다. 습작기의 작품에는 장점과 단점이 있기 마련이다. 단점에 너무 마음을 쓰기보다는 자신만의 장점을 발견하고 계발하기를 권한다.

당선작인 〈리버스〉는 전개가 식상하지 않고 글의 절대적 완성도가 응모작 중 가장 우수했다. 전형적인 상상력이 다소 아쉬웠으나, 과락이 없이 우수한 작품이라는 점을 높이 평가했다. 가작인 〈잇츠마인〉은 주제의식이 분명한 점에서 좋은 평가를 받았다. 문장을 다듬는 연습을 한다면 더 좋은 작품을 써낼 수 있으리라고 생각한다. 심사위원 추천작인 〈나무인간〉은 소재가 좋았고, 글 전체의 분위기를 잘 구축한 점이 매력적이었다. 최종심에서 SF에 필요한 논리성과 합리성이 아쉽다는 이유로 당선작이 되지 못했지만, 개인적으로는 J. G. 발라드를 연상케 하는 변화 내지 되어감의 표현을 높이 평가했고, 응모자가 이 장점을 뚝심을 갖고 지키기를 바란다.

미니픽션 부문 응모작들은 단편에 비해 응모작 간 차이가 컸다. 단편의 일부를 잘라내거나 무리하게 줄인 글보다는, 짧은 분량 안에 반전이나 놀라움의 감정을 담기 위해 노력한 글이 눈에 띄었다. 1인이 2편을 응모하는 방식이었는데, 두 편 간의 차이가 큰 응모작 세트보다 두 편의 수준이 비교적 고른 응모작을 우선하였다. 모든 응모작 중 당선작과 가작이 압도적으로 훌륭하다는 점에 심사위원 간 이견이 없었다.

포스텍 SF 어워드는 우리나라 유일의 이공계 대학생과 대학원생을 대상으로 하는 SF 공모전이다. 이 상에 응모한 학생들은 자신의 경험세계에서 좋은 글감을 발견할 수 있다는 큰 이점을 갖고 있다. 이 이점을 적극적으로 살려, 사회 일반에서 생각하는 전형적인 SF 소재(AI, 안드로이드 등)가 아니라, 자신의 전공에서 소재를 찾고 이를 낯설게 한 작품들을 더 많이 쓸 수 있다면 좋겠다.

— **정소연**, 소설가

처음 포스텍 SF 문학상 심사에 참여하게 된 만큼 응모작들의 수준과 경향을 예측하기 어려웠지만, 실제 심사과정에서는 오히려 응모작들의 다채로운 형식과 진지한 시도 덕에 읽는 즐거움을 느끼며 심사에 참여했음을 미리 밝힌다.

단편소설 부문 예심 심사작들은 전반적으로 고른 작품 수준과 완성도를 보였다. 따라서 그중에서도 명확한 개성 혹은 한 단계 높은 완성도를 보인 작품들을 선별하고자 했다. 응모작의 경향은 단순히 몇 개의 키워드로 종합하기 어려울 만큼 예상보다 다양했다. SF의 기존 하위장르들의 문법에 충실한 작품들도 있었으며, 다른 한편으로는 최근 기술 중심의 미래 전망에서 주목받고 있는 키워드들을 빠르게 반영하려고 노력한 흔적들도 보였다. 예를 들어 가상현실과 메타버스, 인공지능과 안드로이드, 전 지구적 위기와 아포칼립스를 다루는 방식들은 최근 우리 사회가 공유해야 하는 문제의식들을 가볍지 않게 다루고 있었다. 특히 이런 공모전에는 아이디어 중심의 구성에 치중하다 보니 실제 소설적 형상화가 미치지 못하는 소재주의의 함정이 으레 나타나기 마련이지만, 의외로 그런 작품들도 많지 않았다. 다만 주제의식을 효과적으로 전달하는 방식에 있어서는 그 메시지에 비해 소설적 형상화가 충분히 촘촘하게 뒷받침하지 못하는 경우는 있었다.

총 8편의 본심 진출작들은 SF 장르의 형식적 문법을 효과적으로 잘 수행했거나 한 편의 완결된 단편소설로서의 완결성을 갖추고 있었다. 심사위원 만장일치로 선정한 당선작은

〈리버스〉다. 〈리버스〉는 진짜 현실과 자기 정체성마저 대체하는 가상현실을 능수능란하게 다루고 있는 작품으로, 소재에 대한 안정적인 소설적 형상화와 완결성을 보인 작품이다. 이러한 소재를 다루고 있는 기성 작품들과 비교했을 때 〈리버스〉가 예측할 수 없는 신선함과 반전을 보여준 것은 아니다. 다만 SF 문학상 심사에서 고려해야 할 중요한 기준으로서 장르에 대한 완숙한 이해와 구성 능력이 있다는 것을 심사위원들이 모두 합의한 바다. 물론 사소한 단점이 없었던 것은 아니었다. 결말에서 전체 작품의 주제의식을 아우르는 작가의식을 논평처럼 제시하는 것은 독자들이 쌓아온 독서의 긴장감을 무너뜨리기 쉽다. 그럼에도 그 결말에 이르는 과정의 몰입과 재미를 해칠 정도는 아니라고 판단했다.

가작으로 선정된 〈잇츠마인〉의 경우 심사위원들 모두 소재의 참신함과 그에 대한 뚝심 있는 소설적 형상화가 가진 매력을 높게 평가했다. 특히 기술 중심 미래 사회에 대한 낙관적 전망이 점점 더 우세해지는 오늘날의 사회적 분위기를 고려할 때, 자신의 신체를 회사에 출근한 이후의 노동 시간뿐만 아니라 출퇴근 시간에까지 기업과 그 시스템에 의탁하는 근미래 사회에 대한 담담하면서도 메마른 묘사는 소름 돋는 디스토피아를 그리는 데 성공했다. 물론 전체 소설의 구성과 매끄러운 완성도 차원에서 고려한다면 아쉬움이 없는 작품은 아니지만, 단점을 상쇄할 만큼 매력적인 개성이 있음을 고려하여, 〈리버스〉와는 다소 다른 기준에서 가작으로 선정되었음을 밝힌다.

단편소설 부문에서 수상하지는 못했으나 개인적으로 추천하고자 하는 응모작은 〈걸리버의 이상한 나라〉다. 자원 부족과 관련된 멸망의 위기를 극복하기 위한 소인화 연구를 둘러싸고 벌어진 일련의 음모와 소동을 다루고 있는 작품이다. 평범한 지구 멸망의 소재를 개성적으로 전달하며 주인공들의 급박한 심리가 잘 전달되는 장점에도 불구하고, 설정이 다소 복잡하고 전개가 매끄럽지 않았다. 그럼에도 불구하고 이 소설이 가지고 있는 대책 없이 질주하는 듯한 경쾌함과, 절망적인 상황 속에서 주인공들이 취하는 행위의 절박함에 저절로 몰입하게 되는 면이 설득적이었다. 앞으로의 작품 활동을 기대하게 되는 에너지가 느껴졌다.

미니픽션 부문의 심사과정은 예심과 본심 모두 단편소설 부문에 비해서 손쉬웠다. 응모작 간에 명확한 수준 차이가 있었기 때문이었다. 미니픽션의 형식적인 특징상 단편소설에 비해 소재에 대한 활용과 아이디어 중심의 소설적 구성을 독자에게 단숨에 전달하는 압축성을 갖추어야 하지만, 예심에서 많은 작품이 단순한 소재주의나 손쉬운 아이디어 활용에 그치는 모습을 보여주었으며, 본심에서도 이러한 아쉬움이 완전히 사라진 것은 아니었다.

결과적으로 본심에서 심사위원들이 〈인간이라는 동물의 감정표현〉, 〈누구냐, 거기?〉를 당선작으로 뽑은 것은 필연적이라고 할 만하다. 미니픽션의 짧은 소설적 분량에도 불구하고 장르소설의 특징을 명확하게 활용하고 있으며, 제한적인 소설적 상황 속에 충분한 서사의 완결성을 보였다는 점만으로도 경쟁작들과 확연히 구별되는 수준을 보여주었다. 여러 기성 SF 작품의 영향이 엿보일 만큼 SF에 대한 이해가 안정적이며, 동시에 그것을 능숙하게 자신만의 이야기로 전달하는 성숙함이 돋보이기도 했다.

한편, 당선작과 경쟁하였으나 아쉽게 가작에 그친 작품이 〈인면화〉와 〈허물〉이다. 두 작품 모두 신선한 소재를 인상적인 소설적 묘사로 전달했다는 점에서 소설적 매력이 분명한 작품들이었다. 당선작에 비해 장르소설로서의 명확성이나 이야기의 완결성이 다소 부족하다는 점을 제외하면, 취향에 따라서는 충분히 이 작품들의 선명한 분위기와 소재의 활용에 더욱 매력을 느낄 수 있어 보인다.

심사평을 마무리하며 첨언하자면, 장르문학상의 존재의의는 언제나 구체적일수록 좋다고 생각한다. 특히 기성 작가가 아닌 대학생과 대학원생을 대상으로 한 포스텍 SF 문학상 심사위원으로서, 단순히 가능성을 보고 판단하는 것보다는 더 구체적으로 좋은 작품을 선별하기 위한 심사과정이 되기를 바랐다. 응모작들은 전반적으로 그러한 기대를 충분히 웃도는 수준을 보여주었으며, 특히 수상작들의 경우 SF 문학상에 걸맞은 장르적 재미와 소설적 완결성을 동시에 겸비한 작품들이다. 이러한 작품들을 선별하고 또 독자들에게 소개할 수 있게 된 점을 심사위원으로서 기쁘게 생각한다. 수상자들에게는 축하의 박수를 보내며 앞으로의 활동을 기대한다. 또한 비록 수상하지 못했더라도 이번 문학상 응모에 지원한 응모자들 모두의 문운을 빈다.

— **박인성**, 문학평론가

2021_2022
포스텍SF어워드 수상작품집 No_1

초판 1쇄 발행 2022년 8월 15일

지은이 김한라, 박경만, 박시우, 이소희, 이주형,
이하진, 이한나, 정도겸, 지동섭, 황수진
펴낸이 박은주
편집 설재인
디자인 김선예, 서예린, 오유진
마케팅 박동준

발행처 (주)아작
등록 2015년 9월 9일(제2021-000132호)
주소 04050 서울특별시 마포구 양화로 156
LG팰리스빌딩 1428호
전화 02.324.3945-6 **팩스** 02.324.3947
이메일 decomma@gmail.com
홈페이지 www.arzak.co.kr

ISBN 979-11-6668-682-5 03810